Pacific Park

Du même auteur
aux Éditions J'ai lu

Dans la collection « Nouveaux Millénaires » :

LE MAÎTRE DU HAUT CHATEAU
BLADE RUNNER
ROMANS 1953-1959
ROMANS 1960-1963
ROMANS 1963-1964
ROMANS 1965-1969 (à paraître)
LE DIEU VENU DU CENTAURE (à paraître)
COULEZ MES LARMES, DIT LE POLICIER (à paraître)

En semi-poche :

Ô NATION SANS PUDEUR
CONFESSIONS D'UN BARJO

En poche :

SUR LE TERRITOIRE DE MILTON LUMKY
BRICOLER DANS UN MOUCHOIR DE POCHE
L'HOMME DONT TOUTES LES DENTS ÉTAIENT EXACTEMENT SEMBLABLES
HUMPTY DUMPTY À OACKLAND
LOTERIE SOLAIRE (à paraître)
LES CHAÎNES DE L'AVENIR (à paraître)
LE PROFANATEUR (à paraître)
LES PANTINS COSMIQUES (à paraître)

PHILIP K.
DICK

Pacific Park

ROMAN

Traduit de l'anglais (États-Unis)
par Jean-Pierre Aoustin

J'AI LU

Titre original :
MARY AND THE GIANT

1

La voiture, qui roulait à vive allure, dépassa des vaches rassemblées sur la droite, au-delà de l'accotement de la route nationale. D'autres formes brunes, qui se fondaient dans l'ombre d'une grange, étaient étendues un peu plus loin. On distinguait vaguement, sur un côté de la grange, une vieille enseigne Coca-Cola.

Joseph Schilling, assis sur la banquette arrière, sortit sa montre en or de son gousset. Il en ouvrit le couvercle d'un ongle expert et lut l'heure. Il était deux heures quarante de l'après-midi – le torride après-midi californien du milieu de l'été.

— C'est encore loin ? demanda-t-il avec quelque impatience ; il était las du mouvement de la voiture et de ces prairies qui défilaient sans cesse à l'extérieur.

Penché sur le volant, Max grogna sans tourner la tête :

— Dix minutes, peut-être un quart d'heure.

— Tu sais de quoi je parle ?

— Vous parlez de ce patelin que vous avez marqué sur la carte. Il est à dix ou quinze minutes d'ici. J'ai vu un panneau indicateur au dernier pont.

D'autres vaches apparurent, et d'autres champs desséchés. Pendant les dernières heures, la brume de chaleur avait quitté les lointains sommets et s'était progressivement déposée au fond des vallées. Où que Joseph Schilling tournât son regard, il la voyait répandue avec monotonie sur un paysage obscurci : collines et pâturages roussis, vergers de différente nature, et, çà et là, des bâtiments de ferme passés à la chaux. Et, droit devant, les deux panneaux publicitaires et l'étal d'œufs frais qui annonçaient une agglomération. Il était heureux de la voir arriver.

— On n'est jamais venus par ici, hein ? fit-il.

— Le plus près, c'était Los Gatos, pendant ces vacances que vous avez prises en 49.

— On ne peut rien faire plus d'une fois, dit Schilling. Il faut trouver autre chose. Comme disait Héraclite, ce n'est jamais la même rivière...

— Tout ça m'a l'air bien pareil. Toute cette campagne.

Max montra du doigt un troupeau de moutons rassemblés sous un chêne.

— Encore ces moutons... on en a vu toute la journée.

Schilling sortit de la poche intérieure de son veston un calepin recouvert de cuir noir, un stylo à encre, et une carte routière de la Californie. C'était un homme de forte stature, presque sexagénaire. Ses mains, qui tenaient la carte, étaient massives et jaunies ; la peau en était granuleuse, les doigts noueux, les ongles épais jusqu'à l'opacité. Il portait un costume de tweed ordinaire, un gilet, une cravate de laine de couleur sombre ; ainsi que des chaussures anglaises de cuir noir, salies par la poussière de la route.

— On va s'arrêter ici une heure, décida-t-il en rempochant calepin et stylo. Je veux jeter un coup d'œil. Il y a toujours la possibilité que celle-ci fasse l'affaire. Est-ce que ça t'irait ?

— À merveille.

— Comment s'appelle cette ville ?

— Trouduc.

Schilling sourit.

— Sérieusement.

— Regardez la carte, c'est vous qui l'avez.

Max ajouta d'un ton maussade :

— Pacific Park. Situé au cœur de la riche Californie. Seulement deux jours de pluie par an. Possède sa propre fabrique de glace.

Maintenant la ville proprement dite se matérialisait de chaque côté de la grand-route. Des étals de fruits, une station-service Standard, une épicerie isolée avec des voitures arrêtées sur un terre-plein non goudronné. Des chaussées étroites et inégales quittaient la grand-route en serpentant. Des maisons apparurent et la Dodge se rabattit sur la voie lente.

— Alors ils appellent ça une ville, dit Max.

Il fit rugir le moteur et engagea la voiture dans une rue sur la droite en ajoutant :

— Ici ? Plus loin ? Décidez-vous.

— Traverse le quartier commerçant.

Le quartier commerçant se composait de deux parties. La première, qui avait pour axe la grand-route et son trafic, semblait consister surtout en restoroutes, stations-service et cafés pour automobilistes. La seconde constituait le vrai centre de l'agglomération, et c'était dans cette partie que la Dodge roulait maintenant. Joseph Schilling, le bras appuyé à la portière, regardait autour de lui, attentif et absorbé, heureux de la présence des gens et des magasins, heureux d'en avoir fini provisoirement avec la rase campagne.

Ils passèrent devant une boulangerie, une droguerie-mercerie, une crémerie moderne, puis une boutique de fleuriste. « Pas mal », reconnut Max. Ensuite venaient une librairie – de style espagnol, en pisé – puis une succession de maisons particulières de style « ranch californien ». Bientôt les dernières furent derrière eux ; une station-service apparut et ils se retrouvèrent sur la grand-route.

— Arrête là, ordonna Schilling.

C'était un bâtiment blanc tout simple, avec une enseigne peinte qui se balançait dans le vent de l'après-midi. Un Noir s'était déjà levé d'une chaise longue en toile ; il avait posé son magazine et s'approchait. Il portait un uniforme amidonné sur lequel était cousu le mot *Bill*.

— Chez Bill – lavage de voitures, dit Max en tirant le frein à main. Descendons. J'ai envie de pisser.

Avec raideur et lassitude, Joseph Schilling ouvrit la portière et mit les pieds sur le macadam. En sortant, il dut repousser les paquets et les boîtes qui encombraient la banquette arrière ; un carton rebondit sur le marchepied et il se pencha laborieusement pour le récupérer. Pendant ce temps, le Noir s'était approché de Max et le saluait.

— Tout de suite. Amenez-la, m'sieur. J'ai déjà appelé mon assistant. Il est allé chercher un Coca.

Joseph Schilling se mit à marcher pour se dégourdir les jambes, tout en se frottant les mains. L'air sentait bon ; si chaud qu'il fût, il n'était pas aussi étouffant que dans la voiture. Il prit un cigare, en coupa le bout, et l'alluma. Il exhalait çà et là des bouffées de fumée bleu foncé, lorsque le Noir vint vers lui.

— Il s'en occupe, annonça-t-il.

La Dodge, poussée sous le portique, avait à moitié disparu dans des tourbillons d'eau savonneuse.

— Pas vous ? demanda Schilling. Oh, je vois. Vous êtes le mécano.

— Je suis le patron. La laverie m'appartient.

La porte des toilettes hommes était ouverte ; à l'intérieur, Max urinait et marmonnait avec soulagement.

— À quelle distance sommes-nous de San Francisco ? demanda Schilling au Noir.

— Oh, quatre-vingts kilomètres, monsieur.

— Trop loin pour un aller-retour régulier.

— Oh, certains le font. Mais c'est pas une banlieue ici, c'est une localité à part entière.

Il tendit le bras en direction des collines.

— Plein de retraités. Ils viennent ici à cause du climat. Ils s'installent, ils restent.

Il se tapota la poitrine.

— Du bon air sec.

Des nuées de lycéens déambulaient à présent le long des trottoirs, traversaient la pelouse de la caserne de pompiers, se rassemblaient au comptoir du restoroute, de l'autre côté de la chaussée. Une jolie petite jeune fille en chandail rouge retint l'attention de Schilling. Debout, elle buvait à petites gorgées dans un gobelet en carton ; ses grands yeux étaient rêveurs et ses cheveux noirs voletaient dans la brise. Il l'observa jusqu'à ce qu'elle le remarquât et se détournât, sur la défensive.

— Ce sont tous des lycéens ? demanda-t-il à Bill. Certains ont l'air plus âgés.

— C'est des lycéens, lui assura le Noir avec une autorité de citoyen. Il est juste trois heures.

— Le soleil, dit Schilling en manière de plaisanterie. Vous avez du soleil presque toute l'année... Il mûrit tout plus vite.

— Ouais, on récolte ici toute l'année. Abricots, noix, poires, riz. C'est chouette ici.

— Vraiment ? Vous aimez ce coin ?

— Beaucoup.

Le Noir hocha la tête.

— Pendant la guerre, j'vivais à Los Angeles. J'travaillais dans une usine d'aviation. J'allais au boulot en bus.

Il fit la grimace.

— Chiiierie !

— Et maintenant, vous êtes à votre compte.

— J'étais fatigué. J'ai vécu dans un tas d'endroits différents et puis j'suis arrivé ici. Pendant toute la guerre j'ai économisé pour cette laverie auto. C'était bon pour le moral. Et ça m'plaît d'vivre ici. J'peux m'reposer, comme qui dirait.

— Vous êtes accepté ici ?

— Y a un quartier réservé aux Noirs. Mais ça va ; c'est à peu près tout c'qu'on peut espérer. Au moins personne a jamais dit que j'pouvais pas venir m'installer ici. Vous voyez c'que j'veux dire.

— Oui, je vois, répondit Schilling, absorbé dans ses pensées.

— Alors c'est mieux ici.

— Oui, dit Schilling. En effet. C'est beaucoup mieux.

De l'autre côté de la route, la fille avait fini sa boisson gazeuse. Elle écrasa le gobelet entre ses doigts et le laissa tomber dans le caniveau, puis elle s'éloigna avec des camarades. Joseph Schilling la regardait encore lorsque Max sortit des toilettes, en clignant des yeux à cause du soleil et en boutonnant sa braguette.

— Eh là ! fit Max d'un ton de mise en garde en voyant l'expression sur son visage. Je connais cc regard.

Sursautant d'un air coupable, Schilling dit :
— Cette petite est vraiment adorable.
— Mais elle n'est pas pour vous.
Schilling s'adressa de nouveau au Noir.
— Où est-ce qu'on peut se promener ici ? Plus haut vers les collines ?
— Y a deux parcs. L'un d'eux est juste un peu plus bas. Vous pouvez y aller à pied. Il est petit, mais ombragé.
Il indiqua la direction, heureux de pouvoir rendre service à cet homme blanc de forte carrure et bien habillé.
L'homme blanc de forte carrure et bien habillé regarda autour de lui, en tenant son cigare entre deux doigts. Le Noir devina, au mouvement de ses yeux, qu'il embrassait du regard, par-delà le portique de lavage auto et le restoroute *Foster's Freeze*, la petite ville elle-même : le quartier résidentiel avec ses belles propriétés ; le quartier pauvre, avec son hôtel et son bureau de tabac tout délabrés ; la caserne de pompiers, le lycée, les commerces modernes. Tout cela était dans ses yeux, comme s'il en avait pris possession rien qu'en le regardant.
Et il semblait au Noir que l'homme blanc avait longtemps voyagé avant d'atteindre cette ville-ci. Il ne venait pas d'une localité voisine ; il ne venait même pas de la côte Est. Peut-être venait-il de l'autre bout du monde, peut-être avait-il toujours été en chemin, se déplaçant d'un endroit à un autre. C'était son cigare : cette odeur n'était pas familière. Ce n'était pas un cigare américain ; il venait d'ailleurs. Une odeur étrangère émanait de toute la personne de cet homme blanc – due à son cigare, à son costume de tweed fatigué, à ses chaussures anglaises, à ses manchettes françaises dont les boutons étaient en or. Sans doute son

coupe-cigares en argent venait-il de Suède. Sans doute buvait-il du xérès espagnol. C'était un homme d'expérience, un homme qui avait vu le monde.

Quand il était arrivé, dans sa grosse Dodge noire, ce n'était pas seulement lui-même qu'il avait amené. Il était bien plus grand que cela – si grand qu'il dominait tout, alors même qu'il se penchait pour mieux écouter, en fumant son cigare. Le Noir n'avait jamais vu de visage qui parût aussi distant. Il était si lointain qu'il n'avait plus de regard, plus d'expression. On n'y lisait ni bonté, ni méchanceté ; c'était simplement un visage, un visage immense bien au-dessus de lui, avec son cigare qui semblait répandre en volutes de fumée le monde entier autour de lui-même et de son assistant – et introduire l'univers tout entier dans la petite ville californienne de Pacific Park.

Joseph Schilling marchait d'un pas tranquille le long de l'allée de gravier, les mains dans les poches, en observant avec plaisir l'activité du parc. Au bord d'un petit étang, des enfants donnaient du pain à un canard dodu. Au centre du parc, il y avait un kiosque à musique désert. Des vieillards étaient assis çà et là, et aussi de jeunes mères à la poitrine généreuse. L'ombre des arbres – poivriers et eucalyptus – était très dense.

— Bande de clampins ! dit Max qui le suivait en essuyant la sueur de son visage avec un mouchoir. Où est-ce qu'on va ?

— Nulle part, dit Schilling.

— Vous allez parler à quelqu'un. Vous allez vous asseoir et parler à un de ces clampins. Vous parleriez à n'importe qui – vous avez bien causé avec ce négro.

— Je crois que j'ai pris une décision.

— Ah oui ? À quel sujet ?

— On va s'installer ici.

— Pourquoi ? demanda Max. À cause de ce parc ? Il y en a un tout pareil dans chaque bourgade du nord au sud de...

— À cause de cette ville. Il y a tout ce qu'il me faut ici.

— Des filles à gros nichons, par exemple ?

Ils avaient atteint l'extrémité du parc. Schilling descendit du trottoir et traversa la rue.

— Tu peux aller boire un bock si tu préfères.

— Où allez-vous ? demanda Max d'un air soupçonneux.

Devant eux s'alignaient plusieurs magasins modernes. Au milieu de la rangée, il y avait une agence immobilière. GREB & POTTER, disait l'enseigne.

— Je vais là, dit Schilling.

— Réfléchissez.

— C'est tout réfléchi.

— Vous ne pouvez pas ouvrir votre magasin ici. Vous ne ferez pas un rond dans un bled pareil.

— Peut-être, répondit distraitement Schilling. Mais... – il sourit – je pourrai m'asseoir dans le parc et donner du pain aux canards.

— Je vous retrouve à la laverie auto, dit Max avant de s'éloigner d'un pas lourd et résigné en direction du café-bar.

Joseph Schilling resta un instant sur place, puis il poussa la porte de l'agence. L'unique pièce était grande, sombre et fraîche. À un bureau, derrière un long comptoir, était assis un jeune homme de haute taille.

— Oui, monsieur ? dit le jeune homme sans se lever. Puis-je vous être utile ?

— Vous vous occupez de locations d'espaces commerciaux ?

— En effet.

Joseph Schilling se dirigea vers un bout du comptoir et contempla une carte murale du comté de Santa Clara.

— Je peux voir votre catalogue ?

Entre ses doigts apparut le bord blanc d'une carte de visite.

— Je m'appelle Joseph Schilling.

Le jeune homme était maintenant debout.

— Jack Greb. Heureux de faire votre connaissance, monsieur Schilling.

Il tendit une main circonspecte.

— Un espace commercial ? Vous cherchez une location à long terme sur un commerce de détail ?

Il tira de sous le comptoir un épais classeur, le posa devant lui et l'ouvrit.

— Un local vide, dit Schilling.

— Vous êtes commerçant ? Vous avez une licence de détaillant pour la Californie ?

— Mon domaine, c'est la musique.

Il ajouta après une courte pause :

— Je travaillais dans l'édition musicale. Maintenant j'ai décidé de m'essayer au commerce de détail. Un vieux rêve, en quelque sorte – avoir mon propre magasin de disques.

— Nous en avons déjà un, dit Greb. *Hank's Music Bar*.

— Ce sera quelque chose de différent. De la musique pour connaisseurs.

— De la musique classique, vous voulez dire ?

— En effet.

Humectant son pouce, Greb se mit à tourner énergiquement les pages jaunes et raides de son catalogue.

— Je crois que nous avons exactement ce qu'il vous faut. Un joli petit magasin, très moderne et propre. Façade inclinée, éclairage fluorescent, construit il y a deux ans seulement. Situé Pine Street, en plein cœur du quartier commerçant. C'était une boutique de souvenirs et de cadeaux. Elle appartenait à un couple sympathique d'une cinquantaine d'années. Le mari a vendu quand sa femme est morte. D'une tumeur à l'estomac, à ce qu'on m'a dit.

— J'aimerais voir ce local, dit Joseph Schilling.

Greb, de son côté du comptoir, lui adressa un sourire entendu.

— Et moi, j'aimerais vous le montrer.

2

Au bord de la plate-forme de chargement en béton des Meubles Californiens, un camion express recevait des piles de chaises chromées. Un autre camion, ou plutôt une fourgonnette, attendait de prendre sa place.

En jean délavé et tablier de toile, le commis à l'expédition assemblait léthargiquement, à coups de marteau, une table de cuisine chromée. Seize boulons maintenaient en place la surface plane en matière plastique ; huit rivets empêchaient les pieds en métal creux de se détacher du cadre.

— Merde ! fit le commis.

Il se demanda si quelqu'un d'autre dans le monde assemblait des meubles chromés. Il pensa à toutes ces choses que l'on pouvait imaginer que les gens étaient en train de faire. Des images se formèrent dans sa tête – la plage de Santa Cruz, des filles en maillot de bain, des bouteilles de bière, des chambres de motel, des radios jouant du jazz en sourdine. C'était trop pénible. Il se tourna brusquement vers le soudeur, lequel, ayant relevé sa visière, cherchait d'autres tables.

— C'est de la merde, dit le commis. Tu le sais ?

Le soudeur sourit, hocha la tête, et attendit.

— T'as fini ? demanda le commis. Tu veux une autre table ? Bon Dieu, qui voudrait d'une de ces tables chez lui ? J'en mettrais même pas dans mes chiottes.

Un pied de table luisant glissa de ses doigts et tomba sur le béton. Le commis jura et l'envoya d'un coup de talon rejoindre le fouillis de bouts de corde et de papier d'emballage sous la table d'expédition. Il se penchait pour le récupérer, lorsque Miss Mary Anne Reynolds apparut avec d'autres bons de commande prêts à recevoir toute son attention.

— Tu n'aurais pas dû faire ça, dit-elle - sachant qu'on aurait facilement pu entendre le vacarme du bureau.

— Oh, la barbe ! dit le commis en levant le bras pour prendre un autre pied. Tiens ceci, veux-tu ?

Mary Anne posa ses papiers et tint le pied métallique pendant qu'il le fixait au cadre. Une odeur de garçon malheureux émanait de lui, une âcre et pauvre odeur de sueur aigre. Elle le plaignait, mais sa stupidité l'irritait. Un an et demi plus tôt, quand elle avait commencé à travailler ici, il était déjà comme ça.

— Laisse tomber, dit-elle. Pourquoi garder un boulot que tu n'aimes pas ?

— La ferme ! répondit-il.

Mary Anne lâcha la table assemblée et regarda travailler le soudeur. Elle aimait ce jaillissement d'étincelles : cela ressemblait à un feu d'artifice du 4 juillet. Elle avait demandé au soudeur de la laisser essayer le chalumeau, mais il avait toujours refusé en souriant.

— Ils ne sont pas satisfaits de ton travail, dit-elle au commis. M. Bolden a dit à sa femme qu'à moins d'un effort de ta part, il n'allait pas te garder.

— J'demande pas mieux que d'retourner dans l'armée.

Ça ne servait à rien de discuter avec lui. Mary Anne, dans un tourbillon de jupe, quitta l'aire d'expédition et retourna dans le bureau.

Tom Bolden, le propriétaire des Meubles Californiens, un homme déjà assez âgé, était à son bureau ; sa femme était à la machine à calculer.

— Qu'est-ce qu'il fabrique ? demanda Bolden quand il s'aperçut que la jeune fille était revenue. Assis à flemmarder, comme d'habitude ?

— Il travaille très dur, dit-elle loyalement en s'asseyant devant sa machine à écrire ; elle n'aimait pas le commis, mais elle se refusait à jouer le moindre rôle dans sa disgrâce.

— Vous avez cette lettre pour Hales ? dit Bolden. Je veux la signer avant de partir.

— Où vas-tu ? demanda sa femme.

— À San Francisco. Ils disent chez Dohrmann que la dernière livraison était défectueuse.

Elle trouva la lettre et la passa au vieux pour qu'il la signe. C'était une page impeccable qu'elle avait tapée là, mais elle n'en ressentait aucune fierté. Les meubles chromés, la dactylographie, les problèmes d'un supermarché – tout cela se noyait absurdement dans le cliquetis de la machine à calculer d'Edna Bolden. Elle glissa une main sous son corsage et rajusta la bretelle de son soutien-gorge. La journée était chaude et vide, comme toujours.

— Je devrais être revenu à sept heures, disait Tom Bolden.

— Sois prudent sur la route, dit Mme Bolden en tenant la porte du bureau ouverte.

— Je ramènerai peut-être un nouveau commis.

Il avait presque quitté la pièce ; sa voix s'estompait déjà.

— Tu as vu comment c'est là-bas ? Une vraie porcherie. Des saletés partout. Je prends la camionnette.

— Passez par El Camino, dit Mary Anne.

— Quoi ? fit Bolden en s'arrêtant, menton levé.

— El Camino. C'est plus lent, mais beaucoup plus sûr.

Bolden claqua la porte en maugréant. Elle entendit la camionnette démarrer et s'éloigner sur la route... Ça n'avait pas vraiment d'importance. Elle se mit à relire ses notes sténographiées. Le bruit des scies électriques lui parvenait à travers les murs du bureau, ainsi que celui des coups frappés par le commis sur ses tables chromées.

— Il n'est pas dans son tort. Jake, je veux dire.

— Qui diable est Jake ? demanda Mme Bolden.

— Le commis à l'expédition.

Ils ne savaient même pas son nom. C'était une machine à marteler... une machine défectueuse.

— Il y a forcément des bouts de papier autour d'une table d'emballage. Comment pourrait-il en être autrement ?

— Ce n'est pas à vous d'en décider.

Mme Bolden posa son ruban de machine à calculer et se tourna vers elle.

— Mary, vous êtes assez grande pour comprendre que vous ne devez pas parler ainsi, comme si c'était vous la patronne.

— Je sais. J'ai été engagée pour écrire sous la dictée, pas pour vous dire comment diriger votre affaire.

Elle avait entendu cela plus d'une fois.

— C'est bien ça ?

— Vous ne pouvez pas travailler en entreprise et vous comporter de cette manière, dit Mme Bolden. Il faut bien vous mettre ça dans la tête. Vous devez respecter vos supérieurs...

Mary Anne écoutait ces paroles et se demandait ce qu'elles signifiaient. Mme Bolden semblait leur attacher de l'importance ; la vieille femme corpulente était contrariée. Cela l'amusa un peu, parce que c'était si sot, si futile...

— Vous ne voulez pas savoir ? demanda-t-elle avec curiosité – apparemment ils ne le voulaient pas. Supposons que les hommes trouvent un rat dans la remise aux tissus. Les rats ont peut-être déjà rongé des rouleaux d'étoffe. Est-ce que vous n'aimeriez pas l'apprendre ? J'imagine que vous aimeriez que quelqu'un vous le dise.

— Bien sûr que nous voudrions en être informés.

— Je ne vois pas la différence.

Il y eut un silence.

— Mary Anne, dit enfin la plus âgée des deux femmes, nous pensons de vous le plus grand bien, Tom et moi. Votre travail est excellent – vous êtes intelligente et vous apprenez vite. Mais vous devez regarder la réalité en face.

— Quelle réalité ?

— Votre emploi !

Mary Anne sourit, d'un sourire lent, méditatif. Elle se sentait légèrement étourdie et ses oreilles bourdonnaient.

— Ça me rappelle...

— Quoi donc ?

— Il faudrait que je passe prendre ma gabardine marron à la teinturerie.

Elle regarda ostensiblement sa montre ; elle avait conscience de l'indignation d'Edna Bolden, mais la vieille femme perdait son temps.

— Est-ce que je peux partir plus tôt cet après-midi ? La teinturerie ferme à cinq heures.

— J'aimerais pouvoir vous faire entendre raison, dit Mme Bolden.

Cette fille la troublait. Son désarroi était visible. On ne pouvait rien obtenir de Mary Anne, les promesses et les menaces habituelles étaient sans effet sur elle. Elles ne l'atteignaient pas.

— Je regrette, dit Mary Anne. Mais tout est si stupide et embrouillé. Il y a Jake qui déteste son travail... il devrait le quitter s'il ne l'aime pas. Et votre mari qui veut le renvoyer parce que son travail est négligé.

Elle regarda Mme Bolden dans les yeux, ce qui accrut encore son malaise.

— Pourquoi est-ce que personne ne fait rien ? C'était déjà comme ça il y a un an et demi. Qu'est-ce qu'ils ont tous ?

— Contentez-vous de faire votre travail, voulez-vous ? dit Mme Bolden. Voulez-vous bien retourner finir ce courrier ?

— Vous ne m'avez pas répondu.

Mary Anne continuait à fixer sur elle un regard dénué de compassion.

— Je vous ai demandé si je pouvais partir de bonne heure.

— Terminez votre travail et on en reparlera.

Mary Anne réfléchit un instant, puis elle se tourna vers son bureau. Cela lui prendrait un bon quart d'heure pour se rendre à pied de la fabrique à la teinturerie, dans le centre-ville. Il faudrait qu'elle parte à quatre heures et demie, pour être sûre d'arriver à temps.

En ce qui la concernait, la question était réglée. Elle l'avait réglée elle-même.

Elle marchait, dans la lumière fanée de cette fin d'après-midi, le long d'Empory Avenue – une fille petite, plutôt maigre, avec des cheveux châtains coupés court. Elle marchait très droite, la tête haute, sa gabardine marron négligemment jetée sur son avant-bras. Elle marchait parce qu'elle détestait prendre le bus, et parce qu'à pied elle pouvait s'arrêter quand et où elle le désirait.

Le double flot de la circulation s'écoulait le long de l'avenue. Les commerçants de Pacific Park commençaient à sortir sur les trottoirs pour relever leurs stores et fermer boutique jusqu'au lendemain.

Sur sa droite se dressaient les bâtiments en stuc du lycée de Pacific Park. Trois ans plus tôt, en 1950, elle y avait obtenu un diplôme. La cuisine, l'instruction civique, et l'histoire américaine – voilà ce qu'on lui avait appris. Elle avait pu utiliser ses connaissances en cuisine. En 1951, elle avait trouvé son premier emploi : réceptionniste chez Ace, l'agence de prêts de Pine Street. Comme elle s'y ennuyait trop, elle avait démissionné vers la fin de la même année, et était allée travailler pour Tom Bolden.

Mais vous parlez d'un boulot – taper des lettres pour des supermarchés, à propos de chaises de cuisine chromées... Des chaises plutôt mal foutues, d'ailleurs ; elle les avait essayées.

Elle avait vingt ans, et elle avait toujours vécu à Pacific Park. Elle ne détestait pas la petite ville ; celle-ci paraissait trop fragile pour survivre à un tel sentiment. La ville et ses habitants jouaient à d'étranges petits jeux, des jeux qui étaient pris très au sérieux, comme ceux de son enfance – avec des règles qui ne pouvaient être enfreintes, des rituels de vie et de mort. Et elle, curieuse, qui avait demandé « pourquoi cette règle », « pourquoi cette coutume », et joué aussi, tant bien que mal... jusqu'à ce que vînt l'ennui et, après lui, un mépris vaguement étonné qui la coupait des autres et lui faisait sentir sa solitude.

Elle s'arrêta un moment au drugstore Rexall et inspecta le présentoir de livres de poche. Négligeant les romans – ils étaient trop pleins d'absurdités –, elle choisit un volume intitulé *Trente jours pour enrichir votre vocabulaire*. Ceci, plus un numéro du *Leader*, le journal de Pacific Park, lui coûta trente-sept *cents*.

Elle sortait du drugstore, quand deux silhouettes vinrent à sa rencontre. « Salut ! » dit l'une d'elles. C'était un jeune homme, bien habillé. Un vendeur de chez Frug, le magasin de vêtements pour hommes. Elle ne connaissait pas son compagnon.

— Tu as vu Gordon aujourd'hui ? Il te cherche.

— Je vais l'appeler, répondit-elle en faisant un mouvement pour s'éloigner.

Elle n'aimait pas cette odeur de fleur qui se dégageait en permanence d'Eddie Tate. Certains hommes utilisaient une eau de toilette convenable ; celle de Tweany avait une bonne odeur de bois. Mais ceci... elle n'avait pas de respect pour ce genre de chose.

— Qu'est-ce que tu lis ? demanda Tate, l'œil curieux. Un de ces bouquins émoustillants ?

Elle le considéra un instant, à sa façon : calmement, sans intention blessante, comme quelqu'un qui veut simplement savoir.

— J'aimerais être fixée sur ton compte.

— Comment ça ? fit Tate, troublé.

— Un jour je t'ai vu du côté de la gare routière avec deux marins. Est-ce que tu es une tapette ?

— Hein ?

— Gordon n'est pas une tapette. Mais il est trop bête pour faire la différence, il pense que tu as de la classe.

Les yeux de Mary s'agrandirent ; la consternation de ce pauvre Eddie Tate l'amusait.

— Tu sais ce que tu sens ? Tu es parfumé comme une femme.

Le compagnon d'Eddie, intrigué par une fille capable de tenir ce genre de langage, attendait tout près de là et écoutait.

— Gordon est à la station-service ? demanda-t-elle à Tate.

— Je... je ne sais pas.

— Est-ce que tu n'as pas traîné par là-bas aujourd'hui ?

L'animal était pris au collet et elle ne le relâchait pas.

— J'y suis resté une minute. Il a dit qu'il passerait peut-être chez toi ce soir. Il a dit qu'il était passé mercredi et que tu n'étais pas là...

La voix de Tate s'estompa ; remontant sa gabardine sur son bras, elle était repartie, sans un regard pour aucun des deux hommes. Ils ne l'intéressaient pas. Elle pensait à la maison. Le découragement l'envahit, et elle sentit s'évanouir le plaisir momentané que lui procurait l'asticotage des pédés.

La porte d'entrée n'était pas verrouillée. Sa mère préparait le dîner dans la cuisine. Des bruits lui parvenaient des six appartements de l'immeuble : télévisions et gosses en train de jouer.

Elle entra, et se tourna vers son père.

Assis dans son fauteuil, Ed Reynolds attendait. Il était petit et musculeux ; ses cheveux et ses poils gris ressemblaient à des bouts de fil de fer. Ses doigts agrippèrent les bras du fauteuil et il se souleva à demi, en gargouillant et en clignant rapidement des yeux. Une boîte de bière vide tomba par terre et il repoussa de la main journal et cendrier. Il portait son blouson de cuir noir, et dessous, son maillot de corps en coton, sale et maculé de sueur, Des traces de graisse zébraient sa figure, son cou ; près du fauteuil étaient posés ses lourds brodequins de travail, encroûtés de cambouis.

— 'Soir, dit-elle.

Elle était, comme toujours, vaguement surprise et effrayée de le voir, comme si elle le découvrait pour la première fois.

— C'est maintenant qu'tu rentres ?

Ses yeux rouges luisaient et sa pomme d'Adam proéminente s'agitait en petits mouvements vifs sous la peau et les poils drus de son cou. Elle se dirigea vers sa chambre et aussitôt, traversant la moquette dans ses chaussettes poisseuses, il fut sur ses talons.

— Arrête, dit-elle.

— Arrête quoi ? Pourquoi t'es pas rentrée plus tôt ? dit-il en continuant à la suivre de près. Tu as traîné avec quelques-uns de tes copains négros ?

Elle ferma derrière elle la porte de sa chambre et se tint immobile. Elle l'entendait respirer de l'autre côté – une sorte de crépitement assourdi qui faisait penser à un objet pris dans un tuyau métallique. Sans tourner le dos à la porte, elle se dévêtit et enfila une chemisette blanche et un jean. Lorsqu'elle ressortit, il était retourné à son fauteuil. Devant lui, le poste de télévision rayonnait faiblement.

Une fois dans la cuisine, elle demanda rapidement à sa mère :

— Est-ce que Gordon a appelé ?

Elle évitait de regarder du côté de son père.

— Pas aujourd'hui.

Mme Rose Reynolds se pencha pour inspecter un plat fumant dans le four.

— Va mettre le couvert. Rends-toi utile.

Aller-retour au petit trot entre cuisinière et évier. Elle était mince aussi, comme sa fille ; même visage aigu, mêmes yeux sans cesse en mouvement, et, aux commissures des lèvres, mêmes plis soucieux. Mais Mary Anne avait hérité de son grand-père – mort à présent, enterré dans un cimetière de San José – son franc-parler, voire son effronterie ; traits dont sa mère était dépourvue.

Mary Anne examina le contenu des casseroles et dit :

— Je crois que je vais quitter mon travail.

— Oh mon Dieu ! s'exclama sa mère en déchirant un paquet de petits pois surgelés. Tu ne ferais pas ça ?

— C'est *mon* boulot.

— Tu sais que ton père ne va pas avoir une semaine complète de travail d'ici la fin de l'année. Sans son ancienneté…

— On fabriquera toujours des tuyaux. Ils ne le mettront pas à la porte.

Elle s'en fichait ; elle ne lui souhaitait pas bonne chance. S'asseyant à la table, elle ouvrit le *Leader* à la page du courrier des lecteurs.

— Tu veux un échantillon de la crétinerie des gens ? Quelqu'un écrit de Los Gatos pour dire que Malenkov est l'Antéchrist, et que Dieu va envoyer des anges pour l'anéantir.

Elle tourna son attention vers la chronique médicale.

— « Dois-je m'inquiéter d'une lésion indolore sur la face interne de ma lèvre, qui ne paraît pas vouloir guérir ? » Il a sans doute un cancer.

— Tu ne peux pas quitter ton travail.

— Je ne suis pas Jake. Ne fais pas de moi un Jake.

— Qui est Jake ?

— Ça fait cinq ans qu'il bosse là-bas.

Elle trouva les petites annonces classées et lissa le journal du plat de la main.

— Bien sûr, je peux toujours épouser Gordon et rester à la maison avec mon panier à ouvrage pendant qu'il répare des pneus crevés. Petit soldat en uniforme. Si obéissant. Agitez vos petits drapeaux. Jake. Gordon.

— Le dîner est prêt, dit sa mère. Va le dire à Ed.

— Dis-le-lui toi-même. Je suis occupée.

Absorbée dans sa lecture, elle tâtonna pour trouver une paire de ciseaux. Cette annonce avait l'air intéressante, et c'était la première fois qu'elle paraissait.

Recherchons j. femme pr vente détail. Accueil clients, bonne présentation, charme. Connaiss. music, appréciées, mais non indisp. Joseph Schilling 813 60 41. 9 h. à 17 h.

— Va le chercher, répétait sa mère. Je te l'ai déjà dit : ne peux-tu pas m'aider un peu ? Ne peux-tu pas te rendre utile ?

— Oh ! Ça va ! répliqua nerveusement Mary Anne.

Elle découpa l'annonce et alla la glisser dans son sac à main.

— Debout, Ed, lança-t-elle à son père. Allons, réveille-toi.

En le voyant assis là dans son fauteuil, elle s'arrêta avec appréhension. De la bière avait coulé sur le tapis, formant une vilaine tache qui s'agrandissait sous ses yeux. Elle ne voulait pas s'approcher de lui ; elle resta sur le seuil de la salle à manger.

— Aide-moi à me lever, dit-il.

— Non.

L'idée d'avoir à le toucher lui donnait la nausée. Tout à coup elle cria :

— Allez, debout, Ed !

— Écoutez-la, dit-il – ses yeux étaient brillants, vifs, fixés sur elle –, elle m'appelle Ed. Elle peut pas m'appeler papa ? J'suis pas son père, peut-être ?

Elle se mit alors à rire – elle ne le voulait pas, mais elle ne pouvait s'en empêcher.

— Bon Dieu ! fit-elle en s'étranglant à demi.

— Un peu de respect pour ton père, s'il te plaît.

Il s'était levé et s'approchait d'elle.

— Tu m'entends, Mary Anne ? Écoute-moi.

— Bas les pattes ! s'écria-t-elle en retournant précipitamment dans la cuisine, près de sa mère.

Elle prit des assiettes dans le placard.

— Si tu me touches, je pars ! Ne le laisse pas me toucher, ajouta-t-elle en se tournant vers sa mère.

Tremblante, elle commença à mettre le couvert.

— Tu ne veux pas qu'il me touche, hein ?

— Laisse-la tranquille, dit Rose Reynolds.

— Il est saoul ? demanda Mary Anne. Comment peut-on se saouler à la bière ? Ça coûte moins cher ?

Et puis, une fois de plus, ses mains furent sur elle. Il l'avait saisie par les cheveux. Le jeu, le vieux et terrible jeu...

À nouveau Mary Anne sentit ses doigts sur sa nuque, cette petite main très forte à la base de son crâne. Ses phalanges s'enfonçaient dans sa peau et y laissaient des taches huileuses qu'elle sentait s'étaler. Elle cria, mais c'était sans espoir ; il la tournait de force vers lui, et elle sentait son haleine rance chargée de bière. Elle tenait toujours ses assiettes. Elle perçut les craquements de son blouson de cuir, les mouvements de ses bras. Elle ferma les yeux et pensa à différentes choses : des choses agréables et douces, des choses qui sentaient bon, des choses lointaines et paisibles.

Quand elle rouvrit les yeux, il n'était plus là. Il s'installait devant son assiette.

— Hé ! fit-il lorsque sa femme s'approcha avec le plat, elle commence à avoir de beaux petits nichons.

Rose Reynolds ne dit rien.

— Elle grandit, ajouta-t-il en relevant ses manches pour manger.

3

— Gordon... dit-elle, mais ce n'était pas David Gordon, c'était sa mère qui ouvrait la porte de sa maison sur les ténèbres extérieures, en souriant vaguement à cette fille debout sur le perron.

— Tiens, Mary Anne, dit Mme Gordon. Quelle bonne surprise !

— Est-ce que David est là ?

Elle était partie de chez elle, en jean et paletot, dès la fin du dîner. Son désir de fuite était impérieux, et elle avait cette petite annonce dans son sac à main.

— Est-ce que tu as dîné ? demanda Mme Gordon.

Une chaude odeur de nourriture s'échappait par la porte ouverte.

— Je vais monter dans sa chambre pour voir s'il est encore là.

— Merci, dit-elle d'une voix où perçait l'impatience.

Elle espérait qu'il était là, parce que cela faciliterait les choses ; elle pouvait aller seule au *Roitelet*, mais c'était mieux d'être accompagnée.

— Ne veux-tu pas entrer, ma chérie ?

Il lui semblait tout naturel d'inviter la fiancée de son fils à entrer ; elle tenait la porte ouverte, mais Mary Anne ne bougea pas.

— Non, répondit-elle.

Elle n'avait pas le temps ; elle était poussée par le besoin d'agir.

« Zut ! pensa-t-elle, la voiture n'est pas là. »

Le garage des Gordon était vide, ce qui voulait dire que David était sorti. Eh bien, tant pis.

— Qui est là ?

C'était la voix amicale d'Arnold Gordon, qui apparut avec son journal et sa pipe, pantoufles aux pieds.

— Entre donc, Mary. Pourquoi diable restes-tu dehors ?

— David n'est pas là, n'est-ce pas ? dit-elle en redescendant les marches. Ça ne fait rien, je voulais juste savoir.

— Tu ne veux pas entrer un instant ? On n'est que tous les deux... Que dirais-tu d'un peu de glace et de gâteau ? Et on pourra bavarder.

— Il y a si longtemps qu'on ne t'a vue, ajouta Mme Gordon.

— Au revoir, dit Mary Anne.

« Ma chère, pensa-t-elle ironiquement, mon nouveau coupe-œuf est une merveille. Il faudra le prendre quand David et toi vous mettrez en ménage. Avez-vous fixé la date du mariage ? Reprends donc un peu de glace. »

— David est à une réunion de la Jeune Chambre de Commerce, dit Arnold en sortant sur le perron. Comment vas-tu ces temps-ci, Mary ? Et comment ça va chez toi ?

— Très bien, dit-elle en refermant le portail derrière elle. S'il veut me voir, je suis au *Roitelet*. Il comprendra.

Les mains dans les poches de son paletot, elle s'éloigna en direction du *Roitelet Paresseux*.

Le cabaret était enfumé et bruyant. Elle se fraya un chemin entre les tables des buveurs et les individus rassemblés près de l'estrade de l'orchestre, et s'approcha du piano.

Paul Nitz, le pianiste chargé des intermèdes – un jeune homme maigre, blond et hirsute, une cigarette éteinte aux lèvres –, était penché sur le clavier et en frappait les touches de ses longs doigts, le regard perdu dans le vide. Il sourit à la jeune fille du fond de sa transe.

— J'ai cru entendre, murmura-t-il, l'ami Bolden dire...

Il introduisit dans sa trame musicale une allusion au vieil air du Sud. Complexe et discrète, elle se perdit dans le thème principal : l'air bop intitulé *Sommeil*.

Quelques rares admirateurs se tenaient près du piano et écoutaient les divagations musicales de Nitz. Les yeux à demi clos, il adressa à l'un d'eux un signe de connivence et les deux hommes hochèrent sagement la tête en cadence.

— Oui, reprit Nitz, j'ai cru l'entendre... aussi clairement... que je te vois maintenant. Tu sais quoi, Mary ?

— Non, dit-elle en s'accoudant au piano.

— Ton nez coule.

— Il fait froid dehors.

Elle s'essuya le nez avec le dos de sa main.

— Est-ce qu'il va bientôt chanter ?

— Froid... répéta Nitz.

Il cessa de jouer et ses quelques admirateurs s'éloignèrent. Les autres, les vrais amateurs, attendaient près de l'estrade, et ils étaient plus patients.

— Qu'est-ce que ça peut faire ? dit-il à la jeune fille. Tu ne seras plus là. Mineures. Le monde est plein de mineures. Tu t'en fiches que je joue, hein ? Tu viens quelquefois pour m'écouter ?

— Mais oui, Paul, répondit-elle affectueusement.

— J'suis un trou du cul. Un trou du cul à peine audible.

— C'est vrai, dit-elle en s'asseyant près de lui sur le petit banc. Et quelquefois tu n'es même pas audible.

— J'suis un silence musical. Entre des moments de grandeur.

Elle se sentait un peu plus calme ; elle parcourut la salle des yeux, jaugeant la clientèle, écoutant. « Ils sont bien, ce soir. »

Nitz lui passa un joint à demi fumé, éteint.

— Tu veux ça ? Prends-le. Sois hors-la-loi. Envoie-toi en l'air chez le diable...

Elle laissa tomber la cigarette par terre.

— J'ai un conseil à te demander.

Puisqu'elle était là, de toute façon...

Nitz dit en se levant :

— Pas maintenant. Il faut que j'aille aux toilettes.

Il s'éloigna d'un pas mal assuré.

— Je reviens.

Restée seule au piano, elle en tapota les touches sans conviction, en espérant que Paul ne tarderait pas à revenir. Au moins sa présence était-elle sans malice. Elle pouvait le consulter parce qu'il n'exigeait rien d'elle. Il vivait dans son propre monde, entre *le Roitelet* et sa chambre meublée, où il lisait des romans de cow-boys et composait des airs de bop sur son piano.

— Où est ton copain ? demanda-t-il lorsqu'il revint, épaules tombantes, s'asseoir près d'elle. Ce gosse, celui qui porte des vêtements chics.

— Gordon. À une réunion de la Jeune Chambre de Commerce.

— Sais-tu que j'ai appartenu à la Première Église Baptiste de Chickalah, Arkansas ?

Le passé n'intéressait pas Mary Anne. Fouillant dans son sac à main, elle en sortit la petite annonce qu'elle avait découpée dans le *Leader*.

— Regarde, dit-elle en la mettant dans les mains de Nitz. Qu'est-ce que tu en penses ?

Il examina longuement l'annonce, puis il la lui rendit.

— J'ai déjà du travail.

— C'est pour *moi*, pas pour toi.

Elle rangea nerveusement le bout de papier et referma son sac. Bien sûr, c'était le nouveau magasin de disques de Pine Street. Elle avait remarqué les travaux de transformation. Mais elle ne pouvait pas y aller avant le lendemain, et cette attente l'épuisait.

— J'étais estimé des autres fidèles, disait Nitz. Et puis je me suis retourné contre Dieu. C'est arrivé tout d'un coup. Un jour mon salut était assuré et...

Il haussa les épaules avec fatalisme.

— Brusquement quelque chose m'a fait me lever pour renier Jésus. C'était très étrange. Quatre autres fidèles m'ont suivi jusqu'à l'autel. J'ai parcouru les routes de l'Arkansas pendant quelque temps pour convaincre les gens de renoncer à leur religion. Je suivais la caravane du prêcheur Billy Dimanche. J'étais une sorte de Paul Lundi-noir...

— Je vais y aller, dit Mary Anne. Demain matin, avant les autres. Ils devront téléphoner, mais moi je sais où c'est. Je pense que je ferais une bonne vendeuse.

— Sûrement, dit Nitz.

— Je pourrais parler aux gens... au lieu de rester assise à taper des lettres dans un bureau. Un magasin de disques est un endroit agréable. Il y a toujours du passage, on voit sans cesse de nouvelles têtes...

— Tu as de la chance, dit Nitz, qu'Eaton soit sorti.

Taft Eaton était le patron du *Roitelet*.

— Je n'ai pas peur de lui.

Un Noir traversait la salle, et elle se redressa, soudain très droite sur son siège. Et elle oublia Paul à son côté, parce qu'*il* était là.

Il était grand et fort, et sa peau était très noire, très brillante, et – supposait-elle – très douce au toucher. Son corps musculeux était légèrement voûté ; c'était comme un relâchement, un abandon passagers, dont Mary Anne – tandis qu'elle le regardait s'avancer – sentit se propager les ondes jusqu'à l'endroit où elle était assise. Ses cheveux luisaient, huileux, épais, ondulés ; des cheveux soigneusement coiffés, dont il faisait apparemment grand cas. Il salua plusieurs couples d'un signe de tête, ainsi que les gens qui attendaient près de l'estrade, et continua son chemin, massif et digne.

— Le voilà, dit Nitz.

Elle hocha la tête.

— Le chanteur Carleton Tweany, ajouta Nitz.

— Quel colosse, dit-elle, les yeux fixés sur lui. Bon Dieu, regarde-le.

C'était presque douloureux de le voir, de l'imaginer.

— Il pourrait soulever un camion.

Cela faisait maintenant une semaine ; elle l'avait vu pour la première fois le 6, le jour où il avait commencé à chanter au *Roitelet*. On disait qu'il était descendu de East Bay, où il travaillait dans une boîte de nuit d'El Cerrito. Dans l'intervalle elle l'avait observé, jaugé, elle avait absorbé autant qu'elle le pouvait à distance.

— Tu veux toujours le rencontrer ? demanda Nitz.

— Oui, répondit-elle en frissonnant.

— Tu es vraiment remontée à bloc, ce soir.

Elle donna à Nitz un coup de coude impatient.

— Demande-lui s'il veut venir un instant. Allez, vas-y – *s'il te plaît*.

Il s'approchait du piano. Il reconnut Nitz, puis ses grands yeux noirs se posèrent sur Mary. Elle sentit qu'il la remarquait, qu'il prenait conscience de son existence. De nouveau elle frissonna, comme si elle traversait un courant d'eau froide. Elle ferma les yeux un instant – et quand elle les rouvrit, il n'était plus là. Il s'était remis en mouvement, verre en main.

— Hé ! fit Nitz, sans conviction. Assieds-toi.

Tweany s'arrêta.

— J'ai un coup de fil à donner.

— Une seconde, vieux.

— Non, il faut que j'y aille.

Le ton de sa voix était grave et las.

— J'ai des questions à régler.

— Golf avec le Président, dit Nitz à Mary Anne.

Elle se leva vivement, posa ses mains à plat sur le piano et se pencha en avant.

— Asseyez-vous.

Il fixa sur elle un regard songeur.

— Des problèmes, dit-il.

Finalement il repéra une chaise vide à une table proche et, la tirant à lui sans effort, s'assit à côté d'elle. Elle reprit lentement sa place, consciente de sa proximité, consciente aussi – à travers une vague sensation de désir contenu – du fait qu'il s'était arrêté à cause d'elle. Ainsi elle avait bien fait de venir, après tout. Elle avait forcé son attention ; pour un petit moment, du moins.

— Quels problèmes ? s'enquit Nitz.

Tweany eut l'air plus préoccupé que jamais.

— J'habite au second étage. Le chauffe-eau est là-haut celui qui sert à toute la maison.

Il ajouta en examinant ses ongles manucurés :

— Le fond a rouillé et fuit. De l'eau coule sur les brûleurs à gaz et sur mon plancher.

Sa voix prit un ton indigné.

— Ça va abîmer mes meubles.

— Tu as appelé la propriétaire ?

— Naturellement.

Tweany fronça les sourcils.

— Un plombier devait venir. Le manège habituel.

Il s'enferma dans un silence morose.

— Elle s'appelle Mary Anne Reynolds, dit Nitz en levant un doigt vers la jeune fille.

— Enchanté, Miss Reynolds, articula Tweany en inclinant cérémonieusement la tête.

— Vous chantez rudement bien, dit Mary Anne.

Les noirs sourcils se relevèrent légèrement.

— Oh ? Merci.

— Je viens ici chaque fois que je le peux.

— Merci. Oui, il me semble vous avoir remarquée. Plusieurs soirs, en fait.

Il se redressa.

— Il faut que j'aille téléphoner. Mon sofa va être fichu.

— Mohair tasmanien d'importation, chuchota Nitz. C'est la laine du moa crépu, une espèce primitive et disparue.

Tweany était debout.

— Ravi de vous avoir rencontrée, Miss Reynolds. J'espère que nous nous reverrons.

Il s'éloigna en direction de la cabine téléphonique.

— Le moa crépu *vert*, précisa Nitz.

— Qu'est-ce que tu as ? demanda Mary Anne, agacée par l'ironie de ses remarques. J'ai lu quelque chose au sujet d'un chauffe-eau qui avait explosé et tué d'un coup plusieurs enfants.

— Tu as lu ça dans une publicité pour compagnie d'assurances. Sept façons de reconnaître un cancer. Pourquoi n'ai-je pas assuré mon toit ?

Il bâilla.

— Utilisez des tuyaux en aluminium... contre la vermine de votre jardin...

Mary Anne regarda du côté où Tweany était parti, mais elle ne le vit pas ; la fumée l'avait englouti. Elle se demanda ce que cela ferait de connaître quelqu'un comme lui, d'avoir un homme aussi grand et fort à ses côtés.

— Tu as tort, dit Nitz.

Elle tressaillit.

— Quoi ?

— À son sujet. Je vois ça à ton air... te voilà repartie. Une autre idée derrière la tête.

— Quelle idée derrière la tête ?

— Toujours là... à traîner quelque part, les mains dans les poches de ton paletot, avec cette expression soucieuse et... conspiratrice. À attendre que quelqu'un apparaisse... Pourquoi ? Tu n'es pas bête, tu peux te débrouiller toute seule. Tu n'as pas besoin d'un brave monsieur Nunuche pour te protéger.

— Il a de l'assurance.

Elle regardait toujours autour d'elle ; il allait forcément réapparaître.

— C'est une chose que je respecte. L'assurance et l'allure.

— Il est comment, ton père ?

Elle haussa les épaules.

— Ça ne te regarde pas.

— Mon père à moi me chantait des chansons le soir quand j'étais petit.

— Intéressant, dit-elle.

— Ils font ça, murmura Nitz. Mmm-mmm-mmm, fredonna-t-il d'une voix endormie. Oh, je vois venir mon cercueil, mama. Womp, wou-hou !

Il tapota le piano avec une pièce de monnaie.

— Maintenant joue. Ouais.

Mary Anne se demanda comment Paul pouvait somnoler, alors qu'il y avait tant de sujets de préoccupation. Paul semblait s'attendre à ce que les affaires du monde s'arrangent d'elles-mêmes. Elle l'enviait. Oui, elle aurait aimé pouvoir se laisser aller un moment, se détendre assez longtemps pour s'envelopper de consolantes illusions.

Une bribe d'un air ancien, une terrifiante berceuse, lui revint en mémoire. Elle ne l'avait jamais tout à fait oubliée.

... *si je mourais avant de me réveiller*...

— Ne crois-tu pas en Dieu ? demanda-t-elle à Nitz.

— Je crois en tout. Dieu, les États-Unis, la direction assistée...

— Tu n'es pas d'un grand secours.

Carleton Tweany était réapparu dans un coin de la salle. Il bavardait avec des clients. Bienveillant, supérieur, il allait de table en table.

— Ne fais pas attention à lui, marmonna Nitz. Il s'en ira.

La silhouette de Carleton Tweany s'approcha, et elle se raidit à nouveau. La désapprobation de Paul était presque palpable, mais elle s'en moquait bien ; elle avait pris sa décision. D'un seul et rapide mouvement, elle fut sur ses pieds.

— Monsieur Tweany, dit-elle – et apparemment ce qu'elle ressentait passa dans sa voix, parce qu'il s'arrêta.

— Oui, Miss Mary Anne ? dit-il.

Soudain nerveuse, elle demanda :

— Qu'en est-il de... de ce chauffe-eau ?

— Je ne sais pas.

— Qu'a dit la propriétaire ? Vous ne l'avez pas appelée ?

— Si, mais je n'ai pas pu l'avoir au téléphone.

Craignant qu'il ne s'éloigne, elle dit très vite :

— Eh bien, qu'allez-vous faire ?

Les lèvres de Tweany se contractèrent, et ses yeux parurent se voiler progressivement. Se tournant vers Paul Nitz, toujours avachi sur son banc, il demanda :

— Est-ce qu'elle est toujours comme ça ?

— La plupart du temps. Mary vit dans un univers de récipients qui fuient.

Elle rougit.

— Je pense aux gens du dessous, dit-elle pour se justifier.

— Quels gens ? demanda Tweany.

— Vous habitez au dernier étage, non ?

Elle ne l'avait pas encore perdu, mais il commençait à lui échapper.

— Ça va s'égoutter sur eux – ça va abîmer leurs murs, leurs plafonds.

— Ils peuvent toujours intenter un procès à la propriétaire, dit Tweany en tournant les talons.

— Dans combien de temps aurez-vous fini de chanter ? demanda Mary Anne en courant après lui.

— Dans deux heures.

Il sourit d'un air supérieur.

— Deux heures ! Ils seront peut-être déjà tous morts !

Des images cataclysmiques passèrent devant les yeux de Mary Anne : geysers d'eau, poutres fendues – avec, en fond sonore, le bruit du feu.

— Vous feriez mieux d'y aller maintenant. Vous pourrez chanter plus tard. Ce n'est pas juste pour ces gens-là. Il y a peut-être des enfants en bas... Est-ce qu'il y en a ?

L'amusement de Tweany s'était mué en exaspération. Il n'aimait pas beaucoup recevoir des ordres.

— Je vous remercie de votre intérêt pour...

— Allons, dépêchez-vous.

Elle s'en tenait à sa décision.

Bouche bée, il la regarda fixement.

— Je vous demande pardon, Miss Mary Anne ?

— Dépêchez-vous !

Elle le prit par la manche et le tira vers la porte.

— Où est votre voiture ?

Tweany était indigné.

— Je suis parfaitement capable de m'occuper de cette affaire moi-même.

— Sur le parking ? Votre voiture est sur le parking ?

— Je n'ai pas de voiture, avoua-t-il d'un ton maussade.

Il avait dû se séparer, peu de temps auparavant, de sa Buick décapotable jaune et crème.

— Est-ce que c'est loin ?

— Non. Trois ou quatre pâtés de maisons.

— Allons-y à pied.

Elle était résolue à maintenir cette proximité physique entre elle et lui ; c'était ce besoin impérieux qui l'avait poussée à prendre le problème de Tweany à bras-le-corps.

— Vous venez aussi ? était-il en train de demander.

— Certainement, dit-elle en se dirigeant vers la porte.

Tweany la suivit à contrecœur.

— Je ne vous ai rien demandé.

Il semblait se dilater derrière elle, devenir encore plus grand, plus droit. C'était un Empire dont les lointaines frontières connaissaient quelques troubles... Mais elle l'avait forcé – mue par ce besoin qu'elle avait de lui – à agir, et à prendre réellement conscience de son existence.

Elle dit en tenant la porte ouverte :

— Allons, ne perdons pas de temps. On reviendra. Vous pourrez chanter plus tard.

4

Ils traversèrent ensemble le quartier commerçant pauvre. Aucun d'eux n'avait grand-chose à dire. Bientôt les sombres boutiques fermées firent place à des maisons et des immeubles plus ou moins délabrés.

— C'est le quartier noir, dit Tweany.

Mary Anne hocha la tête. Son émotion était retombée ; elle se sentait maintenant fatiguée.

— J'habite dans le quartier noir, dit Tweany.

— Sans blague.

Il lui lança un coup d'œil curieux.

— Vous ne relâchez jamais la pression, Miss Mary Anne ?

— Je la relâcherai quand j'en aurai envie.

Il éclata de rire.

— Je n'ai jamais vu une fille comme vous !

Maintenant qu'ils avaient quitté *le Roitelet*, un peu de sa raideur cérémonieuse l'abandonnait. Une humeur plus communicative la remplaçait. Il commençait à prendre plaisir à cette balade nocturne dans les rues désertes.

— Vous aimez la musique, n'est-ce pas ? demanda-t-il.

Elle haussa les épaules.

— Bien sûr.

— Il y a eu quelque friction entre Nitz et moi. Il préfère jouer le répertoire habituel de jazz populaire. Comme vous l'avez probablement remarqué, mon ambition est d'introduire une forme musicale plus élaborée...

Mary Anne l'écoutait sans réellement prêter attention au sens de ses paroles. Sa voix grave la rassurait ; elle dissipait un peu de sa nervosité, et cela lui suffisait.

La présence des Noirs l'avait toujours apaisée. Il semblait y avoir dans leur monde plus de chaleur, et moins de cette atmosphère tendue qui régnait chez elle. Elle n'avait jamais eu de problème pour communiquer avec eux. Ils étaient comme elle. Eux aussi vivaient à l'écart, dans un monde à part.

— Il y a un tas d'endroits où vous ne pouvez pas aller non plus, dit-elle tout haut.

— Hein ?

— Mais vous avez tant de talent. Quelle impression ça fait de pouvoir chanter ? J'aimerais pouvoir faire quelque chose comme ça.

Elle se rappela la petite annonce qu'elle avait rangée dans son sac à main, et sa nervosité s'accrut.

— Avez-vous étudié quelque part ? Dans une école ?

— Au conservatoire, dit Tweany. Mon aptitude a été remarquée très tôt.

— Est-ce que vous avez aussi appartenu à l'Église Baptiste ?

Tweany rit avec indulgence.

— Non, bien sûr que non.

— Où êtes-vous né ?

— Ici, en Californie. Et c'est ici que j'ai décidé de vivre. La Californie est un État riche... qui dispose d'un potentiel illimité.

Pour prouver ce qu'il avançait, il montra du doigt la manche de son veston.

— Ce costume a été conçu spécialement pour moi et confectionné sur mesure par une grande maison de couture de Los Angeles.

Ses doigts effleurèrent sa cravate de soie imprimée à la main.

— Les vêtements sont importants.

— Pourquoi ?

— Les gens peuvent voir que vous avez du goût. Les vêtements sont la première chose que les gens remarquent. En tant que femme, vous devez bien le savoir.

— Peut-être.

Mais au fond elle s'en fichait ; pour elle, les vêtements n'étaient qu'une obligation sociale, au même titre que la propreté ou les bonnes manières.

— C'est une belle soirée, remarqua Tweany.

Avec une vigilance d'homme bien élevé, il lui avait laissé le haut du trottoir.

— Nous avons un excellent climat ici en Californie.

— Êtes-vous allé dans d'autres États ?

— Bien sûr.

— J'aimerais pouvoir voyager, dit Mary Anne.

— Quand vous aurez vu quelques grandes villes, vous saurez une chose essentielle : elles se ressemblent toutes.

Elle acceptait ses paroles, mais son désir de mouvement n'en était pas affecté.

— Je voudrais aller quelque part. Dans un endroit plus intéressant.

Elle avait du mal à préciser sa pensée.

— Vous avez une idée ? Un endroit vraiment agréable, où les gens sont sympathiques.

— New York a son charme.

— Les gens sont sympathiques là-bas ?

— New York possède quelques-uns des plus beaux musées et opéras du monde. Les gens y sont cultivés.

— Je vois.

Guidant la jeune fille vers une cour, Tweany dit :

— C'est là que j'habite.

Comme ils s'approchaient d'une sinistre vieille bâtisse, il ajouta d'un ton plus morose :

— Ça n'a rien de luxueux, mais... la bonne musique n'a pas de valeur commerciale. Il faut choisir entre la richesse et l'intégrité artistique.

Un sombre escalier extérieur menait de la cour au second étage. Mary Anne avança prudemment dans l'obscurité ; devant elle marchait Tweany, et sur sa gauche se dressait la maison elle-même. Elle passa devant un tonneau plein d'eau de pluie et de journaux en décomposition. Ensuite venait une rangée de bidons d'huile rouillés, puis les marches. Le bois fléchit et gémit sous ses pieds. Elle s'agrippa à la rampe et suivit Tweany de près.

L'appartement était peuplé d'ombres confuses. Tweany la conduisit, le long d'un couloir, jusqu'à une cuisine. Elle regardait autour d'elle, étonnée ; elle voyait un vaste fouillis de meubles et de formes diverses, rien de distinct, rien qu'elle pût réellement reconnaître. Et puis l'appartement s'éclaira.

— Excusez le désordre, murmura Tweany.

Il la laissa debout dans la cuisine pour aller rôder comme un matou de pièce en pièce. Ses biens semblaient n'avoir subi aucun dommage : personne n'avait volé ses chemises ; personne n'avait froissé ses tentures ; personne n'avait bu son whisky.

Une petite flaque d'eau brillait dans la cuisine ; le linoléum humide témoignait de la catastrophe.

Mais le chauffe-eau avait été réparé, et l'inondation épongée.

— Parfait, dit Tweany. Ils ont fait du bon travail.

Calmée, consciente à présent de s'être alarmée pour rien, Mary Anne allait ici et là à pas feutrés, examinant les rayons de livres, regardant par les fenêtres. L'appartement dominait la petite ville. Elle pouvait voir à l'horizon une rangée de claires lumières jaunes.

— Qu'est-ce que c'est que ces lumières ?

Indifférent, il répondit :

— Une route, peut-être.

Mary Anne renifla la légère odeur de renfermé de l'appartement.

— C'est intéressant, chez vous. Je n'ai jamais vu de logement comme celui-ci. Je vis encore chez mes parents. Ça me donne un tas d'idées pour ma propre piaule…

Tweany dit en allumant une cigarette :

— Eh bien, j'avais raison.

— Je suppose que le plombier est venu.

— Finalement tout allait bien.

— Je suis désolée, dit-elle, embarrassée. Je pensais aux gens du dessous. J'ai lu une publicité une fois, pour une compagnie d'assurances, où il était question d'un chauffe-eau qui avait explosé.

— Vous feriez aussi bien d'ôter votre paletot, maintenant que vous êtes là.

Elle le retira et le posa sur le bras d'un fauteuil.

— Je suppose que je vous ai fait quitter *le Roitelet* pour rien.

Les mains dans les poches revolver de son jean, elle retourna à la fenêtre.

— Bière ?

Elle hocha la tête.

— Oui. Merci.

— Bière de la côte Est.

Tweany remplit un verre pour elle.

— Asseyez-vous.

Elle s'assit en tenant gauchement le verre dans sa main. Il était froid et humide, recouvert de gouttelettes de condensation.

— Vous ne savez même pas s'il y a réellement des gens aux étages inférieurs.

C'était une remarque pertinente, et il avait bien l'intention de développer l'argument.

— Qu'est-ce qui vous fait croire qu'il y a quelqu'un en bas ?

Mary Anne murmura en fixant le plancher des yeux :

— Je ne sais pas. C'est juste une idée qui m'est venue.

Tweany s'assit sur le bord d'une table encombrée ; il était maintenant perché bien au-dessus d'elle, dans une position d'autorité. La fille paraissait très petite en comparaison, et très jeune. Dans son jean et sa chemisette de coton, elle avait l'air d'une adolescente.

— Quel âge as-tu ? demanda Tweany.

Les lèvres de Mary Anne remuèrent à peine.

— Vingt ans.

— Tu n'es qu'une petite fille.

C'était vrai. Elle avait en effet l'impression d'être une petite fille ; elle sentait son regard moqueur fixé sur elle. Elle comprit qu'elle allait devoir subir un sermon. Elle allait être réprimandée.

— Il faut devenir adulte, dit Tweany. Tu as encore beaucoup de choses à apprendre.

Mary Anne se redressa dans son fauteuil.

— Bon sang, est-ce que je ne le sais pas ? Je *veux* apprendre des choses.

— Tu habites dans cette ville ?

— Naturellement, dit-elle d'un ton plein d'amertume.

— Tu es étudiante ?

— Non. Je travaille dans une fabrique minable de meubles chromés.

— Quel genre de travail ?

— Sténodactylo.

— Ça te plaît ?

— Non.

Tweany la considéra un moment.

— Est-ce que tu as un talent quelconque ?

— Comment ça ?

— Tu devrais faire quelque chose de créatif.

— Je veux seulement aller dans un endroit où je pourrai être avec des gens qui ne me décevront pas.

Tweany alla allumer la radio. Une mélodie de Sarah Vaughan déroula ses accents dans la salle de séjour.

— Tu as reçu quelques mauvais coups, hein ? dit-il en retournant à sa position stratégique.

— Je ne sais pas. Ça n'a pas été si dur que ça.

Elle but une gorgée de bière.

— Pourquoi la bière de la côte Est coûte-t-elle plus cher que celle de la côte Ouest ?

— Parce qu'elle est meilleure.

— Je me disais que c'était peut-être à cause du transport.

— Tiens donc.

Son sourire supérieur et méprisant se reforma sur ses lèvres.

— Vous voyez, je n'ai jamais eu l'occasion d'apprendre ce genre de choses. Où avez-vous appris ces choses-là ?

— C'est l'expérience de toute une vie. La culture et le goût s'acquièrent progressivement au fil des ans. Pour certaines personnes, ces deux sortes de bière ont exactement le même goût.

Mary Anne n'aimait aucune sorte de bière. Elle sirotait consciencieusement la sienne, en regrettant vaguement de n'être pas plus âgée, de n'avoir pas vu et fait plus de choses. Elle avait conscience d'être bien terne et ordinaire à côté de quelqu'un comme Carleton Tweany.

— Quelle impression ça fait d'être un chanteur ? demanda-t-elle.

— En art, répondit-il, il existe une satisfaction spirituelle qui transcende le succès matériel. La société américaine ne s'intéresse qu'à l'argent. Elle est superficielle.

— Chantez-moi quelque chose, dit tout à coup Mary Anne. J'aime vous entendre chanter, ajouta-t-elle plus bas.

— Quoi, par exemple ? dit-il en levant un sourcil.

— *Water Boy*.

Elle lui sourit.

— J'aime cette chanson... vous l'avez chantée au *Roitelet*, un soir.

— C'est ta chanson préférée ?

— On l'a chantée une fois à l'école, il y a des années.

Ses pensées la ramenèrent à cette époque où, en jupe écossaise et corsage à col marin, ses camarades et elle défilaient en rangs dociles d'une salle de classe à une autre. Dessins en couleurs, actualités, exercices de défense passive pendant la guerre...

— C'était mieux, décida-t-elle. Pendant la guerre. Pourquoi ce n'est plus comme ça maintenant ?

— Quelle guerre ?

— Avec les nazis et les Japs. Est-ce que vous l'avez faite ?

— J'ai servi dans le Pacifique.

— Qu'est-ce que vous faisiez ? demanda-t-elle, la curiosité soudain en éveil.

— J'étais infirmier dans un hôpital.

— C'est amusant de travailler dans un hôpital ? Comment ça s'est fait ?

— Je me suis engagé.

Son passage dans l'armée n'avait jamais brillé d'un éclat particulier à ses propres yeux ; il en était sorti comme il y était entré – un simple soldat, gagnant vingt et un dollars par mois.

— Comment devient-on infirmier ?

— Ça s'apprend, comme le reste.

Le visage de Mary Anne s'éclaira.

— Ça doit être merveilleux de pouvoir consacrer sa vie à quelque chose de réel et d'important... à une cause comme celle-là.

— Et de laver des vieillards tout ratatinés, dit Tweany d'un air dégoûté. Ça n'a vraiment rien d'amusant.

L'intérêt de Mary Anne pour la cause médicale diminua sensiblement. Elle partageait son aversion.

— Non, admit-elle. Je n'aimerais pas beaucoup ça. Mais ce ne serait pas tout le temps comme ça, n'est-ce pas ? Ça consisterait surtout à soigner les gens...

— Qu'est-ce que la guerre avait de si plaisant ? dit Tweany. Tu n'as jamais vu de guerre, ma petite. Tu n'as jamais vu un homme se faire tuer. Moi si. La guerre est une chose horrible.

Ce n'était pas cela qu'elle avait voulu dire, bien sûr. Elle avait pensé à cette unanimité qui s'était fait jour pendant la guerre, à la disparition des dissensions internes.

— Mon grand-père est mort en 1940, dit-elle. Il avait une carte des différents fronts, une grande carte murale. Il y enfonçait des épingles de couleur.

— Oui.

Tweany n'était pas ému par cette évocation.

Mais *elle* était grandement émue, parce que Grand-père Reynolds avait été quelqu'un de très important pour elle ; il s'était occupé d'elle.

— Il m'expliquait tout - Munich, les Tchèques, dit-elle. Il aimait beaucoup les Tchèques. Et puis il est mort. J'avais... (elle calcula) ... j'avais sept ans.

— Si jeune, murmura Tweany.

Grand-père Reynolds avait aimé les Tchèques, et elle l'avait aimé, lui ; peut-être était-ce le seul être humain pour qui elle eût jamais ressenti une véritable affection. Son père était une menace, pas une personne. Depuis un certain soir où elle était rentrée tard et où, dans la salle de séjour, il l'avait attrapée, vraiment attrapée - pas par jeu ; depuis ce soir-là elle avait eu peur. Et lui, le petit homme ricanant, le savait. Et s'en amusait.

— Mon père travaillait dans une usine d'armement de San José, dit-elle. Mais mon grand-père restait à la maison, il était vieux. Il possédait un ranch dans la vallée de Sacramento. Et il était grand.

Elle se sentait dériver, sombrer dans ses propres pensées.

— Je me rappelle que... qu'il me soulevait et me faisait tournoyer très haut. Il était trop vieux aussi pour conduire. Quand il était plus jeune, il se déplaçait à cheval.

Les yeux de Mary brillaient.

— Et il portait un gilet, et une grosse bague en argent qu'il avait achetée à un Indien.

Tweany se leva et fit le tour de l'appartement pour baisser les stores. Il se pencha sur Mary Anne pour atteindre la fenêtre derrière elle. Il sentait la bière, l'amidon et le déodorant pour hommes.

— Tu es une jolie fille.

Elle se redressa un peu.

— Je suis trop mince.

— Tu n'es pas mal du tout, dit-il en regardant ses jambes.

Instinctivement, elle les replia sous elle.

— Est-ce que tu le sais ? demanda-t-il d'une voix étrangement rauque.

— Peut-être...

Elle se tortilla sur son siège. Il se faisait tard. Il faudrait qu'elle se lève de bonne heure le lendemain matin, et qu'elle soit fraîche et dispose pour aller se présenter au magasin de disques. Pensant à la petite annonce, elle prit son sac dans ses mains.

— Tu es une amie de Nitz ?

— Je suppose.

— Il te plaît ? demanda-t-il en s'asseyant en face d'elle, les coudes sur les genoux. Nitz te plaît ? Réponds-moi.

— Il est plutôt sympa, dit-elle, mal à l'aise.

— Il est petit.

Les yeux de Tweany brillaient.

— Je parie que tu préfères les hommes grands.

— Non, répliqua-t-elle d'un ton irrité, je m'en fiche.

Elle avait un début de migraine et la proximité de Tweany lui paraissait maintenant oppressante. Et elle détestait son odeur de bière : elle lui rappelait Ed.

— Pourquoi ne mettez-vous pas un peu d'ordre ici ? demanda-t-elle en se détournant de lui. C'est un vrai foutoir. Tout ce bric-à-brac partout.

Il se renversa en arrière, et son visage se ferma.

— C'est horrible.

Elle se leva et reprit son paletot. L'appartement n'était plus intéressant ; elle reprochait à Tweany de l'avoir négligé.

— Ça sent mauvais, dit-elle. Il y a des saletés partout et je parierais que l'installation électrique est défectueuse.

— Oui, dit Tweany. Elle est défectueuse.

— Pourquoi ne la faites-vous pas réparer ? C'est dangereux.

Tweany ne répondit pas.

— Qui fait le ménage ? Pourquoi ne faites-vous pas venir quelqu'un ?

— Une femme vient faire le ménage.

— Quand ?

— De temps en temps.

Il regarda sa montre-bracelet montée sur rubis.

— Il est temps de nous en retourner, Miss Mary Anne.

— Je suppose, oui. Je dois me lever de bonne heure demain matin.

Elle le regarda enfiler son veston ; il avait retrouvé toute sa raideur cérémonieuse, et c'était sa faute à elle.

— Je suis contente que votre problème de chauffe-eau soit réglé, ajouta-t-elle en manière d'excuse.

— Merci.

Lorsqu'ils furent dans l'obscurité de la rue, Mary Anne dit :

— Demain je vais chercher un autre travail.

— Vraiment.

— Je veux travailler dans un magasin de disques.

Elle sentait son manque d'intérêt, et elle voulait le ramener à elle.

— C'est ce nouveau magasin qui va ouvrir.

Elle tremblait dans l'air nocturne.

— Qu'est-ce qu'il y a ?

— Mes sinus. Je dois me faire opérer. Les changements de température les rendent douloureux.

— Est-ce que ça va aller ? demanda-t-il.

Ils étaient arrivés en bordure du quartier commerçant. Là-bas, au-delà des boutiques fermées, luisait l'enseigne rouge du *Roitelet*.

— Oui, dit-elle. Je vais rentrer me coucher.

— Bonne nuit, dit Tweany en s'éloignant.

— Souhaitez-moi bonne chance ! lui lança-t-elle.

Un sentiment de solitude l'envahit, et elle dut se faire violence pour ne pas courir après lui.

Tweany fit un vague signe de la main et continua son chemin. Elle regarda anxieusement sa silhouette se rapetisser. Puis, serrant contre elle son sac à main, elle prit la direction de son propre quartier.

5

À huit heures et demie, le lendemain matin, Mary Anne entra dans la cabine téléphonique de la crémerie Eickholz et composa le numéro des Meubles Californiens. Ce fut Tom Bolden qui répondit.

— Je voudrais parler à Edna, dit Mary Anne.

— Comment ? Qui demandez-vous ?

Quand elle eut enfin Mme Bolden au bout du fil, Mary Anne expliqua :

— Je regrette, mais je ne peux pas aller travailler aujourd'hui. J'ai mes règles et ça se passe toujours mal.

— Je vois, dit Mme Bolden d'une voix neutre où l'on ne percevait ni méfiance ni confiance, mais seulement une acceptation de l'inévitable. Eh bien, on n'y peut rien. Serez-vous sur pied demain ?

— Je vous tiendrai au courant, répondit Mary Anne avant de raccrocher. « Allez au diable ! pensa-t-elle. Vous et votre fabrique et vos chaises chromées... »

Elle sortit de la crémerie et marcha d'un pas rapide. Ses talons hauts résonnaient sur le trottoir. Elle était consciente de son apparence, de ses cheveux bien brossés et coiffés, de son visage soigneusement maquillé, de son parfum. Elle avait passé deux heures à sa toilette, et elle n'avait pris au petit déjeuner qu'un toast avec de la compote de pomme et une tasse de café. Elle était un peu nerveuse, mais sans appréhension.

Le nouveau petit magasin de disques avait été naguère une boutique de cadeaux et d'« art floral ». Les charpentiers s'affairaient dans le magasin réaménagé ; ils installaient des appliques d'éclairage indirect, fixaient des tapis sur le sol. Un électricien avait garé près de là sa camionnette et transportait des électrophones à l'intérieur. Des cartons pleins de disques s'entassaient partout. Au fond de la pièce, deux ouvriers clouaient des panneaux d'insonorisation au plafond des cabines d'audition à demi terminées. Tous ces travaux étaient dirigés par un homme d'âge mûr, en costume de tweed.

Elle traversa la rue et repassa lentement devant le magasin pour essayer de mieux distinguer cette silhouette qui dominait les charpentiers de toute sa hauteur. Agitant une canne à pommeau d'argent, l'homme allait et venait, donnait ses instructions, décidait de tout. Il marchait comme si le sol lui-même se formait sous ses pas. Il créait ce magasin à partir d'un fatras d'étoffes, de planches, de fils électriques, de carreaux de faïence. C'était intéressant de voir cet homme de forte stature en action. Était-ce Joseph Schilling ? Elle cessa de rôder aux abords du magasin et s'approcha de la porte. Il n'était pas encore neuf heures.

Elle franchit le seuil et, ce faisant, quitta brusquement le calme et le vide de la rue pour se retrouver dans un tourbillon d'activité. On avait assemblé là des objets volumineux ; cet espace confiné lui donna ce sentiment rassurant de protection qui comptait tant pour elle. Tandis qu'elle examinait un comptoir nouvellement construit, l'homme au costume de tweed leva les yeux et la vit.

— Êtes-vous M. Schilling ? demanda-t-elle, un peu intimidée.

— C'est bien moi.

Autour d'eux les charpentiers tapaient sur leurs clous. C'était encore plus bruyant que la fabrique de meubles. Elle inspira à fond pour mieux sentir l'agréable odeur de sciure mêlée à celle des tapis neufs et raides que l'on déroulait.

— Je voudrais vous parler... C'est votre magasin ? C'est pour quoi faire, tout ce verre ? s'étonna-t-elle.

Des ouvriers portaient des vitres dans le fond du magasin.

— Pour les cabines d'audition, répondit-il. Venez dans mon bureau. Nous y serons mieux pour parler.

Elle quitta à regret la pièce en chantier et le suivit le long d'un couloir. Ils passèrent devant des marches menant au sous-sol et entrèrent dans une pièce latérale. Il referma la porte et se tourna vers elle.

Le premier mouvement de Schilling avait été de la renvoyer d'où elle venait. Elle était manifestement trop jeune, pas plus de vingt ans. Mais il était intrigué. Cette fille possédait un charme inhabituel.

Elle était petite et plutôt maigrelette ; ses cheveux étaient châtains, et ses yeux très clairs, presque couleur de paille. Son cou le fascinait. Il était long et lisse, comme sur une toile de Modigliani. Ses oreilles étaient minuscules, parfaitement formées, et ornées de boucles d'or. Sa peau était claire, immaculée, et légèrement hâlée. Son corps était dépourvu de ces formes à forte connotation sexuelle ; sa silhouette avait quelque chose de sobre, presque d'ascétique, qui était rafraîchissant et inhabituel.

— Vous cherchez du travail ? lui demanda-t-il. Quel âge avez-vous ?

— Vingt ans, répondit-elle.

Schilling se frotta le lobe de l'oreille d'un air songeur.

— Quel genre d'expérience avez-vous ?

— J'ai travaillé pendant huit mois comme réceptionniste pour une société financière, par conséquent j'ai une bonne expérience de l'accueil des clients. Et je travaille depuis plus d'un an comme sténodactylo. Je tape bien à la machine.

— Je n'ai pas besoin de dactylo.

— Ne dites pas de bêtises. Est-ce que toutes vos transactions se feront en liquide ? Est-ce que vous n'allez pas ouvrir des comptes ?

— Mes comptes seront tenus de l'extérieur, dit-il. Est-ce là l'idée que vous vous faites de la façon de demander du travail ?

— Je ne demande pas du travail. Je *cherche* du travail.

Schilling réfléchit un instant, mais la distinction lui échappa.

— Est-ce que vous connaissez quelque chose en musique ?

— Je sais tout ce qu'il y a à savoir.

— Vous pensez à la musique populaire. Que diriez-vous si je vous demandais de me parler de Dietrich Buxtehude ? Ce nom vous dit-il quelque chose ?

— Non, répondit-elle avec simplicité.

— Alors vous n'y connaissez rien en musique. Vous me faites perdre mon temps. Tout ce que vous connaissez, ce sont les airs à la mode.

— En tout cas, vous ne pourrez pas vendre ces airs-là, dit-elle. Pas dans cette ville.

— Pourquoi donc ? fit-il, surpris.

— Hank est un des acheteurs les plus malins de la profession. Les gens viennent de San Francisco pour chercher des titres épuisés jusqu'à Los Angeles.

— Et ils les trouvent ?

— La plupart du temps. Personne ne peut les rafler tous.

— Comment se fait-il que vous connaissiez tant de choses sur la profession ?

La fille sourit un bref instant.

— Vous pensez que je connais beaucoup de choses sur la profession ?

— On le croirait, à vous entendre.

— Avant, je sortais avec un garçon qui gérait les stocks de Hank. Et j'aime la musique folk et le bop.

Schilling fit quelques pas vers le fond de la pièce, prit un cigare, en coupa le bout et l'alluma.

— Qu'est-ce qu'il y a ? demanda la jeune fille.

— Je ne suis pas sûr que vous seriez à votre place derrière un comptoir. Vous essaieriez d'expliquer aux gens ce qu'ils devraient aimer.

— Vous croyez ?

Elle réfléchit, puis haussa les épaules.

— Bah, cela dépend d'eux. Je pourrais les aider. Quelquefois ils veulent être conseillés.

— Comment vous appelez-vous ?

— Mary Anne Reynolds.

Ce nom lui plaisait.

— Je suis Joseph Schilling, dit-il.

Elle hocha la tête.

— L'annonce ne donnait qu'un numéro de téléphone. Mais vous avez trouvé l'adresse. Aviez-vous remarqué mon magasin ?

— Oui, répondit-elle.

Il y avait une certaine tension dans l'air. Elle comprenait que ceci était très important.

— Vous êtes née ici ? demanda-t-il. C'est une ville agréable. Je l'aime bien. Évidemment, ce n'est pas très grand, ni très animé.

— C'est mort.

Elle releva la tête et le regarda dans les yeux.

— Soyez réaliste.

— Peut-être que c'est mort pour vous parce que vous en êtes fatiguée.

— Je n'en suis pas fatiguée. Je n'y crois pas, c'est tout.

— Il y a ici beaucoup de choses en lesquelles on peut croire. Allez vous asseoir dans le parc.

— Pour quoi faire ?

— Pour écouter ! s'exclama-t-il avec force. Sortez donc un peu et tendez l'oreille... Tout est là autour de vous. Les couleurs, les sons, les parfums...

— Combien donnez-vous par mois ?

— Deux cent cinquante pour commencer, répondit-il, vexé. On revient aux choses pratiques ?

Cela ne correspondait pas à l'impression qu'il avait d'elle, et il se dit que ce n'était pas vraiment une question d'ordre pratique : elle essayait simplement de trouver un point d'ancrage. D'une façon ou d'une autre, il l'avait contrariée.

— C'est pour une semaine de cinq jours, ajouta-t-il. Ce n'est pas mal.

— En Californie, une femme ne peut pas travailler plus de cinq jours par semaine. Et plus tard ? Quel salaire puis-je espérer ?

— Deux cent soixante-quinze. Si tout marche bien.

— Et sinon ? J'ai une bonne place, vous savez...

Schilling arpentait le bureau en fumant et en essayant de se rappeler quand – et si – une situation de ce genre s'était déjà présentée. La véhémence de cette fille le touchait, le troublait. Mais il était trop vieux pour voir dans l'univers une source perpétuelle d'anxiété, et il aimait trop de petites choses. Il aimait la bonne nourriture ; il goûtait surtout la musique et la beauté, et – quand elles étaient vraiment drôles – les histoires bien salées... Il ne lui déplaisait pas d'être en vie, tandis que cette fille ressentait la vie comme une menace. Mais son intérêt pour elle s'était accru.

C'était peut-être la fille dont il avait besoin, après tout. Elle était vive, elle ferait une bonne vendeuse. Et elle était jolie ; s'il pouvait l'amener à se détendre, elle mettrait une note de fraîcheur dans le magasin.

— Ça vous plairait de travailler dans un magasin de disques ? demanda-t-il.

— Oui, répondit-elle. Ce serait intéressant.

— À l'automne vous seriez déjà dans le bain.

Elle apprenait vite, c'était visible.

— Nous pourrions envisager une période d'essai. Il va falloir que j'y réfléchisse... après tout, vous êtes la première candidate.

La sonnerie du téléphone retentit dans le couloir, et il sourit.

— En voilà sans doute une autre.

Elle ne dit rien, mais elle parut encore plus pensive et soucieuse. Elle ressemblait à certains petits animaux inquiets qu'il avait vus, ceux qui restent blottis et silencieux pendant des heures.

— Écoutez... dit Schilling – et sa voix avait à ses propres oreilles un son rude et maladroit –, allons manger quelque chose de l'autre côté de la rue. Je n'ai pas pris de petit déjeuner. Est-ce que ce restaurant est correct ?

— *L'Agneau Bleu ?*

Mary Anne se dirigea vers la porte.

— Oui, je suppose. Il est cher. Je ne sais pas s'il est déjà ouvert.

— On verra bien, dit Schilling.

Il la suivit le long du couloir. Une sorte de griserie s'empara de lui, un sentiment d'aventure.

— Sinon, ajouta-t-il, on peut toujours aller ailleurs. Je ne peux pas vous engager sans en savoir plus sur vous.

Dans le magasin, les bruits de marteau des charpentiers couvraient presque la sonnerie du téléphone. L'électricien, entouré de platines et d'enceintes acoustiques, essayait en vain d'entendre un grésillement d'amplificateur. Schilling rattrapa la jeune fille et lui prit le bras.

— Attention, lui dit-il d'un ton prévenant et cordial. Prenez garde à tous ces fils enchevêtrés.

Le bras de Mary Anne était ferme entre ses doigts. Il percevait le sec bruissement de son ensemble tricoté vert, ainsi que les très légers effluves de son parfum. Elle était, décidément, étonnamment menue. Elle avançait lentement, les yeux fixés sur le sol, sans mot dire, visiblement absorbée dans ses pensées.

Lorsqu'ils atteignirent le trottoir, la jeune fille s'arrêta. Schilling relâcha gauchement son bras et ils se tournèrent l'un vers l'autre dans l'aveuglante lumière matinale. L'air était encore humide et frais ; Schilling inspira à fond, et le trouva meilleur que la fumée de son cigare.

— Eh bien ? demanda-t-il. Qu'en pensez-vous ? Est-ce que cela se présente bien ?

— C'est un beau petit magasin.

— Vous croyez que ça marchera ?

Il s'écarta avec agilité pour laisser passer des ouvriers qui transportaient une caisse enregistreuse et un carton plein de rubans de papier.

— Probablement.

Schilling hésita. Était-il en train de commettre une erreur ? Une fois qu'il aurait parlé, il serait trop tard pour faire machine arrière. Mais il n'avait pas envie de faire machine arrière.

— Vous êtes engagée, dit-il.

Au bout d'un petit moment, Mary Anne dit :

— Non, merci.

— Hein ? fit-il, interloqué. Comment ça ? Que voulez-vous dire ?

Sans un mot, la jeune fille s'éloigna le long du trottoir. Schilling resta un instant sur place, bras ballants. Puis, jetant son cigare dans le caniveau, il courut après elle.

— Qu'est-ce qu'il y a ? demanda-t-il en lui barrant le chemin. Qu'est-ce qui ne va pas ?

Des passants les regardaient avec curiosité. Sans leur prêter attention, il saisit le bras de la jeune fille.

— Vous ne voulez pas cette place ?

— Non, répondit-elle d'un air de défi. Lâchez mon bras, sinon j'appelle un flic et je vous fais arrêter !

Schilling la relâcha et elle recula d'un pas.

— Qu'est-ce qu'il y a ? répéta-t-il, presque suppliant.

— Je ne veux pas travailler pour vous. Quand vous m'avez touchée, j'ai senti que...

Sa voix n'était plus qu'un murmure.

— Le magasin est super. Je regrette – ç'avait bien commencé. Vous n'auriez pas dû me toucher.

Et puis elle fut partie. Schilling se retrouva seul sur le trottoir ; elle s'était perdue dans la foule des gens qui sortaient faire leurs courses matinales.

Il retourna dans le magasin. Les charpentiers tapaient toujours à tour de bras sur leurs clous. On entendait aussi la sonnerie aiguë du téléphone. Pendant son absence, Max était arrivé avec un sandwich au jambon et du café dans un gobelet en carton (un seul morceau de sucre).

— Tenez, dit Max. Votre petit déjeuner.

— Garde-le ! répliqua rageusement Schilling. Max cligna des yeux.

— Mais qu'est-ce que vous avez ?

Schilling sortit un autre cigare de la poche de son veston. Il s'aperçut alors que ses mains tremblaient.

6

David Gordon gara le camion de dépannage en sifflant et sauta sur le macadam. Chargé d'une pompe à essence endommagée et d'une poignée d'outils, il entra dans le garage de la station-service.

Mary Anne Reynolds était assise sur l'unique chaise. Mais quelque chose n'allait pas ; elle était trop calme.

— Tu… commença-t-il. Qu'est-ce qui se passe, chérie ?

Une larme, une seule, coula sur la joue de la jeune fille. Elle l'essuya et se leva. Gordon voulut lui prendre les mains, mais elle se déroba.

— Où étais-tu ? dit-elle à voix basse. Ça fait une demi-heure que je suis ici. L'autre type m'a dit que tu reviendrais tout de suite.

— Des gens dans une Buick. En panne sur la vieille route du Col de l'Ours. Qu'est-ce qui est arrivé ?

— J'ai répondu à une offre d'emploi. Quelle heure est-il ?

Il chercha la pendule des yeux ; quand quelqu'un demandait l'heure, il ne la trouvait jamais du premier coup.

— Dix heures.

— Alors ça fait une heure. J'ai marché un peu avant de venir ici.

Il n'y comprenait rien.

— Comment ça, tu as répondu à une offre d'emploi ? Et la fabrique de meubles ?

— D'abord, dit Mary Anne, peux-tu me prêter cinq dollars ? J'ai acheté une paire de gants chez Steiner.

Il sortit l'argent ; elle prit le billet et le glissa dans son sac à main. Il remarqua que ses ongles étaient vernis, ce qui était inhabituel. D'ailleurs elle était sur son trente et un : elle portait un ensemble chic, et des talons hauts, et des bas nylon.

— J'aurais dû m'en douter, reprit-elle. À la façon dont il m'a regardée au début. Mais je n'en étais pas sûre avant qu'il me touche. Alors j'en ai été sûre, et je me suis sauvée aussi vite que j'ai pu.

— Explique-toi.

Ses pensées, comme ses activités, lui étaient devenues étrangères.

— Il voulait coucher avec moi, dit-elle froidement. Voilà à quoi tout cela servait – l'offre d'emploi, le magasin, la petite annonce. « Jeune femme, doit avoir du charme. »

— Mais *qui* ?

— Le propriétaire du magasin. Joseph Schilling.

David Gordon l'avait déjà vue fâchée, et parfois il pouvait la calmer. Mais il ne voyait pas où était le problème. Un homme lui avait fait du plat – et alors ? Il avait lui-même fait du plat à des filles...

— Peut-être que ce n'était pas prémédité, dit-il. Je veux dire, peut-être qu'il avait vraiment besoin d'une vendeuse, mais quand il t'a vue...

Il fit un geste dans sa direction.

— Regarde-toi, tu es toute pomponnée. Cet ensemble, tout ce maquillage...

— Mais un homme de son âge, insista-t-elle. Ce n'est pas bien !

— Pourquoi pas ? C'est un homme, non ?

— Je pensais que je pouvais lui faire confiance. On ne s'attend pas à cela de la part d'un homme de son âge.

Elle sortit ses cigarettes, et il prit la boîte d'allumettes pour lui donner du feu.

— Imagine un peu – un homme comme lui, respectable, avec de l'argent et de l'éducation, qui vient dans cette ville, qui choisit cette ville, pour une chose comme celle-là...

— Calme-toi, dit-il.

Il voulait l'aider, mais ne savait pas très bien comment s'y prendre.

— Ça va aller.

Elle tournait en rond – en petits cercles inconscients – dans le garage.

— Ça me rend malade. C'est tellement... enrageant. Je me suis donné tant de mal pour me préparer. Et le magasin...

Sa voix faiblit.

— Il était si joli. Et lui, il avait l'air si... imposant au début.

— Ça arrive tout le temps. Tu n'as qu'à aller du côté du drugstore, là où traînent ces types...

— Tu te rappelles quand on était au lycée ? Cet incident dans le bus ?

Non, il ne se rappelait pas.

— Je...

— Tu n'étais pas là. J'étais assise à côté d'un homme, un vendeur. Il a commencé à me parler. C'était affreux. Il me chuchotait des trucs à l'oreille – et tous les autres... tranquillement assis là, qui tressautaient avec le bus... Des ménagères...

— Dis donc, je repars dans une demi-heure. Si on allait prendre un hamburger et un milk-shake au *Foster's Freeze* ? Tu te sentirais mieux après.

— Oh, pour l'amour du ciel ! s'écria-t-elle, exaspérée. Tu n'es pourtant plus un gamin ! Tu ne peux pas penser à autre chose ? Milk-shakes... Si, tu es un gamin, voilà ce que tu es !

— Ne te fâche pas, marmonna Gordon.

— Pourquoi es-tu toujours fourré avec ces tantes ?

— Quelles tantes ?

— Tate et compagnie.

— Ce ne sont pas des tantes. Ils s'habillent bien, c'est tout.

Elle lui souffla de la fumée au visage.

— Travailler dans une station-service... c'est un boulot d'adulte, ça ? Jake. Tu es un autre Jake. Jake et David. Les deux font la paire. Sois un Jake si tu veux. Sois un Jake jusqu'à ce que l'armée te mette le grappin dessus.

— Arrête de parler d'armée. Je les ai déjà au cul.

— Ça ne te ferait pas grand mal.

Elle ajouta nerveusement :

— Conduis-moi à la fabrique. Il faut que je retourne travailler. Je ne peux pas rester à glander ici.

— Tu es sûre ? Tu ferais peut-être mieux de rentrer chez toi et de te reposer.

Les yeux de la jeune fille se rétrécirent de colère.

— Je dois y retourner. C'est mon travail. Fais donc preuve de responsabilité de temps en temps. Ou est-ce une chose que tu ne peux pas comprendre ?

Mary Anne ne fut guère bavarde pendant le trajet. Assise très droite, serrant bien fort son sac dans ses mains, elle regardait fixement la campagne qui défilait à droite du camion. Des cercles humides s'étaient formés sous ses bras ; il en émanait une odeur d'eau de rose et de musc. Elle avait enlevé le plus gros de son maquillage ; son visage était blanc et sans expression.

— Tu as l'air toute drôle, dit David Gordon.

— Sans blague.

Il reprit avec une ostentation de fermeté :

— Et si tu me disais ce qui se passe avec toi ces temps-ci ? Je ne te vois plus. Tu as toujours une excuse ou une autre. Je devine ce que c'est. Je suis en train de me faire larguer.

— Je suis passée chez toi hier soir.

— Et quand je vais chez toi, tu n'es jamais là. Ta famille ne sait pas où tu es. Qui le sait ?

— Moi, répondit laconiquement Mary Anne.

— Est-ce que tu fréquentes encore ce cabaret ?

Il n'y avait pas de rancœur dans sa voix, rien que de la tristesse et de l'inquiétude.

— Je suis même allé m'attabler là-bas, dans cette boîte, *le Roitelet*, en pensant que je t'y verrais peut-être. J'ai fait ça deux ou trois fois.

Mary Anne se radoucit très légèrement.

— Et tu m'y as vue ?

— Non.

— Je suis désolée.

Elle ajouta avec une sorte de nostalgie :

— Tout cela s'arrangera peut-être.

— Pour ton travail, tu veux dire ?

— Oui, je suppose.

Elle voulait dire beaucoup plus que cela.

— Peut-être que je me ferai bonne sœur, ajouta-t-elle soudain.

— J'aimerais pouvoir te comprendre. J'aimerais te voir plus souvent. Je m'en contenterais. Tu me manques, tu sais.

Elle aurait voulu pouvoir en dire autant, mais ce n'était pas le cas.

— Tu veux savoir ce que je pense ? demanda-t-il.

— Vas-y.

— Je pense que tu ne veux plus te marier avec moi.

— Pourquoi ? dit Mary Anne en élevant la voix. Qu'est-ce que tu racontes ? Bon sang, Gordon, où es-tu allé chercher ça ? Tu dois être fou ! Tu ferais bien d'aller voir un psychanalyste. Tu es névrosé. Ça ne va pas du tout, mon vieux !

— Ne te moque pas de moi, dit David Gordon d'un ton morose.

Elle se sentait maintenant honteuse.

— Pardon, Gordon.

— Et pour l'amour du ciel, arrête de m'appeler Gordon, veux-tu ? Mon prénom est David. Tous les autres m'appellent Gordon - tu devrais être capable de m'appeler David.

— Pardon, David, dit-elle d'un air contrit. Je ne me moquais pas vraiment de toi. C'est tout ce foutu merdier...

— Si on se marie, dit Gordon, est-ce que tu continueras à travailler ?

— Je n'y ai pas pensé.

— Je préférerais que tu restes à la maison.

— Pourquoi ?

— Eh bien... dit Gordon, visiblement embarrassé, si on a des enfants, ta place sera à la maison pour t'occuper d'eux.

— Des enfants... dit Mary Anne avec un sentiment d'étrangeté ; ses enfants à elle : c'était une idée nouvelle.

— Aimerais-tu avoir des enfants ? demanda-t-il avec espoir.

— Je t'ai bien, toi.

— Je parle de vrais mômes.

— Oui, dit-elle après réflexion. Pourquoi pas ? Ce serait chouette.

Elle réfléchit encore.

— Oui, je pourrais rester à la maison... un petit garçon et une petite fille. Pas un enfant seulement. Deux au moins, et peut-être plus.

Elle sourit brièvement.

— Comme ça ils ne se sentiraient pas seuls. Un enfant unique se sent trop seul... il n'a pas d'amis.

— Tu as toujours été seule.

— Tu crois ? Oui, je suppose.

— Je me rappelle quand on était au lycée, dit David. Tu restais toujours dans ton coin... tu ne te mêlais pas aux autres. Tu étais si jolie... Je te voyais assise à l'écart à l'heure du déjeuner, avec ta bouteille de lait et ton sandwich. Tu sais ce que j'avais envie de faire ? J'avais envie de m'approcher de toi et de t'embrasser. Mais je ne te connaissais pas à l'époque.

Mary Anne dit d'un ton affectueux :

— Tu es un gentil garçon.

Mais elle reprit aussitôt ses distances.

— Je détestais le lycée. J'avais tellement hâte d'en sortir. Qu'est-ce qu'on a appris là-bas ? Qu'est-ce qu'ils nous ont enseigné d'utile ?

— Rien, je suppose.

— Un tas de conneries. Rien que des trucs bidon.

Devant eux, sur la droite, apparut la fabrique de meubles. Ils la regardèrent approcher.

— Nous y voilà, dit David Gordon en arrêtant le camion sur le bord de la route. Quand est-ce que je te revois ?

— Plus tard.

Elle se désintéressait déjà de lui. À nouveau tendue, crispée, elle se préparait pour la suite.

— Ce soir ?

— Pas ce soir, dit-elle par-dessus son épaule en descendant du véhicule. Ne viens pas pendant quelque temps. Il faut que je réfléchisse à un tas de choses.

Vexé, Gordon s'apprêta à partir.

— Quelquefois je pense que tu finiras par te casser le nez.

— Qu'est-ce que tu veux dire ? fit-elle en s'immobilisant d'un air de défi.

— Il y en a qui pensent que... tu es une bêcheuse.

Avec un mouvement de tête impatient, elle tourna les talons et remonta vivement l'allée qui menait au bureau. Derrière elle, le bruit du moteur s'estompa : Gordon retournait tristement dans le centre-ville.

Elle ne ressentit pas d'émotion particulière en ouvrant la porte du bureau. Elle était un peu fatiguée, et elle avait encore un peu la nausée, mais c'était tout. Tandis que Mme Bolden se levait, Mary Anne commença à retirer ses gants et sa veste. Elle sentait croître la tension dans la pièce, mais elle continua comme si de rien n'était, sans mot dire.

— Eh bien, dit Mme Bolden, vous avez décidé de venir, finalement ?

De son bureau, Tom Bolden jeta un coup d'œil à la ronde, oreilles aux aguets et sourcils froncés.

— Par quoi voulez-vous que je commence ? demanda Mary Anne.

Elle fit quelques pas vers sa machine à écrire, mais Mme Bolden vint se mettre sur son chemin.

— J'ai regardé le calendrier, dit-elle. Vous n'avez pas vos règles, n'est-ce pas ? Ce n'était qu'un prétexte pour arriver en retard. J'ai marqué la date la dernière fois. Mon mari et moi en avons discuté. Nous...

— Je pars, dit tout à coup Mary Anne en renfilant ses gants et en se dirigeant vers la porte. J'ai une autre place.

La mâchoire de Mme Bolden s'affaissa.

— Asseyez-vous, mademoiselle ! Ne sortez pas de ce bureau !

— Envoyez mon chèque par la poste, dit Mary Anne en tirant sur la poignée.

— Qu'est-ce qu'elle dit ? marmonna Tom Bolden en se levant. Elle repart ?

— Adieu ! leur lança Mary Anne.

Elle sortit précipitamment, descendit les quelques marches et se retrouva dans l'allée. Derrière elle, le vieux et sa femme apparurent sur le seuil, ahuris.

— Je pars ! leur cria Mary Anne. Rentrez à l'intérieur ! J'ai une autre place. Allez-vous-en !

Ils restèrent là tous les deux, sans savoir que faire, sans bouger, jusqu'à ce qu'à sa propre surprise Mary Anne s'accroupît pour ramasser un morceau de ciment qu'elle lança dans leur direction. Il s'enfonça dans la terre molle près des marches. Tâtonnant au bord de l'allée, elle trouva une poignée de fragments de ciment et les fit pleuvoir sur le vieux couple.

— Rentrez à l'intérieur ! cria-t-elle à nouveau.

Elle se mit à rire, à la fois étonnée et effrayée par son propre comportement. Des ouvriers étaient sortis sur la plate-forme de chargement et regardaient la scène, bouche bée.

— Je pars ! Je ne reviendrai pas !

Puis, serrant son sac dans ses mains, elle courut le long du trottoir, en trébuchant à cause des talons hauts dont elle n'avait pas l'habitude – elle courut jusqu'au moment où, haletante, à bout de souffle, aveuglée par les taches rouges qui dansaient devant ses yeux, elle dut ralentir et s'arrêter.

Personne ne l'avait suivie. Elle s'adossa à la tôle ondulée qui servait de mur à une usine d'engrais. Qu'avait-elle fait ? Elle avait quitté son travail. Tout d'un coup, en une minute. Bah, il ne servirait à rien de se ronger les sangs à ce sujet. Bon débarras.

Mary Anne descendit du trottoir et fit signe à une fourgonnette chargée de petit bois de s'arrêter. Le chauffeur, un Polonais, la regarda, médusé, ouvrir la portière, monter et s'asseoir à côté de lui.

— Emmenez-moi en ville, ordonna-t-elle.

Elle appuya son coude à la portière et mit sa main devant ses yeux. Après quelque hésitation, le chauffeur démarra ; elle était en route.

— Vous n'êtes pas bien, mademoiselle ?

Mary Anne ne répondit pas. Secouée par les mouvements de la fourgonnette, elle se préparait à endurer le trajet de retour dans le centre-ville.

Lorsqu'ils furent dans le vieux quartier commerçant, elle dit au Polonais de la laisser descendre. Il était presque midi et le chaud soleil estival dardait ses rayons sur les voitures en stationnement et les piétons. Elle passa devant le bureau de tabac et s'arrêta devant la porte rouge capitonnée du *Roitelet Paresseux*. L'établissement était fermé et verrouillé. Elle s'approcha de la fenêtre et donna des petits coups sur la vitre avec une pièce de monnaie.

Au bout d'un moment, une forme se précisa dans la pénombre de la salle : un Noir bedonnant, d'un certain âge. Taft Eaton appuya sa main sur le carreau, la dévisagea d'un air hostile, puis il fit glisser le verrou de la porte.

— Où est Tweany ? demanda-t-elle.

— Il n'est pas ici.

— Où est-il alors ?

— Chez lui. Ou ailleurs.

Mary Anne essaya de passer, mais il lui claqua la porte au nez en disant :

— Tu ne peux pas entrer. Tu es mineure.

Elle écouta le bruit du verrou que l'on remettait en place, hésita un instant, puis entra dans le bureau de tabac. Se faufilant entre le mur et les hommes agglutinés au comptoir, elle trouva le téléphone payant. Non sans difficulté, le lourd annuaire téléphonique en équilibre sur son avant-bras, elle chercha le numéro de Tweany et glissa une pièce dans la fente.

Pas de réponse. Mais il dormait peut-être. Il lui faudrait aller là-bas. Elle avait besoin de lui en cet instant, il fallait qu'elle le voie. Elle n'avait personne d'autre vers qui se tourner.

La grande bâtisse, avec ses deux étages, ses cannelures grises, ses balcons et les flèches de son toit, se dressait au fond de sa cour pleine de mauvaises herbes, de bouteilles cassées, de boîtes de conserve rouillées. Il n'y avait aucun signe de vie ; les stores du second étage étaient baissés et inertes.

La peur la submergea et elle courut presque le long du sentier et sur le ciment craquelé ; elle passa près d'un paquet de journaux et de quelques plantes vertes moribondes au pied de l'escalier, qu'elle grimpa deux marches à la fois sans lâcher la rampe. Essoufflée, elle atteignit enfin le coude de l'escalier ; elle sentait les planches pourries fléchir sous son poids. Elle trébucha sur une marche cassée et se retint à la main courante. Son tibia heurta le vieux bois déchiqueté ; la douleur la fit crier et tomber sur ses paumes. Sa joue effleura l'enchevêtrement de toiles d'araignée poussiéreuses qui s'était accroché à la manche de tricot vert de son ensemble. Une famille d'araignées se dispersa fébrilement. Mary Anne se releva tant bien que mal et monta péniblement les dernières marches, en jurant et en pleurant ; les larmes ruisselaient le long de ses joues.

— Tweany ! cria-t-elle. Ouvre-moi !

Pas de réponse. On entendait au loin le tintement d'un signal sonore. Et de la laiterie, en bordure du quartier pauvre, s'élevait une rumeur métallique qui se répandait sur toute la petite ville.

Aveuglée par les larmes, elle atteignit la porte. Le sol, loin au-dessous d'elle, tournoya ; elle s'appuya un instant à la porte, les yeux fermés, pour ne pas tomber.

— Tweany, dit-elle en suffoquant, la joue contre la porte fermée. Bon Dieu, ouvre-moi !

Un bruit rassurant se fit entendre : quelqu'un bougeait à l'intérieur. Mary Anne se recroquevilla sur la dernière marche ; tête baissée, genoux relevés, elle se balança d'un côté et de l'autre, tandis que le contenu de son sac à main s'écoulait entre ses doigts : pièces et crayons roulèrent sur les marches, dans la lumière du soleil, et tombèrent dans l'herbe, loin dessous.

— Tweany, murmura-t-elle lorsque la porte s'ouvrit et que la silhouette à la fois sombre et légèrement lumineuse du Noir apparut. Aidez-moi, s'il vous plaît. Il m'est arrivé quelque chose.

L'air contrarié, fronçant les sourcils, il se pencha et la prit dans ses bras. De son pied nu – il n'avait sur lui qu'un pantalon – il referma la porte derrière eux. Puis il s'avança le long du couloir. Son visage très noir sentait bon la crème à raser ; des flocons de mousse tombaient de son menton sur la toison de sa poitrine. Il la portait avec une certaine brusquerie ; elle ferma les yeux et se cramponna à lui.

— Aidez-moi, répéta-t-elle. J'ai quitté mon travail. Je n'ai plus de travail. J'ai rencontré un horrible vieil homme et il m'a fait quelque chose. Maintenant je n'ai plus d'endroit où aller.

7

Au coin de Pine Street et de Santa Clara Street il y avait une chapellerie de luxe. Ensuite venaient la bagagerie Dwelley, puis la Boîte à Musique, le nouveau magasin de disques ouvert par Joseph Schilling dans les premières semaines d'août 1953.

C'était vers la Boîte à Musique que l'homme et la femme se dirigeaient. Le magasin était ouvert depuis deux mois : on était maintenant à la mi-octobre. Dans la vitrine il y avait une photographie de Walter Gieseking et deux microsillons à demi sortis de leurs pochettes vernies. On distinguait des clients à l'intérieur, certains au comptoir, d'autres dans les cabines d'audition. La porte ouverte laissait échapper des accords de la *Symphonie pour orgue* de Saint-Saëns.

— Pas mal, reconnut l'homme. Mais c'est normal, il a de l'oseille.

La trentaine, les cheveux noirs et luisants, l'air soigné et fragile, c'était un homme à la poitrine creuse, à la démarche d'oiseau. Ses yeux étaient vifs, et ses mains, tandis qu'il guidait la femme vers le seuil du magasin, papillonnaient près de sa jaquette.

Elle leva la tête pour voir l'enseigne au-dessus de la porte. C'était un panneau de bois dur, aux bords chantournés à la main, sur lequel on avait peint les mots : LA BOÎTE À MUSIQUE. 517 PINE STREET. TEL. 8136041. OUVERT DE 9 À 17H. DISQUES ET PIÈCES POUR ÉLECTROPHONE.

— Elle est chouette, dit-elle. L'enseigne, je veux dire.

Elle était plus jeune que lui. Blonde, épaisse, joufflue, elle portait un pantalon, et un énorme sac de cuir était suspendu à son épaule.

Il n'y avait personne derrière le comptoir. Deux jeunes hommes discutaient ferme, penchés sur un catalogue de disques. La femme ne voyait pas Joseph Schilling, mais tout dans le magasin le lui rappelait. Le dessin de la moquette était caractéristique de son goût, et bon nombre des reproductions d'œuvres contemporaines qui ornaient les murs lui étaient familières. Le petit vase sur le comptoir, qui contenait des iris sauvages de Californie, avait été modelé et mis au four par elle-même. Et les catalogues derrière le comptoir étaient reliés avec un tissu qu'elle connaissait bien pour l'avoir choisi personnellement.

Elle s'assit et se mit à lire un numéro de *Haute Fidélité* qu'elle avait pris sur une table basse. L'homme, moins détendu, examinait les présentoirs et les tourniquets de disques. Il poussait du doigt une tête de lecture Pickering, quand un bruit familier de pas traînants retint son attention. Joseph Schilling, les bras chargés de disques, revenait de la réserve du sous-sol.

La femme laissa choir son magazine sur la table et se leva. Rondelette et souriante, elle s'avança vers Schilling. L'homme la rejoignit.

— Salut, marmonna-t-il.

Joseph Schilling s'arrêta. Il n'avait pas ses lunettes et ne distingua pas tout de suite leur visage. Il pensait que c'étaient des clients ; il devina d'après leurs vêtements qu'il s'agissait de personnes plutôt aisées, plutôt cultivées, qui affectaient au plus haut point le genre artiste. Et puis il les reconnut.

— Oui... dit-il d'une voix mal assurée et dénuée de cordialité. On se retrouve donc... Déjà, c'est étonnant...

— Alors voilà le magasin, dit la femme en regardant autour d'elle, sans effacer de ses lèvres charnues son sourire figé et éclatant. Il est adorable ! Je suis si heureuse que tu aies finalement trouvé ce que tu cherchais...

Schilling posa ses disques avec raideur, en se demandant où Max était passé. Ils avaient peur de Max. Il était sans doute au café du coin, en train de construire une tour avec des allumettes...

— Il n'est pas mal situé, dit-il.

Elle posa sur lui son bleu regard.

— C'est ce que tu as voulu, toutes ces années. Rappelle-toi – dit-elle en se tournant vers son compagnon – comme il parlait toujours de son magasin, celui qu'il ouvrirait un jour, quand il aurait assez d'argent.

— J'ai décidé de ne pas attendre, dit Schilling.

— Attendre ?

— D'avoir assez d'argent.

Cela ne paraissait pas très convaincant ; il n'était pas fort à ces jeux-là.

— Je suis fauché. Le plus gros de ce matériel est en dépôt seulement Mon capital est allé dans les travaux de transformation.

— Tu t'en sortiras, dit la femme.

Schilling sortit un cigare de la poche de son veston. Il dit en l'allumant :

— Il me semble que tu as pris du poids.

— Je suppose.

Elle réfléchit.

— Ça fait combien de temps ?

— C'était en 1948, dit son compagnon.

— On a tous vieilli, dit-elle.

Schilling alla servir un client entre deux âges. Quand il revint ils étaient encore là ; ils n'étaient pas partis. Il ne s'était pas vraiment attendu à ce qu'ils partent.

— Eh bien, Beth, dit-il. Qu'est-ce qui t'amène ici ?

— La curiosité. Il y a si longtemps qu'on ne t'a vu... Quand on a lu dans le journal que tu avais ouvert ce magasin, on s'est dit : « Prenons la voiture et allons voir ça. » Et c'est ce qu'on a fait.

— Quel journal ?

— Le *Chronicle* de San Francisco.

— Vous n'habitez pas à San Francisco.

— Des gens nous ont envoyé la coupure, dit-elle vaguement. Ils savaient que cela nous intéresserait.

Quelle erreur il avait commise, cinq ans plus tôt, de fréquenter ces gens... Il ne s'en débarrasserait jamais ; pas maintenant. Ils l'avaient retrouvé, ils avaient déniché son magasin, ils ne le laisseraient pas en paix. Et il possédait des biens tangibles.

— Vous êtes venus de Washington ? demanda-t-il. Pour échapper à l'hiver qui approche ?

— Mon Dieu, non, répondit Beth. Il y a des années qu'on n'habite plus à Washington. On est restés quelque temps à Detroit, et puis on est venus vivre à Los Angeles.

Sur mes traces, pensa Schilling. Ils sont venus vers l'ouest, le nez collé au sol.

— On s'est arrêtés une fois pour te voir, dit Beth, quand tu vivais à Salt Lake City. Mais tu avais je ne sais quelle réunion d'affaires, et on ne pouvait pas rester.

— C'était un beau bâtiment que vous aviez là-bas, dit l'homme, qui s'appelait Coombs. Est-ce qu'il était à vous ?

— J'avais une part dans l'affaire.

— Ce n'était pas un magasin, n'est-ce pas ? Pas cette grande construction en brique ? Ça ressemblait à un entrepôt.

— On était grossistes. On travaillait pour plusieurs marques de disques.

— Et vous avez économisé pour pouvoir ouvrir ce magasin ?

Coombs paraissait sceptique.

— Vous étiez mieux là-bas. Vous ne ferez pas d'affaires dans une ville de cette taille.

— Je suppose que vous n'avez pas vu le canard, dit Schilling. Le canard dans le parc. Il n'achète pas grand-chose, mais il est amusant à regarder. Qu'est-ce que vous faites ces temps-ci, vous deux ? Pour gagner votre vie, je veux dire.

— Différentes choses, dit Beth. J'ai donné des leçons pendant un moment. À Detroit.

— Piano ?

— Oui, bien sûr. J'ai arrêté le violoncelle il y a des années. J'avais déjà arrêté quand... je t'ai rencontré.

— C'est juste, dit Schilling. Il y en avait un dans ton appartement, mais tu n'en jouais jamais.

— Deux cordes cassées. Et j'avais perdu l'archet.

— Je crois me souvenir d'une vieille plaisanterie que je racontais au sujet des femmes violoncellistes, dit Schilling. Ça avait un rapport avec leurs motivations psychologiques.

— Oui, dit Beth. C'était une blague vraiment atroce, mais je l'ai toujours trouvée drôle.

Schilling s'attendrit à ce souvenir.

— Analyse freudienne... un jeu de société très en vogue à l'époque. Il ne l'est plus autant. Qu'est-ce que je disais déjà ?

— Les joueuses de violoncelle. Elles ont un besoin inconscient d'avoir quelque chose de gros entre leurs jambes.

Beth rit.

— Tu étais vraiment délicieux !

Il avait peine à croire qu'il avait un jour désiré cette fille massive, qu'il l'avait embarquée le temps d'un week-end, et qu'après avoir exploré cette chatte merveilleusement avide, il l'avait renvoyée plus ou moins intacte à son mari. Mais elle n'était pas massive alors, elle était menue. Beth Coombs était encore séduisante – sa peau était lisse et ses yeux toujours clairs. Leur aventure avait été brève et intense, et il y avait pris plaisir. Si seulement il n'y avait pas eu de suites...

— Et maintenant ? leur demanda-t-il. Vous allez rester dans le coin ?

Beth hocha la tête, mais Coombs fit semblant de n'avoir pas entendu.

— Oh, allons, Coombs, dit Schilling. Regardons les choses en face. À côté de vous, le morpion est un parasite amateur.

Coombs faisait toujours la sourde oreille, mais Beth rit de bon cœur.

— C'est bon de t'entendre à nouveau, Joe. Ta conversation me manquait.

Vaincu, Schilling jeta l'éponge.

— Vous voulez un carton de disques ? Vous voulez la caisse ? fit-il avec un geste de renoncement. Vous voulez les diamants des têtes de lecture ? Ils valent dix dollars pièce.

— Très drôle, dit Coombs. Notre présence ici est légitime.

— Vous êtes toujours photographe ?
— À l'occasion.
— Vous n'êtes pas venu ici pour photographier les gens.
Beth dit après un silence :
— C'est-à-dire que nous dépendons surtout maintenant des leçons de piano.
— Tu comptes en donner ici ?
— On a pensé, dit Beth, que tu pourrais nous donner un coup de pouce. Tu es bien installé à présent, tu as ton magasin. Tu as probablement des contacts avec les mélomanes du coin. Tu vas vendre aussi des partitions, non ?
— Non, répondit Schilling. Et je ne vais sûrement pas te filer du travail. Et je n'ai pas l'intention de faire le zouave avec ce magasin. J'ai un budget limité et je ne peux pas me permettre la moindre fantaisie.
Bredouillant d'excitation, Coombs dit alors :
— Vous pouvez nous recommander aux gens. Ça ne vous coûtera rien. Je suis sûr que beaucoup de vieilles dames viennent s'enquérir d'un professeur de piano. Et qu'est-ce que vous allez faire à Noël ? Vous ne pourrez pas tenir votre magasin tout seul. Vous aurez besoin de quelqu'un pour vous aider.
— Tu vas sûrement engager quelqu'un, insista Beth. Je suis surprise que tu ne l'aies pas déjà fait.
— Je n'ai jamais été très fort pour ça.
— Tu ne crois pas qu'il manque une vendeuse ici ?
— Je viens de dire que… D'ailleurs je n'ai pas tant de clients que ça. Et je n'ai pas tant d'argent que ça non plus.
Il gardait un œil sur les quelques personnes qui circulaient entre les présentoirs.

— Je vais coller un carton avec vos nom et adresse sur la caisse enregistreuse. Si quelqu'un cherche un prof de piano, il saura où vous trouver. C'est tout ce que je peux faire pour vous.

— Vous ne croyez pas que vous nous devez quelque chose ? dit Coombs.

— Bon Dieu, quoi donc ?

— Quoi que vous fassiez, reprit très vite Coombs en trébuchant sur ses propres mots, vous ne réparerez jamais le mal terrible que vous nous avez fait. Vous devriez tomber à genoux et prier Dieu de vous pardonner !

— Vous voulez dire, articula Schilling, que parce que je ne l'ai pas payée alors, je devrais la payer maintenant ?

Coombs cligna un instant des yeux, puis il parut se liquéfier en un concentré de rage fébrile.

— Vous devriez être anéanti ! dit-il en claquant des dents. Vous êtes...

— Allons-nous-en, dit Beth en se dirigeant vers la porte. Viens, Danny.

— J'en ai entendu une bien bonne, dit Schilling à Danny Coombs. Tout à fait dans vos cordes. C'est quelqu'un qui installe un de ces miroirs sans tain dans les douches des femmes, un grand miroir en pied... Vous pouvez peut-être me dire comment ça marche ? D'un côté c'est un miroir, mais de l'autre c'est une sorte de fenêtre...

Pâle, mais calme, Beth dit :

— Bonne chance avec ton magasin. À un de ces jours, peut-être.

— C'est ça, répondit Schilling en rassemblant pensivement une brassée de disques et en commençant à les classer.

— Je ne vois pas pourquoi on devrait se disputer, ajouta Beth. Il n'y a aucune raison pour que

Danny et moi ne puissions pas venir ici. Les affaires battaient de l'aile à Los Angeles, et on a décidé de remonter vers le nord.

— Mais la même ville, dit Schilling. Et deux mois après mon arrivée...

— La musique est une affaire en plein essor ici. On te laisse creuser les fondations, en quelque sorte.

— Ma tombe ou la vôtre ? Ou la nôtre à tous ?

— Ne fais pas de mauvais esprit, dit Beth.

— Ce n'est pas du mauvais esprit, répliqua Schilling.

Voilà, c'était sa punition pour avoir perdu – pendant un jour ou deux – son discernement ; pour avoir été assez sot, assez faible pour coucher avec la femme d'un autre homme, et assez imprudent pour le laisser découvrir le pot aux roses.

Rien qu'un peu de mélancolie, ajouta-t-il en se remettant à classer ses disques.

8

Pendant cet automne de 1953, Mary Anne Reynolds partageait un petit appartement avec une fille nommée Phyllis Squire. Phyllis travaillait comme serveuse dans la cafétéria qui jouxtait *le Roitelet Paresseux*, et c'était Carleton Tweany lui-même qui l'avait choisie. Il avait ainsi résolu, pensait-il, les problèmes de Mary Anne. Il n'avait plus beaucoup de temps à lui consacrer. Il n'était guère plus pour elle qu'une présence fugitive, qui allait et venait, qui passait près d'elle sans s'arrêter.

Son nouvel emploi de standardiste dans une compagnie de téléphone l'obligeait à travailler par roulement. À minuit et demie elle arriva à l'appartement, mangea, et se changea. Tandis qu'elle se changeait, Phyllis, dans son lit, lisait à voix haute les *Sermons* de Fulton Sheen.

— Qu'est-ce que tu as ? demanda Phyllis, la bouche pleine de pomme.

Dans un coin, sa radio blanche jouait un mambo de Perez Prado.

— Tu n'écoutes pas.

Sans lui prêter attention, Mary Anne se glissa dans sa jupe-culotte rouge, y rentra les pans de sa chemisette, enfila sa jaquette et se dirigea vers la porte.

— Ne t'abîme pas la vue ! lança-t-elle par-dessus son épaule avant de refermer la porte derrière elle.

Le brouhaha du *Roitelet* jaillit brièvement dans la rue obscure quand elle y entra. Les clients se pressaient autour des tables et le long du bar... mais Tweany ne chantait pas. Elle en fut immédiatement consciente. L'estrade du milieu était vide. On ne le voyait nulle part. Paul Nitz lui-même paraissait absent.

— Eh là ! l'interpella Taft Eaton de derrière le bar. Sors d'ici. Je ne te sers pas.

Sans le regarder, elle se faufila parmi les tables, cherchant une place où s'asseoir.

— Je ne plaisante pas. Tu es mineure. Tu n'as pas le droit d'être ici. Tu veux me faire perdre ma licence ou quoi ?

Sa voix s'estompa tandis qu'elle s'approchait de l'estrade. Avachi près d'une table, Paul Nitz conversait avec un couple ; il avait apparemment quitté son piano pour parler avec eux. À califourchon sur une chaise, son menton osseux appuyé sur ses avant-bras, il pérorait : « ... mais il faut distinguer entre les chansons folk et les chansons de *type* folk. Comme le jazz, et les musiques qui utilisent le langage du jazz... »

Elle approcha une chaise et s'assit. L'homme et la femme levèrent les yeux. Nitz s'interrompit le temps de la saluer.

— Tu vas bien ?

— Oui. Où est Tweany ?

— Il vient de chanter. Il va revenir.

Elle se raidit malgré elle.

— Il est dans l'arrière-salle ?

— Probablement, mais tu ne peux pas aller là-bas. Eaton va te flanquer dehors.

Taft Eaton apparut au bout de la table, toujours furieux.

— Bon Dieu, Mary, je ne peux pas te servir. Si les flics te trouvent ici, ils fermeront *le Roitelet*.

— Vous n'avez qu'à dire que je suis entrée pour aller aux cabinets, murmura-t-elle – puis, affectant de ne plus le voir, elle se dépouilla de sa jaquette.

Eaton tourna son regard hostile du côté de Paul Nitz – lequel était occupé à ôter un fil de sa manche.

— Ne t'avise pas de lui payer à boire. Contribuer ainsi à la délinquance des mineurs... toi et Carleton... vous devriez être en taule.

Pinçant la nuque de Mary Anne, il lui dit à l'oreille :

— Et toi, tu devrais rester avec ceux de ta race.

Puis, s'éloignant, il laissa Mary Anne se masser la nuque.

— Va au diable ! grommela-t-elle.

Elle avait mal et se sentait humiliée. Mais la douleur disparut progressivement, et le besoin qu'elle avait de Tweany reprit le dessus.

— Je vais voir s'il est là-bas.

— Il va venir, lui assura Nitz. Reste tranquille. Toi et ton impatience... Détends-toi.

— J'ai des choses à faire. Où est-ce qu'il était la nuit dernière ?

— Il était ici.

— Je ne parle pas d'ici. Après. Je suis allée chez lui à deux heures et demie et il n'y était pas.

— Ça se peut.

Nitz déplaça sa chaise et reporta son attention sur le couple qui les avait écoutés.

— Prenons les choses sous cet angle, dit-il en s'adressant à la femme, une blonde grassouillette et assez jolie. Est-ce que vous appelleriez ce que fait Stephen Foster de la musique folk ?

La blonde réfléchit un peu trop longtemps.

— Non. Je suppose que non. Mais c'est basé sur des thèmes folk.

— C'est ce que je veux dire. La musique folk n'est pas un produit, mais une façon de voir les choses. Personne ne peut décider comme ça, bing ! d'écrire une chanson folk. Et personne ne peut se lever en cravate blanche et queue-de-pie dans un bar chic et chanter une chanson folk.

— Il y a pourtant des gens qui chantent de la musique folk ?

— Plus maintenant. Mais il y en a eu. Ils ajoutaient des paroles et des couplets à leurs chansons, ils remodelaient sans cesse leurs textes...

Mary Anne commençait à saisir la nature de leur discussion. C'est de Tweany qu'il était indirectement question, et ils étaient en train de l'attaquer.

— Vous ne pensez pas que c'est un grand chanteur de folk ? demanda-t-elle à la blonde.

Dans son monde, la loyauté était quelque chose de vital. Elle ne comprenait pas ce dénigrement voilé d'un ami ; il lui semblait que son devoir était de le défendre.

— Qu'est-ce qui ne vous plaît pas en lui ?

— Je ne l'ai jamais entendu. Nous l'attendons justement...

— Je ne parlais pas de Tweany, dit Nitz, manifestement conscient de sa faute. Pas particulièrement, je veux dire. Je parlais de musique folk en général.

— Mais ce Tweany est un chanteur folk, dit la blonde. Alors qu'est-ce qu'il vaut ?

Nitz but une gorgée, mal à l'aise.

— C'est difficile à dire. Je ne suis qu'un pianiste de bar... un simple mortel.

— Vous n'aimez pas ce qu'il fait, dit le compagnon de la blonde avec un clin d'œil entendu.

— Je suis un joueur de bop.

Nitz rougit et évita le regard accusateur de la jeune fille.

— Pour moi, la musique folk est comme le premier jazz de La Nouvelle-Orléans : une vieille lune. Elle a cessé d'évoluer à l'époque de James Merritt Ives. Dites-moi quelle chanson folk a tenu la route depuis.

Elle était vraiment en colère maintenant. Le besoin de défendre Tweany, de conserver intacte l'image qu'elle avait de lui, la fit se hérisser et dire :

— Et *Ol'Man River* ? Tweany chantait *Ol'Man River* au moins une fois par soirée, et c'était une de ses chansons favorites.

Mais Nitz réagit en souriant.

— C'est bien ce que je disais. *Ol'Man River* a été écrit par Jerome Kern...

Il s'interrompit, parce qu'à cet instant des applaudissements éclatèrent, et Carleton Tweany apparut sur l'estrade. Aussitôt la jeune fille oublia Nitz, la blonde et tout le reste. Leur conversation tomba elle aussi dans les oubliettes.

— Excusez-moi, murmura Nitz ; il retourna furtivement à son piano, comme rapetissé – remarqua-t-elle – par la silhouette immense de Tweany.

— Ma première chanson – annonçait celui-ci de sa voix grondante et légèrement rauque – sera une œuvre qui exprime toute l'angoisse et l'amertume du peuple noir pendant des siècles d'esclavage. Vous l'avez peut-être déjà entendue.

Il marqua un temps d'arrêt.

— Elle s'appelle *Strange Fruit*.

Un frisson d'excitation parcourut la salle lorsque Nitz pianota quelques accords préliminaires. Et puis, bras croisés, tête baissée, front pensivement plissé, Tweany commença. Sans enfler la voix, ni crier ; sans mugir, ni rugir, ni secouer le poing. Absorbé, profondément ému, il parlait directement aux gens qui l'entouraient ; c'était une communication hautement personnelle, pas un numéro de chanteur.

Quand il eut fini de leur raconter l'histoire de la vie dans le Sud, il y eut un silence. Personne n'applaudit ; les gens rassemblés autour de lui étaient figés dans une sorte d'attente craintive et le regardaient réfléchir à sa prochaine communication.

— Mon peuple, murmura-t-il, a beaucoup souffert dans ses chaînes et ses tribulations. Il a connu bien des malheurs. Mais le Noir est capable de chanter ses privations. Voici une chanson jaillie du cœur du peuple noir. Il y exprime une souffrance profondément ressentie, et en même temps sa joie de vivre innée. Le Noir est par nature quelqu'un d'heureux. Ce qu'il veut, ce sont les choses simples de la vie. Manger à sa faim... un endroit où dormir... et par-dessus tout, une femme.

Sur quoi Tweany entonna la chanson qui disait « J'ai des criquets dans mon oreiller, ma belle, j'ai des grillons dans mon assiette... »

Mary Anne écoutait sans perdre une parole, tendue, les yeux fixés sur l'homme qui se tenait à trois mètres d'elle à peine. Tweany et elle n'avaient pas été proches l'un de l'autre pendant toutes ces dernières semaines ; elle ne l'avait guère vu qu'à l'occasion de ses apparitions en public. Elle se demanda s'il chantait pour elle ; elle essaya de trouver dans ses paroles quelque allusion à elle-même et aux choses qu'ils avaient faites ensemble. Tweany continuait à chanter d'un air doux et absorbé, sans la regarder, sans paraître conscient de sa présence.

À côté d'elle, la blonde écoutait aussi. Son compagnon, en revanche, ne montrait pas le moindre signe d'intérêt. Replié boudeusement sur lui-même, il pétrissait un bout de cire qui avait coulé d'une bougie.

— Ma dernière chanson, déclara Tweany quand il eut fini, sera une composition qui est chère au cœur de tous les Américains, qu'ils soient blancs ou noirs. C'est une chanson qui nous unit tous en pensée et en souvenirs à l'approche du moment où nous célébrons la naissance de Celui qui est mort pour nous sauver tous, quelles que soient notre race ou notre couleur.

Les yeux à demi clos, Tweany chanta *Noël blanc*.

Paul Nitz au piano plaquait consciencieusement ses accords. Mary Anne, tout en écoutant se succéder les couplets, se disait qu'elle aurait bien voulu savoir ce qu'il y avait dans la tête des deux hommes en cet instant. Nitz, penché sur son clavier, avait l'air de s'ennuyer, tout simplement – comme s'il avait été en train de manier un balai, pensa-t-elle, indignée que quelqu'un pût ainsi trahir son art. Cela ne représentait-il donc rien de plus pour lui ? C'était comme s'il travaillait sur une chaîne de montage... Elle le haïssait de trahir Tweany. C'était une insulte envers lui. Il aurait quand même pu jouer avec un *minimum* de sentiment... Et Tweany – s'il avait quelque chose en tête, qu'est-ce que cela pouvait bien être ?

On aurait presque dit qu'un sourire cynique était apparu sur les lèvres de Tweany, et sur son visage une vacuité qui pouvait être la forme la plus subtile du mépris. Mais mépris pour quoi, pour qui ? Pour la chanson ? Mais il l'avait choisie lui-même. Pour les gens qui l'écoutaient ? Cependant, tandis qu'il chantait – ou plutôt marmonnait les paroles –, son expression commença à subir une métamorphose. De détachée, elle devint peu à peu fervente. Sa voix acquit une vibrante noblesse, une grandeur telle qu'il parut lui-même palpiter de douleur. On ne pouvait douter de son émotion : Tweany aimait cette chanson. Oui, il était terriblement ému. Et il communiquait cette émotion à son public.

Après les dernières notes, il y eut une fois de plus un intervalle de silence, puis un tonnerre d'applaudissements éclata. Tweany resta un instant immobile, avec sur le visage une expression de douloureuse ferveur. Puis celle-ci disparut progressivement et l'indifférence à demi cynique reprit ses droits. Tweany haussa les épaules, rajusta sa coûteuse cravate imprimée à la main, et descendit de l'estrade.

— Tweany ! lança Mary Anne d'une voix aiguë en se levant d'un bond. Où étais-tu la nuit dernière ? Je suis allée chez toi et tu n'étais pas là.

D'une légère inflexion de ses sourcils – deux lignes noires et expressives –, Tweany lui signifia qu'il l'avait vue et entendue. Il s'approcha de la table et posa une main sur le dossier de la chaise que Nitz avait occupée.

— Voulez-vous vous joindre à nous ? dit la blonde.

— Merci, répondit Tweany.

Il tourna la chaise et s'assit.

— Je suis fatigué.

— Ça ne va pas ? demanda Mary Anne, inquiète ; il avait en effet les traits tirés.

— Pas très bien.

Nitz se laissa tomber sur une chaise près de lui et dit :

— Je déteste plus ce foutu *Noël blanc* que n'importe quel autre air connu dans la profession. Le petit plaisantin qui a écrit ça devrait être abattu.

— Oh ? murmura Tweany, peiné. Tu penses vraiment ça ?

Nitz but une gorgée et ajouta :

— Qu'est-ce que tu en connais, des souffrances du peuple noir ? Tu es né à Oakland, Californie.

La blonde se pencha en avant et s'adressa à Tweany, ce qui agaça Mary Anne.

— Cette chanson qui parle de criquets... c'est une vieille chanson de Leadbelly, n'est-ce pas ?

Tweany hocha la tête.

— Oui, Leadbelly a chanté ça avant de mourir.

— Est-ce qu'il l'a enregistrée ?

— Oui, répondit distraitement Tweany. Mais c'est introuvable maintenant. C'est devenu plus ou moins une pièce de collection.

— Joe l'a peut-être, dit la blonde à son compagnon.

— Demande-lui, dit ce dernier sans enthousiasme. Tu es là-bas assez souvent...

La discussion sur la musique folk fut relancée, mais Mary Anne parvint à attirer sur elle l'attention de Tweany.

— Tu ne m'as pas dit où tu étais la nuit dernière, lui dit-elle d'un ton accusateur.

Un sourire malin se forma sur les lèvres de Tweany ; ses yeux se voilèrent, à leur habitude, jusqu'à devenir vitreux, d'un gris terne et froid.

— J'étais pris. J'ai été assez occupé, ces dernières semaines.

— Ces derniers mois, tu veux dire.

Tout en écoutant d'une oreille Nitz et la blonde discutailler au sujet de Blind Lemon Jefferson, Tweany demanda :

— Elle est comment, cette compagnie de téléphone ?

— Minable.

— Désolé de l'apprendre.

D'une voix claire, Mary Anne l'informa de son intention de quitter sa place.

— Déjà ?

— Pas tout de suite. Pas avant d'avoir autre chose. Ça m'a servi de leçon la dernière fois.

— Tu veux retourner à la fabrique de meubles ? Demande-leur – ils te reprendront.

— Ne te moque pas de moi. Je n'y retournerais pour rien au monde.

— Comme il te plaira, dit Tweany en haussant les épaules. C'est ta vie après tout.

— Pourquoi est-ce que tu m'as fichue à la porte quand je suis venue à toi ce jour-là ?

— Je ne t'ai pas fichue à la porte. Je ne me souviens pas d'avoir fait ça.

— Tu n'as pas voulu que j'apporte mes affaires chez toi. Tu m'as obligée à garder une adresse séparée, et au bout d'une semaine tu n'as pas voulu que je reste toute la nuit. Je devais me lever et partir – c'est ce que j'appelle être fichue à la porte.

Il la regarda en ouvrant de grands yeux.

— As-tu perdu la tête ? Tu connais la situation. Tu es mineure. C'est un délit.

— Si c'est un délit de le faire à trois heures du matin, c'est un délit de le faire l'après-midi.

— Je croyais que tu comprendrais.

— Si c'est un délit...

— Parle moins fort, dit Tweany en jetant un coup d'œil du côté de Nitz et du couple ; la discussion portait maintenant sur les expériences atonales contemporaines.

— C'était seulement... une fois de temps en temps. Rien qu'ils puissent épingler.

— Une fois de temps en temps ? Genre cinq à sept, c'est ça ?

Elle était furieuse, vraiment furieuse. Parce qu'elle se rappelait fort bien ce qu'il lui convenait, à lui, d'oublier. Ce jour où il l'avait recueillie chez lui... Deux créatures perdues dans ce fouillis qui emplissait l'appartement, couchées ensemble au milieu de ce capharnaüm... Le torride soleil d'été sur les vitres où se traînaient les mouches engourdies... Et tous deux couchés là, nus, luisants de sueur, étendus de tout leur long sur le lit, comme frappés d'hébétude, d'oublieuse indolence, dans la lumière aveuglante de midi.

Là, dans cette sorte de grenier, ils avaient pris leurs petits déjeuners, utilisé à tour de rôle la vieille baignoire, cuisiné et repassé ; ils s'étaient promenés nus à travers les pièces, ils avaient joué sur le petit piano, écouté la radio le soir, les yeux fixés sur la petite lumière rouge du cadran, tous deux enlacés sur le divan, le vieux divan fatigué et poussiéreux.

Bien que, selon Tweany, elle ne valût pas grand-chose dans ce domaine. Elle avait appris – *il* lui avait appris – à reposer son poids sur ses omoplates et non sur son coccyx, de façon à pouvoir lever plus haut ses hanches. Mais, ces efforts purement musculaires mis à part, elle était restée dépourvue de vraies réactions ; l'expérience ne lui avait rien apporté, et elle n'avait rien pu donner en retour.

Pour elle, c'était à peu près comme la fois où le docteur lui avait enfoncé une sonde métallique dans le nez pour percer un polype : la même pression d'un objet trop volumineux pénétrant de force dans son corps ; puis la douleur, et un peu de sang, et le chant des grillons dans l'herbe de la cour sous les fenêtres.

Tweany disait qu'elle ne valait rien : elle était petite, maigre et frigide. Gordon, bien sûr, n'avait aucune opinion sur la question ; il n'attendait d'elle rien de plus en l'occurrence qu'une concavité, et c'était ce qu'il obtenait : ni plus, ni moins.

— Tweany, dit Mary Anne. Tu ne peux pas prétendre qu'on n'a pas été...

— Ne te tourmente pas pour ça, dit Tweany d'un ton doucereux. Tu vas attraper des ulcères.

Mary Anne se pencha vers lui jusqu'à ce que son petit visage crispé touchât presque le sien.

— Qu'est-ce que tu as fait ces deux derniers mois ?

— Absolument rien – en dehors de mon art.

— Tu vas chez quelqu'un. Tu n'es jamais chez toi. J'ai attendu toute une nuit une fois et tu n'es pas venu. Tu n'es pas rentré.

Tweany haussa les épaules.

— J'étais en visite.

À côté d'eux, la conversation s'animait.

— Je n'ai jamais entendu parler de ça, disait Nitz.

— Vous auriez pu, répliqua la blonde. N'avez-vous pas la radio ? Joe a une émission tous les mercredis soir sur cette station de San Mateo qui diffuse de la musique classique. Écoutez-la donc. Il écrit ses textes aussi, il aime tout faire lui-même.

— J'ai essayé d'écouter ce genre de truc, dit Nitz, mais je n'accroche pas. C'est... vieux.

Mary Anne se taisait, absorbée dans ses propres pensées ; cette conversation ne la concernait pas.

— Ce n'est pas vieux. C'est toujours vivant. C'est la même démarche que la vôtre – sauf qu'on lui donne un autre nom. Milhaud, là-haut à Oakland. Et Roger Sessions est à Berkeley. Allez l'écouter. Sid Hethel est à Palo Alto. C'est un des meilleurs. Joe le connaît... ce sont de vieux amis.

— J'croyais que c'était rien qu'du Mozart, dit Nitz.

— Chaque dimanche, continua la blonde, quand le magasin est fermé, Joe fait écouter ses disques pendant deux heures. Vous devriez y aller.

— Vous voulez dire que les gens entrent comme ça ?

— Une quinzaine de personnes viennent régulièrement. Il passe tous les styles – atonal, baroque ancien, ce qu'ils veulent.

Ses yeux bleus se levèrent vivement vers ceux de Tweany.

— Je vous ai vu là-bas. Vous êtes venu une fois.

— C'est vrai, admit Tweany. Vous nous avez apporté du café à un moment donné.

— Est-ce que ça vous a plu ?

— Beaucoup. C'est un magasin formidable qu'il a là.

— Hein ? Quoi ? s'exclama brusquement Mary Anne. Elle revenait sur terre ; la conversation avait cessé d'être abstraite. Maintenant il y était question de quelque chose de réel, et elle dressait l'oreille.

— Le nouveau magasin de disques, dit Tweany.

Mary Anne se tourna presque farouchement vers la blonde.

— Vous connaissez ce type ? demanda-t-elle, tout en revoyant en un éclair le magasin et la silhouette inquiétante de l'homme, avec son gilet, sa montre en or et son costume de tweed.

— Joe ? dit la blonde en souriant. Oh ! oui. Nous sommes de vieux amis de Joe.

— Où est-ce que vous l'avez rencontré ?

Elle ressentait une sorte d'horreur, comme si on lui eût raconté quelque crime secret.

— À Washington.

— Vous n'êtes pas d'ici, n'est-ce pas ?

— En effet, dit la blonde.

— C'est un vrai marchand de disques ?

Sa détresse était à nouveau bien réelle. Mais après plus de trois mois, elle n'avait plus la même intensité. Elle s'était estompée avec le temps, elle n'était plus aussi immédiate.

— Joe a travaillé toute sa vie dans le milieu musical, dit la blonde. Sa tante vendait déjà des harpes à Denver pendant la guerre hispano-américaine. Joe a travaillé à New York pour Century Music dans les années vingt. Vous n'étiez pas née.

— Je n'aime pas aller là-bas, dit Mary Anne d'un ton maussade.

— Pourquoi donc ?

— Ça me donne la chair de poule.

Elle ne voulait pas discuter de cela. Elle dit à Tweany :

— Tu pars bientôt ? Tu vas encore chanter ou non ?

Tweany prit un temps de réflexion.

— Je crois que je vais aller me coucher. Non, je ne vais plus chanter. J'ai assez chanté pour ce soir.

La blonde considérait encore Mary Anne avec curiosité.

— Que voulez-vous dire ? Pourquoi parlez-vous ainsi du magasin de Joe ?

Mary Anne répondit à contrecœur :

— Ce n'est pas le magasin.

C'était vrai ; elle avait adoré le magasin.
— Il s'est passé quelque chose ?
— Non, rien.
Elle secoua la tête, irritée.
— Oubliez ça, voulez-vous ?
Tout à coup la peur revint, et elle demanda à Tweany :
— Tu vas vraiment là-bas ?
— Certainement, répondit-il.
Cela semblait difficile à croire.
— Mais c'est l'homme dont je t'ai parlé...
Tweany ne fit aucun commentaire.
— Est-ce... qu'il t'a plu ? demanda Mary Anne.
— Un homme très bien, déclara Tweany. On a eu une discussion très intéressante au sujet de Bascom Lamar Lunsford. Il m'a passé un vieux Lunsford, enregistré vers 1927. Tiré de sa collection privée.
Déconcertée par ces images qui se superposaient dans son esprit, Mary Anne dit :
— Tu ne m'as jamais dit que tu allais là-bas.
— Pourquoi ? Qu'est-ce que ça peut faire ? dit Tweany d'un air indifférent. Je vais où je veux.
Paul Nitz ne put se taire plus longtemps.
— Vous croyez qu'il pourrait me donner quelques tuyaux ?
— Joe a travaillé avec pas mal de jeunes musiciens, dit la blonde. Il m'a beaucoup aidée – quelques-unes de mes compositions ont été publiées grâce à lui. En ce moment il essaie de pousser un jeune qu'il a entendu chanter à San Francisco, dans une des boîtes de North Beach. Il a enregistré son numéro sur magnétophone et s'efforce de le faire accepter par une maison de disques.
— Chad Lemming, dit son compagnon.

— Quelle sorte d'approche représente-t-il ? demanda Tweany avec un intérêt tout professionnel.

— Chad chante des textes politiques, répondit la blonde. En s'accompagnant à la guitare. Des sortes de commentaires rimés sur des sujets d'actualité, comme la censure ou le sénateur McCarthy... Aimeriez-vous l'entendre ?

— Je pense, oui.

La blonde se leva promptement.

— Venez avec nous, alors.

— Où ça ?

— Il est chez nous – il loge chez nous jusqu'à son retour à San Francisco. Il ne restera que quelques jours.

Mary Anne observait avec consternation les réactions de Carleton Tweany. Ce qui arrivait était évident, mais elle ne voyait pas du tout comment l'empêcher. C'est alors que Nitz, avec son air doux et ses yeux à demi clos, vint à son secours.

— Tu n'as pas fini de chanter, vieux, dit-il.

— Je suis fatigué, dit Tweany. Je vais m'arrêter là pour aujourd'hui.

— Tu ne peux pas.

L'expression de Tweany se fit hautaine ; il n'avait visiblement pas l'intention de céder.

— Je ne peux pas m'exprimer d'une manière créative quand je suis fatigué.

— Alors venez, insista la blonde.

Comme mû par une puissance occulte, Taft Eaton s'approcha de la table. Son torchon dégoulinant laissait des traces humides sur le sol.

— Tu n'as pas fini, Carleton. Tu ne pars pas.

— Très bien, acquiesça Tweany.

Nitz dit en souriant et en adressant un clin d'œil à Mary Anne :

— Pas de pot. De toute façon ce Lemming pourrait se mettre à chanter des chansons folk.

Avec sa gravité habituelle, Tweany se tourna vers la blonde, qui lui souriait toujours et se préparait à partir.

— Peut-être, dit-il d'un ton que Mary Anne reconnut très bien, pourriez-vous l'amener chez moi. J'irai là-bas dès que j'en aurai fini avec mes dernières chansons.

— Alors c'est entendu.

Un frémissement – une très visible ondulation de triomphe – passa sur les lèvres de la blonde, puis elle poussa du doigt son compagnon toujours assis en ajoutant :

— Allons-y.

— Mon adresse… commença Tweany, mais Nitz l'interrompit.

— Je leur montrerai.

Il donna à Mary Anne, sous la table, un petit coup de pied amical.

— Je viens avec vous. Je veux voir à quoi ressemble cet oiseau.

— Vous êtes le bienvenu, dit la blonde.

— Une minute, intervint Taft Eaton. Paul, il me paraît étrange de t'entendre parler de la sorte.

— Je ne suis pas obligé de l'accompagner, répliqua Nitz. Je suis le pianiste chargé des intermèdes. Il peut toujours chanter quelques-uns de ces trucs bien rythmés que braillaient les esclaves enchaînés…

— Est-ce que je peux venir ? demanda Mary Anne.

Elle se sentait si misérable… Elle ne voulait pas être tenue à l'écart. Elle ne pouvait rien faire pour empêcher Tweany et la blonde de se rapprocher l'un de l'autre, mais au moins elle pouvait être là, elle aussi.

— Et ma copine, dit Nitz en se levant. Il faut qu'elle m'accompagne.

— Amenez-la.

La blonde se tournait déjà vers la porte.

— Une vraie petite fête, marmonna son compagnon en jetant un coup d'œil du côté de Nitz et de Mary Anne. On attend quelqu'un d'autre ?

— Ne sois pas grossier.

La blonde ajouta en s'arrêtant près de Tweany :

— Je m'appelle Beth, et voici mon mari, Danny. Danny Coombs.

— Enchanté, dit Tweany.

— Tu ne peux pas partir, répéta Taft Eaton avec obstination. Il faut tout de même que quelqu'un fasse quelque chose ici...

— Je ne pars pas, dit Tweany. Comme je l'ai expliqué, je vais chanter mes dernières chansons et je partirai ensuite.

— Allons, ne t'en fais pas, dit Nitz en posant une main sur l'épaule de Mary Anne.

Morose, les mains dans les poches, elle suivit Beth et Danny Coombs.

— Je n'ai pas envie d'y aller. Mais il le faut.

— Tu survivras à l'épreuve, dit Nitz.

Il tint ouverte la porte capitonnée de cuir rouge tandis que Mary Anne sortait sur le trottoir. Les Coombs montaient déjà dans une Ford garée près de là.

— On va s'occuper de ce type.

Il se glissa sur la banquette arrière de la Ford et aida Mary Anne à monter. Tout en l'attirant contre lui pour qu'elle soit mieux, il sortit une petite bouteille plate de la poche intérieure de sa veste.

— Prêts ? demanda gaiement Beth par-dessus son épaule.

— C'est parti ! dit Nitz en se renversant en arrière et en bâillant.

9

Quand ils arrivèrent à l'appartement des Coombs, ils ne virent pas trace de Chad Lemming.

— Il est dans la salle d'eau, dit Beth, il prend un bain.

On entendait en effet un bruit d'eau qui coule.

— Il sortira dans quelques minutes.

L'appartement se composait d'une immense salle de séjour, dont un coin était occupé par un piano à queue, de deux minuscules chambres et d'une cuisine pas plus grande qu'un timbre-poste. La salle d'eau se trouvait de l'autre côté du couloir ; c'était une salle de bains commune, utilisée aussi par la famille du dessous. On pouvait voir, sur les murs de l'appartement, de nombreuses reproductions de tableaux, principalement des Greco et des Gauguin. Le plancher était presque entièrement recouvert d'un tapis gris-vert de fibres tressées. Les rideaux étaient de style toile à sac.

— Vous faites de la peinture ? demanda Mary Anne à Beth.

— Non. Mais j'en ai fait.

— Pourquoi avez-vous arrêté ?

Beth jeta un coup d'œil en direction de Coombs, entra dans la cuisine et commença à préparer les boissons.

— Je me suis tournée vers la musique, répondit-elle. Qu'est-ce que vous voulez boire ?

— Bourbon à l'eau, dit Nitz, qui rôdait çà et là dans l'appartement. Si vous avez.

— Et vous ? demanda-t-elle à Mary Anne.

— Oh, n'importe.

Quatre bourbons à l'eau furent apportés. Chacun prit gauchement le sien. Beth avait ôté sa jaquette et offrait maintenant aux regards sa silhouette de femme mûre et bien en chair. Elle portait un tee-shirt et un pantalon. En la voyant, Mary Anne songea à sa propre petite poitrine. Elle se demanda quel âge Beth pouvait bien avoir.

— Quel âge avez-vous ? demanda-t-elle.

Les yeux bleus de Beth s'agrandirent de consternation.

— Moi ? Vingt-neuf ans.

Satisfaite, Mary Anne abandonna le sujet.

— C'est votre piano ?

Elle s'approcha tranquillement du piano à queue et enfonça quelques touches au hasard. C'était la première fois qu'elle touchait un piano de concert. Cette grande chose noire l'impressionnait.

— Combien ça coûte ?

— Eh bien, dit Beth, légèrement amusée, vous pouvez débourser jusqu'à huit mille dollars pour un Bôsendorfer.

Mary Anne se demanda ce qu'était un Bösendorfer, mais elle ne dit rien. Hochant la tête, elle se dirigea vers une des reproductions et la regarda attentivement. Soudain un tourbillon surgit du couloir : Chad Lemming, ayant terminé ses ablutions, revenait dans l'appartement.

Lemming – un svelte jeune homme – traversa comme une flèche la salle de séjour dans un peignoir de coton qui lui battait les jambes, et disparut dans l'une des chambres.

— J'arrive ! Je ne serai pas long ! lança-t-il d'une voix quelque peu maniérée.

« Une voix de tapette », pensa Mary Anne. Elle se remit à examiner la reproduction.

— Écoute, Mary... dit Nitz dans son dos.

Beth et Danny Coombs suivaient Lemming dans la chambre en lui expliquant volubilement ce qu'ils attendaient de lui.

— Arrête de te torturer. Ça n'en vaut pas la peine.

Elle ne vit pas tout de suite de quoi il voulait parler.

— Carleton Tweany, continua-t-il, est un poseur et un vaniteux. Tu es allée chez lui, tu as vu ses pots d'huile capillaire et ses chemises de soie. Et ces cravates qu'il porte !

Mary Anne dit à voix très basse :

— Tu es jaloux de lui parce qu'il est grand et fort et que tu es un avorton.

— Je ne suis pas un avorton, et je te dis la vérité. Il est stupide. Il est snob. C'est un imposteur.

— Tu ne le comprends pas, répliqua-t-elle en bredouillant.

— Pourquoi ? Parce que je n'ai pas couché avec lui ? C'est la seule chose que je n'ai pas faite. J'ai vu son âme de près.

— Ah oui ? Comment ça ?

— En l'accompagnant au piano quand il chante *Tous ces cœurs courageux*, voilà comment !

Troublée, Mary Anne dit :

— C'est un grand chanteur. Non, tu ne le penses pas.

Elle secoua la tête.

— Laisse tomber.

— Mary Anne, dit Nitz, tu es une fille du tonnerre. Est-ce que tu le sais ?

— Merci.

— Tiens, prends ton copain, ce blanc-bec qui te promène partout en bagnole. David quelque chose.

— David Gordon.

— Fais-en quelqu'un de sérieux et de responsable. Il a un bon fond, il est seulement trop jeune.

— Il est idiot.

— Tu es toujours en avance sur tes copains… c'est un de tes problèmes. Tu es trop mûre pour eux. Et en même temps tu es si sacrément jeune que c'en est une pitié.

Elle lui lança un regard furieux.

— Garde tes opinions pour toi-même.

— Personne ne peut rien te dire.

Il lui ébouriffa les cheveux et elle recula vivement la tête.

— Tu es trop fine pour Tweany. Et tu es trop bien pour nous tous. Je me demande qui finira par te mettre la corde au cou… pas moi, je suppose. C'est peu probable. Tu épouseras un gros abruti quelconque, un pilier de respectabilité bourgeoise qui t'éblouira et t'inspirera confiance. Pourquoi ne peux-tu pas avoir confiance en toi-même ?

— Arrête, Paul. S'il te plaît.

— Est-ce que tu m'écoutes seulement ?

— Je t'entends. Ne crie pas.

— Tu n'écoutes qu'avec tes oreilles. Tu ne me vois même pas là devant toi, hein ?

L'air un peu égaré, il se frotta le front.

— Oublie ça, Mary. Je suis fatigué et mal fichu et je dis des bêtises.

Beth accourut vers eux – excitée, les yeux brillants, les seins en mouvement.

— Chad va chanter ! Tout le monde se tait et écoute !

Le jeune homme était sorti de la chambre. Ses cheveux étaient coupés en brosse ; il portait des lunettes à monture d'écaille ; un nœud papillon paraissait voltiger sous sa pomme d'Adam proéminente. Il adressa un grand sourire aux personnes présentes et prit sa guitare.

— Eh bien, mes amis, commença-t-il d'un air enjoué, vous avez sans doute lu dans les journaux dernièrement que le Président avait l'intention de rééquilibrer le budget. Voici une petite chose écrite sur le sujet. J'ai pensé qu'elle pourrait vous plaire...

Sur quoi il gratta quelques accords sur sa guitare et entonna sa chanson.

Écoutant d'une oreille distraite, Mary Anne se promena dans la pièce en examinant les reproductions et les meubles. La chanson recouvrait tout à la façon d'une onde métallique et éclatante qui se déversait dans les oreilles de chacun. Quelques bribes de phrases atteignaient sa conscience, mais le sens général des paroles lui échappait, ce qui ne la gênait pas particulièrement ; elle ne s'intéressait ni au Congrès ni aux impôts. Elle n'avait jamais vu de garçon comme Chad Lemming et l'impression qu'elle avait de lui restait floue, à la périphérie de ses pensées... Elle avait ses propres problèmes.

La chanson suivante ne se fit pas attendre, et il bêla un texte sur la retraite des vieux. Ensuite vint une chansonnette pleine de verve qui parlait du FBI, puis une autre sur la génétique, et enfin quelques couplets obscurs et endiablés où il était question de la bombe H.

... Et si Mao Tsé-toung un jour nous fait de l'ombre Nous réduirons le monde à un tas de décombres...

Elle se demanda, irritée, qui se souciait de Mao Tsé-toung. Qui était-ce déjà ; n'était-ce pas le chef de la Chine communiste ?

... Et moi je serai là couché parmi les ruines
Tandis que se tairont les armes assassines...

Fermant son esprit à ce raffut, elle sortit carrément de la salle de séjour et entra dans l'une des sombres petites chambres. Elle s'assit sur le bord du lit – celui de Beth, apparemment – et se prépara à endurer le reste du répertoire de Lemming. Le titre de la chanson, annoncé avec grandiloquence, résonnait encore dans ses oreilles : « Ce dont ce pays a besoin, c'est d'une bonne bombe H à cinq sous. »

Cela n'avait aucun sens. Cela ne voulait rien dire. Son esprit se tourna à nouveau vers des pensées familières. Vers la forte et sombre présence de Carleton Tweany – avec, flottant à l'arrière-plan, le souvenir de l'incident du magasin de disques. Cet homme de forte stature, déjà assez âgé, en costume de tweed... Marchant de long en large, à grandes enjambées, avec sa canne à pommeau d'argent... Puis la pression de ses doigts quand il lui avait pris le bras...

Elle prit peu à peu conscience du fait que Lemming avait cessé de chanter. Confuse, elle se leva et retourna dans la salle de séjour. Beth s'était éclipsée dans la cuisine pour préparer d'autres boissons, et Danny Coombs boudait dans un coin, ce qui laissait Lemming seul avec Nitz.

— Qui écrit vos textes ? demandait ce dernier.

— Moi-même, répondit timidement Lemming.

Maintenant qu'il ne chantait plus, il ressemblait à un docile étudiant de première année en veste sport et pantalon trop large. Après avoir reposé sa guitare, il ôta ses lunettes et les essuya sur sa manche.

— J'ai essayé d'écrire des numéros comiques à Los Angeles, ajouta-t-il, mais ça n'a pas marché. Ils ont dit que ce n'était pas assez commercial. Apparemment ce que je faisais était trop caustique.

— Quel âge avez-vous ?

— Vingt-sept ans.

— Vraiment ? Vous ne les faites pas.

Lemming rit.

— Je suis sorti de l'Université de Californie en 48, avec une maîtrise de physique-chimie. J'ai travaillé quelque temps au Projet...

Il expliqua :

— Le laboratoire nucléaire. Je pourrais toujours y travailler, j'imagine. Ils ne m'ont jamais retiré ma licence. Mais je préfère bouger... Je suppose que je n'ai jamais vraiment grandi.

— C'est un bon filon, ces chansons politiques ?

— Pas que je sache.

— Vous croyez que vous pourrez en vivre ?

— Peut-être, dit Lemming. Je l'espère.

Nitz était étonné et perplexe.

— Un type comme vous... avec de l'instruction et tout... Vous pourriez contribuer à un grand projet scientifique, mais vous préférez jouer au gratteur de guitare. Est-ce que ça vous amuse ? Est-ce que vous y trouvez votre compte en termes de satisfaction personnelle ?

— Nous vivons des temps difficiles... murmura Lemming – et le reste se perdit pour Mary Anne dans une brume de paroles et d'idées confuses : sa conversation était aussi dénuée de sens que ses chansons. Mais Nitz continuait à marmonner des questions, à arracher des réponses. Son intérêt pour lui était un mystère. Elle renonça à comprendre et pensa à autre chose.

— Vous ne nous avez pas dit votre nom, fit Beth en s'approchant d'elle avec un autre verre.

Mary Anne refusa le verre. Elle n'aimait pas cette femme, et pour cause... Mais elle éprouvait à son endroit une sorte de respect morose. Beth n'y était pas allée par quatre chemins avec Tweany, et son évidente maîtrise la laissait en quelque sorte sur la touche. Dépassée.

— Mais qu'est-ce qu'il a ? dit-elle en regardant Lemming. Oh, rien du tout, sans doute. Mais il est si... sot. C'est peut-être moi. Je ne me sens pas à ma place ici.

— Ne partez pas, dit Beth avec condescendance.

— Je ferais aussi bien. Depuis combien de temps connaissez-vous Schilling ?

— Cinq ou six ans.

— Quel genre d'homme est-ce ?

Elle voulait être fixée sur ce point, et Beth savait manifestement à quoi s'en tenir.

— Cela dépend, répondit Beth. On s'est bien amusés ensemble. Il y a des années, quand vous aviez... (elle dévisagea Mary Anne d'une façon que celle-ci trouva offensante) oh, une quinzaine d'années.

— Il doit avoir de l'argent, pour ouvrir ce magasin.

— Oh ! oui, Joe a de l'argent. Pas énormément, mais assez pour ce qu'il veut faire.

— Et qu'est-ce qu'il veut faire ?

— Joe est un homme sérieux et réfléchi. C'est aussi un homme seul. Et malgré tout – elle sourit de son sourire figé –, j'ai la plus grande estime pour son goût et son intelligence. Il est très cultivé et il a des manières charmantes et un peu désuètes. C'est un gentleman... la plupart du temps, en tout cas. Il connaît beaucoup de choses dans sa partie.

— Alors pourquoi ne dirige-t-il pas une grande maison de disques comme RCA ?

— Avez-vous jamais rencontré un collectionneur de disques ?

— Non, reconnut Mary Anne.

— Joe est là où il a toujours voulu être : il a enfin son propre petit magasin, où il peut à loisir parler de disques, toucher des disques, vivre parmi les disques.

— Il va rester ici alors ?

— Certainement. Il y avait des années qu'il cherchait cela – une petite ville tranquille, à l'écart de la foule, où il pourrait se fixer. Il vieillit : il veut se retirer quelque part. Il a longtemps vécu dans le tourbillon socio-professionnel – cocktails, concerts, réceptions, voyages ici et là. Je suppose qu'il en a fini avec tout ça. D'un autre côté, son besoin de compagnie a toujours été très fort, il n'a jamais aimé être seul. Ce n'est pas quelqu'un de naturellement solitaire. Il aime discuter et partager ses expériences. C'est cela qui le fait aller vers les autres... il ne peut se satisfaire de rester dans son coin.

— C'est un homme merveilleux en somme, dit Mary Anne d'un ton persifleur.

— Vous n'avez pas l'air convaincue.

— J'ai failli travailler pour lui.

— À plus d'un égard, dit Beth, il nous est difficile de juger Joe Schilling. Il m'est arrivé de croire qu'il était... eh bien, sans cœur.

— Et il ne l'est pas ?

— Ses besoins sont si impérieux... Il a un tel impact sur les gens...

— Vous n'avez pas répondu à ma question.

— Je ne vois pas pourquoi je le devrais. Peut-être une autre fois...

— Je suppose que cela ne changerait rien si je vous disais qu'il s'est bien passé quelque chose dans le magasin ?

— Je sais qu'il s'est passé quelque chose. Et je me doute de ce que c'était. N'oubliez pas que nous avons à peu près le même âge, vous et moi... nous avons des problèmes similaires. Des expériences similaires.

— Vous avez vingt-neuf ans, dit Mary Anne d'un air pensif. J'en ai vingt. Vous avez neuf ans de plus que moi.

— Mais pour l'essentiel nous appartenons au même groupe d'âge, répliqua Beth, froissée.

Soumettant la jeune femme à un calme et impitoyable examen, Mary Anne dit :

— Voulez-vous m'aider à choisir un soutien-gorge un de ces jours ? Je ne veux pas avoir l'air si mince. J'aimerais avoir un buste comme le vôtre.

— Ma pauvre petite, dit Beth en secouant la tête. Vous ne savez pas de quoi vous parlez.

— ... Mais oui, beaucoup ! s'exclamait Lemming avec enthousiasme. Ici, vous voulez dire ?

— Non, répondit Nitz, il va falloir aller là-bas. Des puissances supérieures en ont décidé ainsi.

Il regarda sa montre.

— Il est probablement chez lui maintenant.

— J'ai beaucoup entendu parler de lui, dit Lemming.

Coombs émergea de sa léthargie pour protester.

— Je ne comprends pas. Pourquoi est-ce qu'on va là-bas ?

— Ne joue pas les rabat-joie, dit Beth.

— Je ne veux pas le voir. Personne ici ne veut le voir. Il n'y a que toi.

— Ça ne me déplairait pas, dit Lemming. Ça pourrait m'être utile professionnellement.

— Il est presque deux heures du matin, dit Coombs. J'ai envie de dormir.

— Juste un petit moment, dit Beth sans se laisser fléchir. Sois gentil – va chercher ton appareil photo. On lui a dit qu'on irait chez lui : il nous l'a *demandé*.

Coombs ricana.

— *Il* nous l'a demandé ?

Il trouva son appareil photo et le suspendit à son épaule.

— *Tu* lui as demandé, tu veux dire. Toujours la même vieille rengaine – sauf que c'est le premier qui ait le teint quelque peu basané. Qu'est-ce qui se passe, tu es fatiguée d...

— Tais-toi, dit Beth en s'éloignant de quelques pas. On a dit qu'on irait, alors on y va. Cesse de te comporter comme un névropathe.

— Je te préviens, dit Coombs. Si on va là-bas, pas d'histoires. Tu te tiens comme il faut.

— Seigneur ! fit Beth.

— Je parle sérieusement.

— Bien sûr que tu parles sérieusement. Tu parles *toujours* sérieusement. Allons, venez, dit-elle à Nitz et Mary Anne. Inutile de traîner ici.

Elle fit signe à Lemming d'aller vers la porte.

— C'est ça, Chad, ouvre-nous.

Mary Anne chercha des yeux sa jaquette, l'air résigné.

— Je vais vous montrer le chemin, murmura-t-elle.

— Comme c'est gentil ! dit Beth avec un sourire insistant. C'est vraiment très aimable à vous, ma chère.

10

Quand ils arrivèrent à la maison où vivait Tweany, seule une faible lueur bleutée était visible au second étage.

— Il est dans la cuisine, dit Mary Anne en ouvrant la portière de la voiture.

Les autres suivirent, et un moment plus tard ils gravissaient tous le long escalier.

Il n'y eut pas de réponse aux légers coups frappés par Mary Anne sur la porte. Finalement elle l'ouvrit et entra. Au bout du couloir luisait une pauvre lumière, et quelques bruits lui parvinrent. Mary Anne courut presque dans cette direction et surgit, le souffle court, dans la cuisine haute de plafond.

Tweany – il portait toujours sa chemise rose et sa cravate imprimée à la main –, assis à la table, mangeait un sandwich à la sardine et buvait une bouteille de bière Rheingold. Devant lui était ouvert, parmi les miettes et les boîtes de conserve, un numéro taché *d'Esquire*, qu'il était en train de lire.

— On est venus, dit Mary Anne – bouleversée de le voir là, si grand et robuste, les manches retroussées sur des bras épais, lourds et puissants. On a amené ce type, Machin-Chose, avec nous...

Nitz se matérialisa dans l'embrasure de la porte.

— Prépare-toi à être exhibé ! lança-t-il avant de disparaître dans le couloir.

Les autres – Beth, Lemming et Coombs – le suivirent dans la salle de séjour en désordre, laissant Mary Anne et Tweany seuls dans la cuisine.

— Il n'est bon à rien, dit loyalement Mary Anne. Tout ce qu'il sait faire, c'est parler.

Un air de placide supériorité se répandit sur les traits de Tweany. Il haussa les épaules et continua sa lecture.

— Sers-toi. Tu sais où est le frigo.

— Je n'ai pas faim, dit Mary Anne. Tweany...

Souriant dc toutes ses dents, Chad Lemming entra dans la cuisine avec sa guitare.

— Monsieur Tweany, il y a longtemps que je désire vous rencontrer. J'ai beaucoup entendu parler de votre style...

Insensible à la flatterie du jeune homme, Tweany leva lentement les yeux sur lui.

— Vous êtes Chad Lemming ?

Lemming tripota gauchement sa guitare.

— Je dis et chante des textes politiques.

Tweany le regarda attentivement. Lemming, qui souriait maintenant d'un air embarrassé, fut sur le point d'ajouter quelque chose, mais il se ravisa. Quelques notes grinçantes et plaintives s'échappèrent de sa guitare, comme si celle-ci voulait reprendre sa liberté.

— Allez-y, dit Tweany.

— Monsieur ?

Tweany inclina sa tête vers la guitare.

— Allez-y. Je vous écoute.

Très mal à l'aise, Chad Lemming se mit à annoncer et chanter les couplets qu'il avait interprétés dans l'appartement des Coombs.

— Eh bien, croassa-t-il sans conviction, vous avez sans doute lu dans les journaux l'autre jour que le Président Eisenhower comptait réduire les impôts. Cela m'a inspiré quelques réflexions.

Bégayant, la voix défaillante, il commença à chanter.

Après l'avoir regardé un moment, Tweany retourna insensiblement à la lecture de son magazine. Le changement fut si progressif que Mary Anne n'aurait su dire quand il avait eu lieu. Elle s'aperçut soudain que Tweany mangeait son sandwich à la sardine et lisait un article sur une équipe de base-ball de première division.

Les autres, réunis dans l'encadrement de la porte, écoutaient en lançant des coups d'œil curieux dans la cuisine. Sachant qu'il avait échoué, Lemming, avec un frémissement d'abandon, chanta d'une voix rauque une dernière chanson où il était question d'une bibliothèque dont tous les livres avaient brûlé, ou qui n'avait jamais eu de livres, ce n'était pas très clair. Mary Anne aurait voulu qu'il s'arrête ; elle aurait voulu qu'il s'en aille. Il se rendait parfaitement ridicule, et cela la rendait, elle, presque folle de nervosité. Tandis qu'il terminait enfin son numéro, elle eut envie de hurler.

Le silence qui suivit fut total. Le petit bruit monotone du robinet qui gouttait dans l'évier ne faisait qu'accentuer le sentiment de futilité qui régnait dans la pièce. Finalement, avec un grognement, Coombs y entra aussi en jouant des coudes et en brandissant son appareil photo muni d'un flash.

— Qu'est-ce que c'est ? fit Tweany, intéressé.

— Je voudrais prendre quelques photos.

— De qui ? dit Tweany d'une voix légèrement cérémonieuse. De moi-même et M. Lemming ?

— Oui, dit Coombs. Chad, va à côté de lui. Tweany, ou quel que soit votre nom, levez-vous pour que vous soyez tous les deux dans le champ.

— Je regrette, mais ce n'est pas possible, dit Tweany. Mon imprésario m'interdit de poser pour des photos sans son consentement.

— Qu'est-ce que c'est que cette histoire d'imprésario ? dit Paul Nitz.

Il y eut un silence gêné, pendant lequel Chad Lemming se tint debout près de la table d'un air malheureux et Tweany se remit à manger.

— Laisse tomber, dit Beth à son mari. Tu vois bien que M. Tweany ne veut pas.

Coombs regarda fixement Tweany, puis tout à coup il replaça le capuchon sur l'objectif de son appareil photo, tourna les talons et sortit de la cuisine.

— Et puis merde ! fit-il avant de grommeler quelques mots que personne ne comprit.

Lemming souleva sa guitare et quitta lui aussi la cuisine. Bientôt ils entendirent des sons mélancoliques qui semblaient venir de très loin : recroquevillé sur le divan de la salle de séjour, Lemming jouait pour lui-même.

— Tweany, dit Mary Anne, exaspérée. Tu devrais avoir honte de toi !

Tweany leva un sourcil, haussa les épaules, et finit son sandwich. Puis, brossant de la main son pantalon pour enlever les miettes, il se leva et alla se laver les mains au robinet de l'évier.

— Qu'est-ce que vous voulez boire ? Bière ? Scotch ?

Ils acceptèrent un whisky et rejoignirent Lemming dans la salle de séjour avec leur verre. Le jeune homme ne leva pas les yeux ; absorbé par son jeu, il resta replié sur son instrument.

— Vous jouez ça pas mal, dit Nitz d'un ton amical.

— Merci, marmonna Lemming avec reconnaissance.

— Peut-être devrais-tu concentrer tes efforts là-dessus, dit Beth, que l'attitude de Tweany avait édifiée. Peut-être ferais-tu mieux de t'en tenir à la guitare seule.

— J'aime bien mieux ça, dit Mary Anne. Toutes ces paroles ne me disent rien qui vaille.

Tiraillé entre des sentiments contraires, Lemming protesta :

— Mais tout repose sur le texte !

— Fais une croix dessus, dit Beth.

Allant et venant d'un pas raide dans la pièce mal tenue, elle tomba en arrêt devant le piano. Celui-ci, pas plus grand qu'une épinette, était enseveli sous une montagne de magazines et de vêtements.

— Est-ce que vous en jouez ? demanda-t-elle à Tweany.

— Non. Quelquefois Paul m'accompagne. Pour répéter.

— Pas très souvent, dit Nitz en essuyant avec son mouchoir la poussière accumulée sur le clavier ; il plaqua un accord, le diminua adroitement, puis se désintéressa de la chose.

— Tu vas avoir du mal à sortir ça d'ici, remarqua-t-il.

Aussitôt Mary Anne s'exclama :

— Tweany ne déménage pas !

— On l'a monté avec des cordes, dit Tweany. Et on peut le descendre de la même façon. Par la fenêtre de la cuisine, s'il le faut.

— Où vas-tu ? demanda Mary Anne, affolée.

— Nulle part, répondit Tweany.

— Dis-lui, insista Nitz.

— Il n'y a rien à dire. C'est juste une... idée.

— Tweany envisage de passer aux choses sérieuses, dit Nitz à la jeune fille pétrifiée. Il compte aller à Los Angeles. Heimy Feld, le type qui organise ces tournées, lui a fait une proposition. Galop d'essai dans une dizaine de bleds sur le circuit de Heimy.

— Le mot « essai » n'a jamais été prononcé, rectifia Tweany.

S'asseyant au piano, Beth se mit à égrener les notes d'une gamme en sol mineur, Un îlot de vibrations sonores se forma autour d'elle.

— Tweany, dit-elle en rejetant ses cheveux en arrière, savez-vous qu'il m'est arrivé d'écrire des chansons ?

— Non, répondit Tweany.

— Elle en a apporté une, dit Coombs avec aigreur. Elle va la sortir et vous demander de la chanter.

Tweany parut alors s'enfler et devenir encore plus massif qu'à l'accoutumée, et un nimbe bleu acier parut rayonner de sa personne : une vanité presque palpable.

— Eh bien, dit-il, je suis toujours intéressé par de nouveaux matériaux.

Nitz eut un haut-le-cœur.

Tandis que Beth sortait la partition de son sac géant, Mary Anne chuchota à Nitz :

— Tu aurais dû me le dire.

— J'attendais.

— Quoi ? fit-elle, elle ne comprenait pas.

— Qu'il soit là. Pour qu'il puisse répondre.

— Mais, dit-elle avec désespoir, il n'a *pas* répondu.

Elle se sentait dépassée par ce qui arrivait ; ce qui constituait pour elle le réel la fuyait et elle était incapable de le retenir.

— Il n'a rien dit.

— Justement, répliqua Nitz.

Il se tut, car Beth commençait à jouer. Tweany, debout derrière elle, se penchait pour lire la partition. Il était déjà entré dans une phase de rigide concentration ; pour lui, la musique était une affaire sérieuse. Si insignifiante que fût l'œuvrette concoctée par Beth, elle allait recevoir toute son attention. Il y avait là une grâce innée que Mary Anne ne pouvait oublier ou chasser de son esprit : la foi en ce qu'il faisait le grandissait encore à ses yeux.

— Cette chanson, commença Tweany, est intitulée *Notre place sous le chêne* et raconte l'histoire d'une jeune femme qui marche dans la campagne en automne et revoit les endroits où elle-même et son amant – mort à présent, tué en terre étrangère – s'étaient promenés ensemble. C'est une chanson très simple.

Sur quoi Tweany, ayant pris une profonde et éloquente inspiration, entonna la chanson très simple.

— Il ne fait pas ça d'habitude, murmura Nitz lorsque la chanson fut presque finie.

Beth se mit à faire ruisseler des arpèges, tandis que Tweany méditait sur l'énigme de l'existence.

— C'est dur de lui faire chanter des trucs à vue… il aime y jeter un coup d'œil avant.

Beth disait à l'homme debout à côté d'elle :

— Vous l'avez ressenti, n'est-ce pas ?

Son jeu s'amplifia en volume et émotion.

— Vous avez ressenti ce que j'ai voulu y mettre.

— Oui, répondit Tweany, les yeux mi-clos, en se balançant légèrement au rythme de la musique.

— Et vous l'avez exprimé. Vous lui avez donné corps.

— C'est une très belle chanson, dit Tweany, comme en transe.

— Oui, murmura Beth, elle acquiert ainsi une certaine beauté. Une beauté presque terrifiante.

— *Noël blanc*, dit Nitz. Tu as touché le fond. Tu es un homme fini.

Tweany lutta une seconde pour garder son sang-froid. Puis la colère l'emporta et il se tourna vers Nitz :

— Paul, une méchanceté dite en passant peut faire beaucoup de mal.

— Seulement à une âme sensible, rétorqua Nitz.

— Ceci est ma maison. Tu es un hôte dans *ma* maison, à mon invitation.

— Seulement le dernier étage...

Nitz était pâle et tendu ; il ne plaisantait plus. Le silence se fit de plus en plus lourd, jusqu'à ce qu'enfin Mary Anne s'approchât de Tweany et lui dît :

— On devrait tous partir.

— Non, répondit-il en retrouvant son humeur cordiale.

— Paul, dit Mary Anne, allons-nous-en.

— Comme tu veux, dit Nitz.

Au piano, Beth exécuta une série de roulades.

— Vous ne voulez pas nous attendre ? Nous vous raccompagnerons en voiture.

— Je voulais dire – Mary Anne comprenait que c'était sans espoir – qu'on devrait *tous* partir. Tous les cinq ensemble.

— C'est une bonne idée, dit Beth. Sapristi, je ne peux en imaginer de meilleure...

Elle ne fit pas mine de vouloir se lever et continua à jouer. Dans son coin, Chad Lemming, jambes repliées sous lui, pinçait tristement les cordes de sa guitare, délaissé de tous. Les sons qu'il produisait se dissolvaient, s'abîmaient dans ceux plus puissants du piano.

— Vous ne la ferez pas partir ! dit Danny Coombs, soudain très agité, à Mary Anne. Elle a décidé de s'incruster ici.

— Tais-toi, Danny, dit Beth avec bonhomie, en jouant une succession de notes qui s'organisèrent en une ballade de Fauré. Écoutez ça, ajouta-t-elle à l'intention de Tweany. Avez-vous déjà entendu ce morceau ? C'est un de mes préférés.

— Je n'ai jamais entendu ça, dit Tweany. C'est une de vos compositions ?

Beth fit jaillir de son instrument un feu d'artifice musical : un prélude de Chopin, immédiatement suivi du premier mouvement de la sonate en *si* bémol de Liszt. Tweany, pris dans cette tornade sonore, tint bon et survécut ; il parvint même à sourire lorsque les dernières notes s'envolèrent.

— J'adore la musique classique, déclara-t-il – et Mary Anne, gênée, détourna les yeux. J'aimerais avoir plus de temps à lui consacrer.

— Connaissez-vous le *Erlkönig* de Schubert ? demanda Beth en se remettant à jouer furieusement. Vous pourriez l'interpréter si merveilleusement...

Levant son appareil photo, Coombs prit un instantané des deux silhouettes tournées vers le piano. Tweany ne parut même pas s'en apercevoir ; il continua à écouter religieusement, les yeux maintenant fermés, les mains jointes devant lui. Coombs éjecta en ricanant l'ampoule grillée du flash, qui tomba sur le plancher, et la remplaça par une autre qu'il prit dans le sac de cuir accroché à sa taille.

— Bon Dieu, dit-il à Nitz. Il nous a complètement quittés.

— Ça lui arrive, dit Nitz qui se tenait près de Mary Anne, une main sur son épaule ; cette amicale pression la réconfortait un peu, mais pas beaucoup.

— C'est une manie chez lui.

Tout à coup Beth sauta sur ses pieds. Extatique, elle alla tirer Lemming par la main pour qu'il se lève.

— Toi aussi ! cria-t-elle dans son oreille abasourdie. Tous ensemble !

Heureux de se voir remarqué, Lemming se mit à jouer fébrilement. Beth retourna très vite au piano et plaqua les premiers accords d'une polonaise de Chopin. Lemming renonça à se faire entendre et exécuta quelques pas de danse à travers la pièce ; jetant sa guitare sur le divan, il sauta en l'air, frappa le plafond de la paume de ses mains, retomba sur ses pieds, s'empara de Mary Anne et la fit tournoyer entre les meubles. Tweany se balançait d'avant en arrière devant le piano en rugissant :

« ... jusqu'à la *fin* des temps... »

Malheureuse et honteuse, Mary Anne se dégagea de l'étreinte de Lemming. Elle se réfugia dans le coin où se tenait Paul Nitz, rassembla ses esprits et remit de l'ordre dans ses vêtements.

— Ils sont mabouls, dit Nitz. Ils ont perdu les pédales !

Coombs passa près d'eux en gloussant et prit subrepticement une photo du visage déformé par l'émotion de Beth. L'ampoule éjectée disparut sous les pieds de Tweany. Coombs, à sa manière furtive, passa derrière le Noir et s'approcha de l'endroit où Lemming gesticulait de plus belle. Une nouvelle fois la lumière du flash les aveugla tous. Quand Mary Anne put distinguer à nouveau ce qui l'entourait, elle vit que Coombs grimpait sur le piano pour photographier le duo d'en haut.

— Bon sang, dit-elle en frissonnant, il y a quelque chose qui cloche chez lui.

Nitz, renfrogné et amer, dit :

— Tout cela est malsain, Mary. Je devrais te ramener chez toi. Tu ne mérites pas ça.

— Non. Je reste.

— Pourquoi ? Qu'est-ce que tu cherches ici ?

Sa maigre carcasse frémit. Pris de nausée, il baissa la tête.

— Toujours lui ?

— Ce n'est pas sa faute.

— Tu n'abandonnes jamais la partie, hein ?

La voix de Nitz se brisa et il avala péniblement sa salive.

— Je ne peux pas supporter plus longtemps cette foire. Je m'en vais.

— Non, dit très vite Mary Anne. S'il te plaît, Paul, ne pars pas.

— Bon Dieu ! implora Nitz, je suis malade...

Il lui tendit son verre et, d'un pas incertain, plié en deux, traversa la pièce et sortit dans le couloir. Coombs, pareil à une grosse araignée jubilante, prit une photo de lui au passage.

— Regardez-moi ! cria Lemming, tout essoufflé, en agitant les bras. Qu'est-ce que je suis ? Dites-moi ce que je suis !

Beth joua les premières mesures de *Pauvre papillon*.

— Non ! hurla Lemming. Ce n'est pas ça !

Il se jeta par terre et roula sous le piano ; on ne vit plus de lui qu'une paire de jambes qui gigotaient.

— Et *maintenant*, qu'est-ce que je suis ?

Coombs accourut du coin où il se trouvait, s'accroupit et prit une photo de lui. Les yeux exorbités, il continuait à éjecter les ampoules grillées de son flash et à en tirer d'autres à tâtons de son sac. Sa peau blanche était maintenant marbrée de rouge ; ses cheveux luisants pendaient en mèches folles sur ses tempes.

Ne se sentant pas très bien elle-même, Mary Anne se réfugia dans la cuisine, les mains sur les oreilles, pour essayer d'échapper au vacarme. Mais les fortes vibrations se transmettaient à travers le plancher et les murs et venaient marteler ses tympans. Elle entendait aussi Nitz vomir dans la salle de bains – un bruit d'arrachement, comme s'il rendait tous ses viscères.

« Pauvre Paul ! » pensa-t-elle. Baissant les mains, elle écouta les échos de sa torture et se demanda ce qu'elle pouvait faire. Rien, apparemment. Et il souffrait aussi pour elle. Derrière elle, dans la salle de séjour, le délire continuait. Lemming apparut dans l'embrasure de la porte, le visage inondé de joie, tendit les bras vers elle, puis disparut à nouveau. Les mugissements de taureau de Carleton Tweany ne cessaient pas ; ils s'enflaient et retombaient – toujours dominés par les notes frénétiques du vieux petit piano.

Celles-ci résonnaient à ses oreilles à la façon d'un son amical et familier qui serait devenu monstrueux. Parfois, assise seule dans l'appartement, en attendant que Tweany y vienne – ce qu'il faisait rarement –, elle avait pianoté timidement quelques thèmes, des airs de juke-box qui dataient de son adolescence. Mais à présent c'était un raffut assourdissant. Joué par des professionnels, il augmenta jusqu'à faire trembler les tasses et les assiettes dans le placard au-dessus de sa tête.

Ils étaient en train d'interpréter *John Henry*. Tweany s'était lancé dans un vrai numéro de scène : il tapait des mains en cadence sur le haut du piano, les yeux fermés, la tête renversée en arrière, le corps agité de soubresauts d'extase. Coombs, qui rôdait toujours furtivement dans la pièce, prit une photo de lui, puis une de Lemming, lequel, penché sur les épaules de Beth, bras tendus, jouait avec elle. Quatre mains s'abattant avec force sur les touches... L'énorme pression sonore secouait la maison.

« Hou-ou ! » La voix de Coombs résonna dans les oreilles de Mary Anne. Sursautant, elle ouvrit les yeux et le vit qui la lorgnait de la porte ; il essayait de la prendre aussi en photo. Elle saisit une assiette dans l'égouttoir et la lança de toutes ses forces dans sa direction. L'assiette se fracassa sur le mur au-dessus de sa tête. Il cligna des yeux et battit en retraite.

Tremblante, elle enfouit son visage dans ses mains et prit une laborieuse inspiration. Elle regrettait maintenant de n'être pas partie ; elle n'aurait pas dû rester. Dans la salle de séjour, Lemming avait entraîné Beth loin du piano. Ils dansaient tous les deux en braillant des choses sans queue ni tête, incohérents dans leur abandon. Tweany, lui, en était toujours à *John Henry ;* le piano s'était tu, mais il continuait à mugir. Les deux danseurs tournaient et tournaient encore. Beth s'arrêta un instant, arracha ses souliers, les balança dans un coin et continua de plus belle. Dans la cuisine, Mary Anne ferma les yeux et s'adossa à l'évier d'un air las.

Elle était encore dans cette position – se frottant les yeux, essayant de tenir – quand elle entendit un fracas assourdi dans la salle de bains.

Les sens en alerte, elle bondit sur ses pieds et se tint immobile au milieu de la cuisine. Elle écouta, à l'affût du moindre bruit étranger au vacarme d'à côté. Il n'y en eut pas : la salle de bains, au bout du couloir, était silencieuse. Inquiète, elle courut jusqu'à la porte fermée et essaya de l'ouvrir ; mais elle était verrouillée.

— Paul ! appela-t-elle.

Pas de réponse. Elle donna un coup de pied dans la porte ; il résonna assez fort, mais n'eut aucun résultat. Elle lâcha la poignée et se précipita dans la salle de séjour.

— Tweany, pour l'amour du ciel ! s'écria-t-elle en se pendant à son bras, de l'autre il s'appuyait au piano d'un air béat.

Personne ne lui prêta attention. Coombs rechargeait son appareil photo, la figure blême d'excitation. Lemming et Beth avaient tournoyé ensemble jusqu'au fond de la pièce et maintenant il la repoussait pour récupérer sa guitare.

Tapant du poing sur l'épaule de Tweany, Mary Anne cria :

— Il est arrivé quelque chose à Paul ! Il s'est tué !

Tweany, dérangé par ce bombardement, remua légèrement. Elle empoigna sa chemise et tira.

— Tweany ! gémit-elle. Aide-moi !

Lentement, avec une répugnance extrême, Tweany se réveilla de sa transe.

— Quoi ? grommela-t-il en clignant des yeux et en essayant de se concentrer. Où ça ? La salle de bains ?

Déjà elle courait derechef le long du couloir. Tweany la suivit à grandes enjambées, en reprenant ses esprits. La porte était toujours verrouillée.

Elle s'en écarta tandis que Tweany essayait de l'ouvrir à son tour et la martelait du poing.

— Ouvre, Nitz ! mugit-il, l'oreille collée au bois du battant.

Il n'y eut pas de réponse.

— Il est mort, dit Mary Anne.

— Bon Dieu ! marmonna Tweany en regardant autour de lui.

Il alla dans la cuisine et revint avec une clef. Le verrou bougea et la porte s'ouvrit.

Paul Nitz était couché de tout son long sur le carrelage de la salle de bains, mais il n'était pas mort. Il s'était évanoui et sa tête avait heurté le bord de la cuvette des w-c. Il était étendu là, les yeux fermés, les bras en croix, une flaque de vomi près de sa tête. Il s'était assis sur le bord de la baignoire et avait vomi dans la cuvette ; la porcelaine blanche portait encore la trace de ses doigts là où il s'était agrippé à elle.

Tweany s'accroupit, le souleva et examina l'ecchymose sur son front. Un peu de salive et de bile coula sur le menton de Nitz. Il remua la tête et poussa un gémissement.

— Va dans la salle de séjour, ordonna Tweany, et appelle un médecin.

— Oui, dit Mary Anne en sortant précipitamment dans le couloir.

Arrivée sur le seuil de la salle de séjour, elle s'arrêta net. Le téléphone était là, sur la petite table près du fauteuil. Mais elle ne pouvait pas entrer.

Beth s'était complètement abandonnée à la frénésie de sa danse. Elle avait ôté ses vêtements, les avait jetés en tas sur le plancher, et s'était envolée sans eux vers de nouveaux sommets. Nue, en sueur, elle gambadait à travers la pièce, replète, la peau blanche et luisante ; ses seins tressautaient puissamment, ses hanches rebondies palpitaient d'exultation. Lemming, assis sur le tapis, était penché sur sa guitare, qu'il fixait béatement du regard, et en tirait une étrange cacophonie qui paraissait onduler et miroiter au rythme de la bacchanale.

Coombs, qui gloussait toujours, suivait à croupetons le corps virevoltant de sa femme et le mitraillait avec son appareil photo, d'où jaillissaient les ampoules de flash grillées. Aucun des trois ne remarquait Mary Anne ; chacun était absorbé dans son propre univers. Elle resta figée sur place, incapable d'entrer, incapable de reculer, jusqu'à ce qu'enfin Tweany la rejoignît pour voir ce qui n'allait pas.

— Bon Dieu ! s'exclama-t-il.

Il resta là à son tour, derrière la jeune fille, remué par ce qu'il voyait, les yeux grands ouverts, jusqu'au moment où Coombs, soudain conscient de sa présence, mit fin à sa poursuite circonspecte des cuisses de sa femme.

Une vilaine couleur jaunâtre envahit les joues de Coombs. Il ferma à demi les yeux, se releva péniblement, fit quelques pas vers Tweany, et dit d'une voix rauque :

— Qu'est-ce que tu fais là, sale nègre ? Sors d'ici !

Tweany ne dit rien.

Les notes de la guitare s'estompèrent et ce fut le silence. Lemming secoua la tête, la tourna, sortit ses lunettes à grosse monture de sa poche, les chaussa, et regarda autour de lui. Beth, quant à elle, s'immobilisa lentement comme un jouet mécanique en bout de course – bras ballants, bouche ouverte, corps tremblant de fatigue et de froid.

— Sale nègre ! hurla Coombs d'une voix aiguë en essayant de se maintenir entre Tweany et la luisante nudité de sa femme. Sors ! Sors ou je te tue !

Toutes les haines accumulées de l'homme remontaient à la surface. Titubant comme un aveugle, il fit quelques pas saccadés de pantin désarticulé qui le rapprochèrent d'abord de Tweany, puis l'éloignèrent de lui.

— Je suis chez moi, murmura Tweany.

Il retrouvait peu à peu son aplomb. Il se redressa et ajouta presque durement :

— Ne me parlez pas comme cela chez moi ! Je fais ce que je veux chez moi.

De l'escalier extérieur leur parvint un sourd tambourinement. En même temps un ululement de sirènes s'éleva brusquement, puis retomba graduellement. Avant qu'aucun d'eux ne pût faire un geste, des coups violents furent frappés sur la porte de l'appartement.

Mary Anne courut le long du couloir et tira sur le pêne de la serrure ; la porte s'ouvrit brutalement et la repoussa sur le côté. Trois policiers entrèrent en force et galopèrent bruyamment vers l'entrée de la salle de séjour, sans faire attention à elle.

Sans hésiter elle plongea dans l'escalier ténébreux, le dévala en s'agrippant à la rampe invisible, puis s'enfonça en trébuchant dans les broussailles humides qui poussaient le long du sentier.

Là-haut, dans l'obscurité, crépitaient des voix discordantes. D'autres policiers surgirent en brandissant des torches électriques ou en grommelant des ordres. Au bout de quelques minutes – étonnamment peu –, le premier groupe descendit lourdement, lugubrement, l'escalier de bois. Il comprenait Tweany et Beth Coombs. Puis vinrent

Danny Coombs et l'individu frissonnant qu'était Chad Lemming. Ils furent conduits tous les quatre vers une voiture de police, qui démarra en trombe. Des lumières s'allumaient ici et là, des voisins tirés de leur sommeil apparaissaient aux fenêtres.

— C'est bien eux ? demandait un des policiers.

La radio de sa voiture émit un fort grésillement articulé. Il s'en approcha d'un pas raide, se glissa derrière le volant, et répondit à l'opérateur du poste de police.

Ils s'en allaient. Un à un les policiers se regroupèrent, échangèrent quelques mots et remontèrent dans leurs voitures. Sur le seuil d'une porte du rez-de-chaussée se tenait un Noir très digne ; il regardait partir les policiers d'un air de vertueuse solennité. L'un d'eux s'arrêta un instant pour lui parler. Le Noir eut un hochement de tête satisfait et referma sa porte.

Mary Anne attendit un long moment avant de bouger. Elle tremblait de froid. La rosée nocturne collait à ses cheveux, et des bouts de gravier s'enfoncèrent dans ses paumes lorsqu'elle sortit des broussailles à quatre pattes. Sa jaquette était déchirée et des fragments de feuilles étaient pris dans ses cheveux. Elle se leva en frissonnant, hésita, puis remonta l'escalier jusqu'au second étage.

La salle de séjour était sens dessus dessous. Les lampes éclairaient encore la pièce désertée. Une froide rafale de vent s'engouffra par la porte ouverte ; Mary Anne alla la fermer et la verrouiller, puis elle revint sur ses pas. Les vêtements de Beth étaient là où elle les avait jetés ; elle avait été embarquée dans le pardessus de Tweany. Là, dans un coin, gisait l'appareil photo de Coombs, une ampoule grillée encore en place. Le plancher était jonché d'ampoules brisées. Des gouttelettes de sang brillaient là où les pieds nus de Beth, coupés par les particules de verre, les avaient déposées.

Mary Anne releva machinalement la guitare de Lemming et l'appuya contre le mur. Puis elle s'approcha de la salle de bains et regarda timidement à l'intérieur.

Paul Nitz était adossé à la baignoire, tête renversée en arrière. À demi conscient, il palpait d'une main affaiblie la meurtrissure enflée à l'endroit où son front avait heurté la cuvette des W-C. Il aperçut Mary Anne, cligna des yeux, sourit légèrement, et essaya de se relever.

— Attends ! dit-elle en se précipitant près de lui. Je vais t'aider.

— Ils ne m'ont pas vu, murmura Nitz. Merci, Mary. Ça va maintenant, j'ai vomi et je suis tombé dans les pommes.

Elle l'aida à quitter la salle de bains et à passer dans la salle de séjour chaotique. Là, elle se laissa tomber sur le divan, le fit s'étendre près d'elle, et attira sa tête blessée contre sa poitrine. Il retomba un moment dans un état de semi-conscience ; elle serra contre elle son corps inerte, en se balançant d'avant en arrière, le regard perdu dans le vide. Enfin il bougea et se redressa.

— Merci, dit-il encore d'une voix faible. Tu es bonne.

Elle ne répondit rien.

— Ils ne m'ont pas vu, répéta-t-il fièrement. J'ai poussé la porte et je n'ai pas fait de bruit. Ils ne se sont pas aperçus que j'étais là...

Mary Anne l'étreignit absurdement et appuya son visage contre son front meurtri.

— Rien que nous deux, murmura Nitz d'un air de défi. Ils les ont tous emmenés. Ils sont tous partis. Il ne reste que nous deux maintenant.

Dehors, dans l'obscurité, un oiseau émit quelques notes mélancoliques. Dans une heure ou deux, ce serait l'aube.

11

Dès que sa femme eut quitté l'appartement, Danny Coombs mit son chapeau et son manteau et sortit à son tour. C'était son premier vrai jour de liberté. On les avait bouclés tous les quatre pour tapage nocturne et conduite indécente. Chacun avait passé une nuit entière au violon, dans des cellules séparées.

Tout en se dirigeant vers le centre-ville, Danny Coombs médita sombrement sur les injustices de l'univers. Sa femme n'avait pas plus de sens moral qu'une truie. Elle avait couché avec des hommes au fur et à mesure qu'ils se présentaient ; elle s'était exhibée, puis offerte à Joseph Schilling, et ensuite ç'avait été le tour d'un maraîcher italien, puis d'un de ses élèves, et d'un autre encore, et après cela, d'une confuse succession d'individus, dont le dernier en date était un nègre nommé Carleton Tweany. Cela ne pouvait plus durer.

Il se rappela la dépravation de cette nuit-là et pressa le pas. Il courait presque lorsqu'il atteignit le quartier commerçant de Pacific Park.

L'armurerie se trouvait dans une rue transversale du quartier pauvre, parmi les snacks, les salles de billard et les bureaux de tabac. Coombs y entra et attendit le propriétaire près d'une vitrine. Bientôt un homme chauve en gilet et pantalon à fines rayures fit son apparition.

— Oui, monsieur, dit-il avec l'accent nasillard de la Nouvelle-Angleterre. Vous désirez ?

Coombs passa une heure à choisir l'arme qu'il voulait. Il prit finalement un pistolet de calibre 7,35 au métal terni, un Remington à répétition qui coûtait plus cher que prévu – ce qui nécessita un quart d'heure supplémentaire de marchandage. Il quitta enfin la boutique avec son acquisition.

Il traversa, toujours à pied, le quartier pauvre, puis le quartier résidentiel, et arriva en rase campagne. Un maigre fouillis d'arbres et de broussailles poussait à quelques centaines de mètres de la grand-route ; Coombs traversa les champs dans cette direction. Bientôt il s'enfonça dans la froide pénombre et chercha des yeux une cible quelconque sur laquelle il pourrait s'exercer. Il ne s'était pas servi d'une arme depuis l'époque où il servait dans la garde nationale.

Quelques oiseaux passèrent au-dessus de sa tête et il tira dans le groupe au petit bonheur. Il n'en résulta qu'un brusque mouvement de panique et une pluie de plumes. Il écarta maussadement du pied les herbes du sous-bois, se demandant si un oiseau était tombé quelque part. Apparemment pas. Le petit bois était redevenu silencieux ; il entendait la lointaine rumeur des voitures sur la grand-route et parfois l'écho assourdi d'un klaxon de camion.

Deux jeunes garçons s'approchèrent en battant les buissons, suivis d'un épagneul bondissant. Coombs se cacha derrière un tas de détritus et de ronces en attendant qu'ils passent leur chemin. Le chien le flaira et s'arrêta à quelques mètres de lui. Coombs leva son pistolet et tira sur l'animal. Un peu de fumée grise s'échappa du canon. Les oreilles bourdonnantes, Coombs recula dans l'ombre des fourrés.

Les deux garçons, surpris et quelque peu effrayés par la détonation, revinrent prudemment sur leurs pas en fouillant les buissons. L'un d'eux ne cessait d'appeler à voix basse, presque timidement : « Corky ! Corky ! » Le chien n'était pas encore mort ; il gémissait lugubrement en essayant de se traîner vers la voix. Coombs rechargea son pistolet ; les garçons surgirent dans la clairière et s'agenouillèrent près de leur chien blessé.

Tout en observant leurs vains efforts pour soulever la bête, Coombs réfléchit à la vanité de l'existence. Finalement ils trouvèrent une planche pourrie et placèrent le chien dessus. Ils en saisirent chacun un bout et l'emportèrent, avec son occupant ensanglanté, vers la grand-route. N'ayant rien d'autre à faire, Coombs les suivit.

À la lisière du bois, les garçons, épuisés, firent halte et posèrent la planche par terre. Tandis qu'ils se reposaient, Coombs, pris d'une impulsion soudaine, s'avança vers eux en disant :

— Qu'est-ce qui se passe ? Qu'est-ce qui est arrivé ?

La figure barbouillée de larmes, l'un des garçons s'écria :

— Quelqu'un a tiré sur notre chien !

L'autre ne dit rien ; il regardait fixement le pistolet que Coombs tenait encore à la main.

— C'est terrible, dit Coombs.

Agissant de nouveau par impulsion, et pour des raisons inconnues de lui-même, il sortit de sa poche un billet de dix dollars et le fourra dans la main du garçon le plus proche.

— Allez arrêter une voiture, ajouta-t-il, bien qu'aucun d'eux ne parût capable de l'entendre. Il est encore vivant. Vous pouvez l'emmener chez le vétérinaire.

Les deux garçons, les mains et les vêtements tachés de sang, le regardèrent s'éloigner d'un air hébété. Après avoir parcouru trois ou quatre cents mètres en terrain découvert, Coombs se retourna et, visant les silhouettes en bordure du bois, fit feu. La détonation se perdit dans l'air matinal, et il continua son chemin.

À dix heures il fut de retour à Pacific Park. Sa Ford était encore garée le long du trottoir d'Elm Street, devant la grande maison décrépite où vivait Carleton Tweany. Coombs, pistolet en poche, se tint un moment d'un air hésitant près de la voiture. Puis il se décida ; il traversa la cour et monta l'escalier.

Il frappa à la porte vitrée, mais personne ne répondit. Il jeta un coup d'œil à l'intérieur en s'abritant les yeux des deux mains. Il distingua le couloir et un coin de chambre, jonchés d'objets divers et de vêtements. Mais rien ne bougeait ; pas de Tweany en vue. Il essaya d'ouvrir la porte, mais elle était fermée à clef. Résigné, il redescendit l'escalier, monta dans sa voiture, et démarra.

Quand il atteignit la station-service Standard, il rétrograda en seconde et s'engagea sur l'aire bétonnée. Toute la semaine il avait eu l'intention de faire cela. L'apparence de cette station-service avait déclenché en lui un réflexe suprarationnel. Il descendit et demanda au pompiste :

— Combien de temps ça prendrait pour un graissage ? Le dernier remonte à trois mille kilomètres au moins.

— Environ une demi-heure, répondit l'homme après un temps de réflexion.

— Parfait, dit Coombs en allongeant le bras pour mettre la voiture en prise.

Puis il se dirigea vers le snack-bar d'à côté. Mais il s'aperçut, après avoir commandé un potage, qu'il n'avait pas faim. Sans toucher à son assiette, il paya et ressortit.

Il vit avec plaisir que sa Ford était déjà sur le pont de graissage. Il s'en approcha nonchalamment et observa d'un œil critique les hommes qui injectaient la graisse dans les rouages de la transmission. Il provoqua une discussion animée au sujet de la densité des huiles de graissage, exigeant avec feu, contre leur avis, qu'ils remplissent son carter d'une huile détersive à 10 %. Il tournicota dans le garage jusqu'à ce qu'il eût obtenu satisfaction. Les mécanos terminèrent la vidange, descendirent la voiture, et établirent la facture.

À onze heures et demie, il remonta la rue où habitait Tweany et se gara à quelque distance de sa maison, mais assez près pour voir qui entrait ou sortait. Il alluma la radio, la régla sur le programme de musique classique de San Mateo, et écouta la *Troisième Symphonie* de Brahms. Parfois quelqu'un passait sur le trottoir, mais la plupart du temps il n'y avait pas un chat.

Soudain un doute l'assaillit. Et si Tweany était revenu pendant son absence ?

Il descendit de voiture, traversa la rue et marcha vers la maison ; le pistolet bringuebalait dans sa poche. Mais cette fois encore personne ne répondit quand il frappa à la porte. Satisfait, il retourna à la voiture et ralluma la radio. Ils passaient maintenant l'ouverture du *Carnaval romain* de Berlioz. Il se demanda s'il y avait vraiment un opéra qui s'appelait le *Carnaval romain*, ou si c'était une de ces ouvertures qui n'ouvraient rien du tout. Schilling aurait su cela. C'était un puits de science – en musique, s'entend. En dehors de cela il n'était pas trop malin. Il avait assurément un gros faible pour les nanas bien roulées. Le temps d'une ouverture de Berlioz, Coombs envisagea d'aller faire un tour dans le magasin de disques, mais il se ravisa. Max Figuera traînerait sans doute dans les parages. C'était, comme toujours, trop risqué.

Un peu après midi, une silhouette s'approcha à pas pressés le long du trottoir ; une jeune fille aux cheveux châtains, en caban, qui portait des boucles d'oreilles en forme d'anneaux et des souliers à talon haut. Il reconnut l'amie de Tweany, Mary Anne Reynolds.

Sans hésiter, elle quitta le trottoir et monta très vite l'escalier de bois qui menait à l'appartement de Tweany. Elle ne prit pas la peine de frapper ; elle sortit une clef de son sac, la tourna dans la serrure et poussa la porte. Elle disparut à l'intérieur et claqua la porte derrière elle. La rue resta un moment silencieuse. Puis les fenêtres de l'appartement s'ouvrirent l'une après l'autre. Des bruits de rangement étaient audibles. Enfin un vrombissement d'aspirateur lui parvint : la fille faisait le ménage.

Confortablement installé dans la tiédeur de sa Ford, Coombs continua d'attendre. Le temps passa, si long et uniforme qu'il en perdit toute notion et s'assoupit. À un moment donné la batterie de sa voiture rendit l'âme et la radio s'éteignit lentement. Coombs n'en fut pas affecté. Il resta inerte jusqu'à deux heures de l'après-midi – jusqu'au moment où, avec une soudaineté déconcertante, Carleton Tweany, tenant une femme par la taille, surgit au coin de la rue. La femme était Beth Coombs. Ils gravirent ensemble l'escalier, en bavardant, et s'introduisirent dans l'appartement comme deux guêpes bâtisseuses. La porte se referma sur eux.

Coombs se ressaisit et sortit de la voiture. Une jambe était engourdie ; il dut frapper du pied sur le macadam pour rétablir la circulation du sang. Puis, une main dans la poche de son manteau, il partit au petit trot en direction de la maison aux deux étages.

12

Ce matin-là, comme elle ne devait pas être à son poste de standardiste avant quinze heures, Mary Anne se rendit au siège du journal de Pacific Park, le *Leader*.

Évitant le comptoir d'accueil, elle alla directement dans le couloir qui menait aux bureaux.

— Bonjour, monsieur Gordon. Puis-je entrer un moment ?

Arnold Gordon fut heureux de voir celle qui était encore – du moins il le supposait et l'espérait – la fiancée de son fils.

— Mais bien sûr, Mary, dit-il en se levant et en lui montrant un fauteuil. Comment vas-tu ?

— Très bien. Et le journal, ça marche ?

— De mieux en mieux. Eh bien, que puis-je faire pour toi ?

— Vous pouvez me donner du travail. J'en ai ma claque de cette compagnie de téléphone.

Cette demande ne surprit pas Arnold Gordon. Il dit avec gravité :

— Mary, tu sais comme j'aimerais pouvoir t'aider.

— Oui, dit Mary Anne, comprenant que c'était décidément une cause perdue d'avance.

— Mais, continua Arnold Gordon (et c'était vrai), ceci est un journal de petite ville, qui tourne sur un petit budget. Nous avons seize employés, sans compter les porteurs. La plupart d'entre eux sont des typos et des ouvriers syndiqués qui travaillent à l'imprimerie. Ce n'est pas le genre de travail que tu cherches, n'est-ce pas ?

— D'accord, je suis convaincue, dit-elle en se levant. Au revoir, monsieur Gordon.

— Tu pars déjà ? Dis donc, avec toi, quand c'est fini, c'est fini, remarqua-t-il avec un pétillement dans les yeux.

— J'ai beaucoup à faire.

— Comment ça va, David et toi ?

Elle haussa les épaules.

— Comme d'habitude. On est allés danser, jeudi dernier.

— Est-ce que la date du mariage est fixée ?

— Non, et elle ne le sera jamais s'il ne pige pas certaines choses.

— C'est-à-dire ?

— Cette station-service... Il pourrait suivre des cours par correspondance, non ? C'est ce que je ferais si j'étais un homme. Je ne resterais pas là à flemmarder, à rêvasser, à attendre on ne sait quoi. Il pourrait étudier la gestion, ou apprendre à réparer les télés, comme on voit dans les publicités des journaux...

— Ou cultiver des champignons géants dans votre cave ? Tu n'es pas vraiment une fille pratique, Mary. Tu as l'air très compétente et réaliste comme ça, mais au fond tu es... (il chercha le mot), tu es une idéaliste. Si tu étais née plus tôt, tu aurais cru au New Deal[1].

1. Ensemble de réformes proposées par F. Roosevelt dans les années 1930, pour triompher de la crise de 1929 aux États-Unis. *(N.d.T.)*

Mary Anne était déjà à la porte.

— Est-ce que je peux venir dîner un dimanche ? Je commence à être fatiguée de la fille avec qui j'habite.

— Quand tu veux, répondit Arnold Gordon. Mary…

— Oui ?

— Je crois que malgré nos différences, on s'entendra très bien, toi et moi.

Mary Anne disparut, et il se retrouva seul. Avec un petit rire embarrassé, Arnold Gordon se rassit et alluma sa pipe. Quelle fille ! Étaient-ils tous comme cela maintenant ? Une génération de jeunes gens étrangement mûrs, plus adultes, par certains côtés, qu'il ne l'eût souhaité… Brusques, sans égards pour leurs aînés, incapables de trouver un être ou une chose qu'ils puissent respecter… Cherchant, cependant, quelque chose d'assez réel pour mériter leur confiance et leur respect. Et, il s'en rendait compte, on ne pouvait leur en faire accroire. Ils perçaient vite à jour les faux-semblants.

Il comprenait, avec un sentiment de malaise, combien la vie qu'il menait devait lui paraître artificielle, faite de lieux communs mensongers et vides et de cérémonies sans contenu. Un monde de manières creuses. Elle le faisait se sentir lent et stupide. Elle lui faisait soupçonner qu'il avait échoué quelque part, qu'il ne s'était pas, d'une certaine et mystérieuse façon, montré à la hauteur… C'était de la honte qu'elle lui faisait ressentir.

— Vous désirez, mademoiselle ? s'enquit le garçon aux cheveux filasse lorsqu'elle s'approcha du comptoir – donnant sur la rue – du snack *Chez Bobo*.

Elle demanda un hamburger et un milk-shake.

— Merci, dit-elle quand il les lui remit.

Il la regarda s'éloigner avec précaution du comptoir, en tenant à la fois son sac à main, son hamburger et son gobelet en plastique.

— Vous étiez pas au lycée, vous ? demanda-t-il.

— Si.

— C'est bien c'qui m'semblait. Je crois que je vous y ai vue.

Elle s'arrêta à deux mètres du comptoir, sur lequel la grande enseigne peinte de couleurs vives projetait un rectangle d'ombre, et commença à manger.

— Il fait chaud, reprit le garçon.

— Sans blague.

Elle s'éloigna encore un peu plus.

— Quand avez-vous quitté le lycée ?

— Il y a des années.

— Comment vous appelez-vous ?

Elle dit à contrecœur :

— Mary Anne Reynolds.

— Je crois qu'on a suivi un cours ensemble.

Il augmenta le volume d'une radio posée près de son coude.

— Écoutez ça.

Du jazz moderne se mêla aux bruits de la circulation.

— Vous reconnaissez ce morceau ?

— Naturellement. *Sommeil,* d'Earl Bostic.

— Bravo !

Mary Anne soupira.

— Qu'est-ce qu'il y a ? demanda le garçon.

— J'ai des ulcères à l'estomac.

— Vous buvez du jus de chou ?

— Pourquoi devrais-je boire du jus de chou ?

— C'est ce qui guérit les ulcères. Mon oncle a eu des ulcères toute sa vie. Il en boit des litres. Pour en trouver, il faut aller dans le magasin d'aliments diététiques de San Francisco.

Sommeil se termina et fut suivi d'un autre morceau, un air de jazz de La Nouvelle-Orléans. Mary Anne finit son milk-shake et jeta le gobelet dans le panier métallique.

— Qu'est-ce que vous faites maintenant ? demanda le garçon en s'accoudant au comptoir. Vous allez au boulot ?

— Pas avant trois heures.

— Où ça ?

— Compagnie de téléphone.

Elle aurait bien voulu qu'il cesse de l'importuner. Elle détestait être importunée.

— C'est loin d'ici. C'est à l'autre bout de la ville. Vous y allez comment ?

— À pied !

Le garçon hésita, et son visage prit une expression bizarre. Il se racla la gorge et dit d'une voix éraillée :

— Vous voulez que je vous y emmène en voiture ?

Mary Anne ricana.

— Laisse tomber.

— J'aurai fini mon service dans deux minutes. J'ai une chouette Chevrolet de 1939 – enfin, elle est à mon frère, mais je m'en sers. Qu'est-ce que vous en dites ?

— Va jouer aux billes.

Il lui rappelait David Gordon. Ils étaient tous pareils. Elle s'essuya les mains avec une serviette en papier et se regarda dans la baie vitrée du restoroute.

— Vous partez ? demanda le garçon.

— Tu es un devin.

— Vous êtes sûre que vous ne voulez pas venir avec moi ? Je peux vous emmener où vous voulez. Ça vous dirait de monter jusqu'à San Francisco ? On pourrait aller au cinéma, et puis peut-être au restaurant...

— Non, merci.

Un vieux monsieur à cheveux blancs s'approcha du comptoir ; il tenait une petite fille par la main.

— Deux glaces, dit-il.

— À la fraise ! pépia l'enfant.

— Il n'y a pas de fraise, dit le garçon derrière le comptoir. Rien que de la vanille.

— La vanille fera parfaitement l'affaire, dit le vieux monsieur en sortant son porte-monnaie. Ça fera combien ?

La petite fille remarqua Mary Anne et, intéressée, fit quelques pas dans sa direction.

— Bonzour ! gazouilla-t-elle.

— Bonjour, répondit Mary Anne.

Elle aimait bien parler aux enfants. Comme les Noirs, ils paraissaient dépourvus de mauvaises intentions. Elle se sentait proche d'eux.

— Comment tu t'appelles ?

— Joan.

— Dis ton nom complet à la demoiselle, chevrota le vieux monsieur.

— Joan Louise Mosher.

— C'est un joli nom, dit Mary Anne.

Elle s'accroupit en faisant attention à ses bas nylon et tendit le bras.

— Qu'est-ce que tu as là ?

L'enfant considéra le camélia à demi fané qu'elle serrait entre ses doigts.

— Une fleu'.

— C'est un camélia, dit le vieux monsieur.

— Il est très beau, dit Mary Anne en se redressant. Quel âge a-t-elle ? demanda-t-elle au vieux monsieur.

— Trois ans. C'est mon arrière-petite-fille.

— Wao ! fit Mary Anne, émue.

Cela lui rappelait son propre grand-père. Elle revit sa silhouette prodigieusement haute... et elle-même, trottant derrière lui pour ne pas se laisser distancer par ses pas de géant.

— Ça fait quoi d'avoir une arrière-petite-fille ?

— Eh bien... commença le vieux monsieur, mais à ce moment les glaces arrivèrent et son attention se tourna vers les papiers qu'il fallait enlever et l'argent qu'il fallait donner.

— Au revoir, dit Mary Anne à l'enfant, en lui caressant les cheveux ; puis elle agita la main et s'éloigna dans la direction du quartier pauvre et d'Elm Street.

Comme d'habitude, elle repéra la maison grâce au palmier loqueteux qui poussait dans la cour. Elle monta l'escalier en se tenant fort à la rampe. La porte, naturellement, était fermée à clef. Elle sortit la sienne et entra dans l'appartement.

Rien ne bougeait. Dans la salle de séjour, une table à jeu était encombrée de bouteilles de bière vides et de cendriers pleins. Une chaise boiteuse était renversée ; elle la redressa. Sur le piano, parmi les vêtements et les journaux, était posée une assiette pleine de miettes de sandwich. Quelque chose de minuscule disparut en un éclair quand elle s'en approcha.

Dans la cuisine, les reliefs d'un repas séchaient sur la table. Une cravate imprimée à la main pendait sur le dossier d'une chaise, et une veste de pyjama gisait par terre, à côté de la table, avec un briquet – celui de Tweany – et deux portemanteaux en fil de fer. L'évier était rempli de vaisselle, et des sacs, en dessous, débordaient de déchets divers.

Mary Anne ôta son caban et entra dans la chambre. Les stores étaient encore baissés et la pièce était plongée dans une pénombre ambrée et légèrement moite en raison de la présence des draps. Elle se dévêtit lentement, posa sa jupe et son corsage bien pliés sur le lit, puis elle ouvrit l'armoire et fouilla dans le monceau d'étoffes qui sentait la naphthaline.

Bientôt elle trouva ce qu'elle cherchait : un jean de femme et une épaisse chemise à carreaux qui lui descendait jusqu'aux genoux. Chaussée de mocassins, elle alla relever les stores de la chambre, puis ceux des autres pièces – relevant par la même occasion les fenêtres à guillotine qu'elle pouvait bouger.

D'abord, avant toute autre chose, elle fit la vaisselle. Puis elle récura l'égouttoir de bois à l'aide de paille de fer et de savon ; de petits ruisseaux de crasse dégoulinèrent le long de ses bras nus. Après quoi elle se reposa un instant, repoussa les mèches qui tombaient devant ses yeux, et chercha des chiffons dans les placards. Elle trouva dans l'armoire une pile de chemises propres ; elle en déchira quelques-unes, emplit un seau d'eau savonneuse, et se mit à frotter le carrelage de la cuisine.

Quand ce fut terminé, elle prit un balai et enleva les toiles d'araignée qui pendaient aux murs et au plafond. Des particules de suie tombèrent en pluie sur le carrelage nouvellement récuré. Essoufflée, elle s'arrêta et contempla le tableau. Évidemment, elle aurait dû faire le plafond d'abord, mais c'était trop tard à présent.

Elle rassembla les ordures et descendit dans la cour. La poubelle était pleine. Elle empila les sacs dessus et fit demi-tour. Le sol était jonché de boîtes de conserve et de bouteilles ; une ampoule électrique enfouie dans les herbes folles se brisa sous son pied et des fragments de verre furent projetés sur les côtés. Elle remonta l'escalier d'un air las, heureuse de s'éloigner de ces broussailles. Qui sait ce qui pouvait vivre dans ce fatras de planches pourries et de détritus de toutes sortes...

Elle tira le vieil aspirateur de son placard. Des nuages de poussière s'en échappèrent quand elle le mit en marche. Elle disposa des journaux par terre et trouva le mécanisme qui ouvrait l'appareil. Une énorme boule de poussière lui sauta au visage, et elle recula tant bien que mal, découragée. Merde, ça dépassait les bornes. Ça n'en valait vraiment pas la peine.

La vue brouillée par l'épuisement, elle regarda ce qu'elle avait accompli. Pratiquement rien. Comment pouvait-elle remédier à des années d'incurie ? C'était trop tard – c'était trop tard depuis trop longtemps.

Elle renonça, referma l'aspirateur et alla le remettre à sa place. Au diable la porcherie de Tweany ! Au diable Tweany ! Qu'il nettoie ses cochonneries lui-même. Elle alla dans la chambre et chercha des couvertures et des draps propres dans la commode. Les sales, elle les jeta dans le couloir – en manquant de perdre l'équilibre –, puis elle se mit en devoir de retourner le matelas.

Quand elle eut fini de faire le lit, elle y déploya soigneusement un couvre-lit et se laissa tomber dessus. Elle se débarrassa de ses mocassins, s'allongea et ferma les yeux. La chambre était calme et silencieuse. « Va au diable, Tweany, pensa-t-elle à nouveau. Paul a raison : tu es un âne. Un grand âne souriant. Mais ce n'est pas tout. Non, pas du tout... Papa, tu aurais pu agir bien mieux que tu ne l'as fait envers moi – mais bon Dieu, qui a jamais bien agi envers moi ? »

Elle était arrivée dans une impasse. Elle ne pouvait plus croire en Tweany. Elle ne pouvait plus faire semblant de croire qu'il était ce qu'elle voulait qu'il fût : un géant plein de bienveillance sur qui elle pouvait compter. Il l'avait laissée retomber dans son ancienne peur, son ancien isolement.

Pensant à tout cela, elle s'endormit.

À deux heures de l'après-midi, l'escalier trembla sous le poids du couple qui le gravissait. Un moment plus tard la porte s'ouvrit brusquement et Carleton Tweany entra, un bras passé autour de la taille de Beth.

— Bon sang, fit celle-ci en plissant le nez, qu'est-ce que c'est que toute cette poussière ?

Elle s'arrêta devant les draps sales entassés dans le couloir.

— Qu'est-ce que ça veut dire ?

— Quelqu'un est venu ici, grommela Tweany.

Il la lâcha et jeta un coup d'œil dans la salle de séjour.

— C'est sans doute Mary Anne. Elle vient tout le temps.

— Elle a une clef ?

— Ouais, elle vient faire le ménage. Ça lui plaît.

Tweany se dirigea vers la porte de la chambre et s'immobilisa.

— Ben merde alors !

— Qu'est-ce qu'il y a ? dit Beth en regardant pardessus son épaule.

Mary Anne était couchée sur le lit, endormie. Ses sourcils froncés donnaient à son visage une expression troublée et malheureuse. Beth et Tweany restèrent dans l'embrasure de la porte, muets d'étonnement.

Puis, très doucement d'abord, Tweany se mit à pousser de petits gloussements, d'une voix aiguë de fausset, tandis qu'un grand sourire découvrait ses dents étincelantes. Son rire se communiqua à Beth ; elle émit des sortes de brefs aboiements étouffés.

— Pauvre Miss Mary Anne ! dit Tweany.

Il essaya de se retenir, mais ce fut plus fort que lui : le fou rire gagna tous ses traits – et bientôt Beth et lui furent agités de bruyants spasmes d'hilarité. Sur le lit, Mary Anne remua légèrement, et ses cils frémirent.

— Pauvre Miss Mary Anne ! répéta Tweany, et leurs rires redoublèrent.

Tandis que tous deux se tenaient les côtes, la porte s'ouvrit à toute volée et Danny Coombs surgit dans l'appartement.

Dès qu'il le reconnut, Tweany se plaça vivement entre Beth et lui. Coombs, tête baissée, leva son Remington 7,35 et tira à l'aveuglette. Le bruit réveilla Mary Anne. Elle se redressa et vit Coombs s'approcher de Tweany et de Beth dans le couloir.

— Je vais te tuer, sale nègre ! cria furieusement Coombs en essayant de tirer encore une fois.

Il buta sur un tas de magazines et trébucha. Tweany poussa Beth hors du couloir et saisit Coombs par le cou. Celui-ci se débattit pour tenter de se dégager. Tweany, impassible, le traîna le long du couloir et jusque dans la cuisine.

— Tweany ! hurla Mary Anne. *Non !*

Beth et elle essayèrent de s'agripper à lui, mais il continua à traîner son fardeau comme si de rien n'était. Elles ne pouvaient voir la figure de Coombs, car celle-ci était enfouie dans l'étoffe du manteau de Tweany. Quant à ses pieds, ils raclaient le carrelage. Son corps heurta la table de la cuisine – ce qui fit tomber la salière et le sucrier –, puis il fut poussé contre l'évier.

— Pour l'amour du ciel ! implora Mary Anne en donnant des coups de pied dans les tibias du Noir, tandis que les longs ongles rouges de Beth griffaient son visage. Ne fais pas ça, Tweany ! Ils te mettront en prison pour le restant de tes jours. Ou bien ils te pendront, ils te lyncheront, ils brûleront ton corps avec de l'essence et cracheront sur toi, cracheront sur ton corps. *Écoute-moi*, Tweany !

Tenant Coombs d'une main, Tweany ouvrit d'un coup sec le tiroir qui se trouvait sous l'évier et chercha à tâtons, parmi les autres ustensiles, un pic à glace. Coombs, d'une secousse, parvint à se libérer. Il bondit vers la porte de la cuisine et détala le long du couloir. Le bruit de galopade diminua lorsqu'il franchit la porte de l'appartement et s'engagea dans l'escalier de bois.

Et puis Coombs poussa un cri – une sorte de long bêlement aigu, suivi d'un craquement de vieux bois qui se fend. Après cela, un lointain *plop*, comme si quelque morceau de matière organique, évacué, s'était écrasé de très haut.

— Il est tombé, murmura Beth. Mon mari...

Mary Anne courut jusqu'à la porte d'entrée. La balustrade était intacte, mais Danny Coombs gisait au bas de l'escalier. Il avait raté une marche et plongé tête la première.

Beth apparut.

— Il est mort ?

— Comment le saurais-je ? répondit froidement Mary Anne.

Beth la bouscula et dévala l'escalier. Mary Anne la regarda se précipiter auprès de son mari, puis elle retourna dans l'appartement. Tweany était toujours dans la cuisine ; il en sortit en rajustant sa chemise et sa cravate. Il avait l'air déconcerté, mais sans appréhension.

— Ces flics, dit-il. Ils vont être fous.

— Tu veux que je les appelle ?

— Oui, ça vaudrait peut-être mieux.

Elle décrocha le combiné et composa le numéro. Quand elle eut fini, elle raccrocha et se tourna vers Tweany.

— Tu allais le tuer.

C'était, pour elle, la goutte qui faisait déborder le vase.

Tweany ne dit rien.

— Tu as de la chance qu'il ait réussi à s'enfuir.

Elle se sentait soudain très faible.

— Comme ça, tu n'as pas de souci à te faire.

— Je suppose que non, dit Tweany.

Mary Anne s'assit.

— Tu ferais bien de te mettre quelque chose sur la figure.

Le côté de sa tête, là où Beth et elle l'avaient griffé, saignait.

— Qu'est-ce que tu as fait du pic à glace ?

— Je l'ai remis dans le tiroir, naturellement.

— Descends t'assurer qu'elle n'en parlera pas. Vite, avant qu'ils n'arrivent.

Elle entendait déjà les sirènes.

Tweany s'éloigna docilement le long du couloir. Mary Anne resta où elle était. Elle frotta sa cheville droite ; elle se l'était tordue en courant après Tweany. Au bout d'un moment elle se leva et alla dans la chambre. Elle avait déjà remis sa jupe et son corsage, et chaussait ses souliers à talons hauts, lorsque la police arriva.

Le premier policier – elle le reconnaissait, elle l'avait vu lors de cette folle nuit – la dévisagea avec insistance lorsqu'elle descendit l'escalier.

— Je ne me souviens pas de vous, dit-il.

Mary Anne ne répondit pas. Elle s'arrêta pour jeter un coup d'œil au corps de Coombs... pensant, dans un coin de son esprit, qu'elle ne pourrait pas aller travailler ce jour-là.

13

Un matin de la première semaine de décembre, Joseph Schilling, arrivant au magasin, inspecta sa devanture. Le soleil brillait déjà assez fort, et il fronça les sourcils en pensant aux disques qui se déformaient dans leur pochette. Puis il se rappela qu'il avait utilisé des pochettes vides pour sa vitrine. Soulagé, il déverrouilla la porte et entra dans le magasin.

Des disques étaient empilés sur le comptoir. Les laissant provisoirement de côté, Schilling prit le petit balai dans le placard du fond et se mit à balayer les saletés qui s'étaient accumulées devant sa porte pendant la nuit. Quand ce fut fini, il rentra dans le magasin et brancha les enceintes haute-fidélité installées au-dessus de la porte. Il choisit, parmi les disques sur le comptoir, la *Water Music* de Haendel et mit l'appareil en marche.

Il était dehors à nouveau, en train de baisser le store, lorsque Mary Anne Reynolds apparut à son côté.

— Je croyais que vous ouvriez à huit heures.

Elle montra du doigt *l'Agneau Bleu :*

— J'ai attendu là-bas pendant une demi-heure.

— J'ouvre à neuf heures, dit Schilling en continuant prudemment à tourner sa manivelle. Ou vers cette heure-là. À vrai dire, je n'ai pas d'horaire fixe.

Quelquefois, quand il pleut, je n'ouvre pas avant midi.

— Qui avez-vous engagé ?

— Personne.

— Personne ? Vous faites tout le travail vous-même ?

— Une ancienne connaissance vient me donner un coup de main de temps en temps. Un professeur de piano.

— Beth Coombs, vous voulez dire.

— Oui.

— Vous savez ce qui est arrivé à son mari, n'est-ce pas ?

— Oui.

— Est-ce que vous vous souvenez de moi ?

— Bien sûr que je me souviens de vous.

Il était très ému et avait du mal à parler.

— J'ai pensé assez souvent à vous, je me demandais ce que vous deveniez. Vous êtes la jeune fille qui cherchait du travail.

— Puis-je entrer m'asseoir un moment ? demanda Mary Anne. Ces souliers me font mal aux pieds.

Schilling la suivit dans le magasin.

— Excusez le désordre... Je n'ai pas eu le temps de ranger tout ça.

La musique était trop forte ; il se pencha pour baisser le volume.

— Vous connaissez Mme Coombs ?

Désirant mettre à l'aise cette fille visiblement anxieuse et tendue, il parlait sur un ton de conversation ordinaire.

— Où l'avez-vous rencontrée ?

— Dans une boîte.

Mary Anne s'assit sur l'appui de la fenêtre et se déchaussa.

— Je vois que vous avez enlevé quelques cabines d'audition.

— J'avais besoin de place.

La jeune fille le regarda bien en face.

— Est-ce que trois cabines suffiront ? Qu'est-ce qui se passe quand il y a foule ?

— J'attends que le cas se présente, admit-il franchement.

— Est-ce que ce magasin vous rapporte quelque chose ?

Elle se massa la cheville.

— Peut-être que vous ne devriez engager personne, après tout.

— Je me prépare pour Noël. Avec un peu de chance, je ferai peut-être de bonnes affaires.

— Qu'est-ce qui est arrivé à Machin-Chose, ce chanteur ? Est-ce qu'il a réussi ?

— Chad ? Pas exactement. On a envoyé les bandes à Los Angeles, mais ça n'a rien donné jusqu'à maintenant.

La jeune fille parut songeuse.

— Paul Nitz l'aimait bien. Moi, je le trouvais stupide.

Elle haussa les épaules.

— Ça n'a pas d'importance.

Schilling commença à trier les disques sur le comptoir ; tous deux restèrent silencieux un moment.

Elle était donc là, assise sur le bord de la devanture, comme si elle était venue travailler pour lui finalement, comme si elle ne s'était jamais enfuie du magasin. Il avait fait une belle gaffe ce jour-là. Elle lui avait plu et il l'avait effrayée. Cette fois, il allait être prudent. Cette fois – du moins il l'espérait – il avait la situation bien en main.

Pas de doute, elle avait l'air tout à fait à sa place sur le bord de cette devanture. Comme un chat, elle était entrée et avait pris possession des lieux. Et maintenant elle était occupée à se mettre à son aise.

— Est-ce qu'il vous plaît ? demanda-t-il.

— Le magasin ? Je vous l'ai déjà dit. Oui, il me plaît beaucoup. Il est très bien.

Sa voix avait un ton sec et prosaïque qui le gêna.

— Vous ressentez de l'hostilité envers moi, dit-il.

La jeune fille ne répondit pas. Elle remettait un soulier avec précaution.

— Vous dites que vous avez rencontré Beth dans une boîte, reprit-il pour amener la conversation sur un terrain plus sûr. C'était ici à Pacific Park, n'est-ce pas ? Vous ne la connaissiez pas avant ?

— Non, pas avant.

— Est-ce que vous la connaissiez déjà le jour où vous êtes venue ici ?

— Elle n'était pas encore là, lui rappela-t-elle. Ils ne sont arrivés que plus tard.

— Comment la trouvez-vous ?

— Elle est séduisante, dit la jeune fille avec une pointe d'envie. Elle a une si jolie silhouette...

— Elle est grosse.

— Je n'appelle pas ça être gros.

Elle changea de sujet.

— Ce petit homme, ce Danny Coombs, c'était un pauvre type. Il avait quelque chose de malsain.

— Je suis bien d'accord, dit Schilling.

Il tira un microsillon de sa pochette et, le tenant par les bords, l'examina pour voir s'il n'était pas rayé.

— Coombs a essayé de me tuer une fois.

— Vraiment ? fit-elle, intéressée.

Schilling reposa son disque et remonta la manche de son veston ; puis il dégrafa son bouton de manchette en or, écarta les bords de sa manchette de coton blanc bien propre, et lui montra son poignet. Une ligne grenue courait parmi les poils.

— Il m'a brisé le poignet en me frappant avec un démonte-pneu. Et puis mon chauffeur, Max, est arrivé.

Impressionnée, elle fixait des yeux la cicatrice.

— Il a essayé de tuer Tweany, mais... (elle hésita) il n'a pas réussi.

— Beth m'a donné quelques détails.

Il remit en place son bouton de manchette et tira sur la manche de son veston.

— Coombs avait des tendances pathologiques... La vue d'un Noir les a manifestement exacerbées. Ce Noir est un musicien, si je comprends bien ?

— En quelque sorte. Pourquoi Coombs a-t-il essayé de vous tuer ? Est-ce que vous tourniez autour de sa femme ?

— Absolument pas, répondit Schilling, embarrassé. Coombs était toujours à la limite de la folie. Il vivait dans un monde de distorsions vénéneuses...

— Pourquoi l'a-t-elle épousé ?

— Beth est un peu bizarre, elle aussi. Leurs manies se complètent.

Il expliqua :

— Elle m'a raconté que Danny a jadis été renvoyé de son école primaire pour avoir épié les filles dans leur salle de gymnastique. Plus tard, son appareil photo est devenu son œil de voyeur.

— Et elle aime... s'exhiber, dit Mary Anne avec aversion.

— Beth était modèle. C'est comme ça que Coombs l'a connue. Il dirigeait une agence de recrutement. Il cherchait une fille qui accepterait de poser nue. Vous imaginez si l'idée lui a plu ! C'était un arrangement satisfaisant pour tous les deux.

Il était évidemment soulagé que Coombs fût mort. Beth, seule, représentait un danger minime ou nul. L'erreur commise cinq ans plus tôt avait enfin cessé de lui gâcher l'existence. C'était un événement important dans sa vie.

— Sa disparition ne m'afflige pas du tout, dit-il.

— C'est mal de penser cela, répliqua Mary Anne.

— Pourquoi ? fit-il, surpris.

— Ce n'est pas bien, c'est tout. C'était un être humain, non ? Personne ne devrait être tué. La peine de mort et tout ça, ce n'est pas bien.

Elle écarta ce sujet d'un mouvement de tête.

— Il va falloir que je change de souliers. Je portais ceux-là pour avoir l'air plus vieille.

— Je sais quel âge vous avez, dit-il, amusé. Vous avez vingt ans.

— Vous êtes un devin.

Elle se dirigea vers la porte en boitillant.

— Je vais me changer. C'est décidé pour la place ? Tout est arrangé, non ?

Le sourire de Schilling s'effaça.

— La place est disponible, oui.

— Eh bien, je suis candidate. C'est oui ou c'est non ?

— C'est oui, répondit-il avec une bouffée d'émotion. Deux cent cinquante dollars par mois. Semaine de cinq jours. Tout ce dont nous étions convenus lors de votre première visite.

Bon Dieu, cela faisait quatre mois. Il l'avait attendue tout ce temps.

— Quand voulez-vous commencer ?

— Je reviendrai cet après-midi, dès que je me serai changée.

Elle s'attarda un instant.

— Qu'est-ce que je dois porter ? Vous voulez que je sois bien habillée, non ? Talons hauts, je suppose ?

— Non, pas nécessairement.

Mais il éprouvait une sorte de jubilation à cette idée.

— Vous pouvez porter des chaussures à talon plat si vous voulez. Mais les bas sont indispensables.

— Des bas.

— Ne faites pas de folies… mais ne venez pas en jean. Habillez-vous comme pour aller faire des courses en ville.

— C'est bien ce que je pensais. Elle parut réfléchir.

— Vous payez tous les combien ? Tous les quinze jours ?

— Tous les quinze jours.

Elle demanda, sans la moindre gêne :

— Je peux avoir dix dollars d'avance ? Il fut à moitié fasciné, à moitié indigné.

— Pourquoi ? Pour quoi faire ?

— Parce que je suis fauchée, voilà pourquoi !

Secouant la tête, il sortit son portefeuille et lui tendit un billet de dix dollars.

— Si ça se trouve, je ne vous reverrai jamais.

— Ne dites pas de bêtises.

Mary Anne franchit la porte et disparut, et il se retrouva aussi seul qu'avant.

À une heure et demie de l'après-midi la jeune fille revint, vêtue d'une jupe de coton et d'un corsage à manches courtes. Ses cheveux étaient brossés en arrière et ses yeux brillaient d'impatiente bonne volonté ; elle semblait prête à se mettre au travail. Mais un jeune homme à l'air indolent l'accompagnait.

— Où est-ce que je peux mettre mes affaires ? dit-elle, entendant par là son sac à main. Derrière ?

Schilling lui montra les marches qui menaient à la réserve du sous-sol.

— C'est l'endroit le plus sûr.

Il allongea le bras et tourna l'interrupteur.

— Les toilettes sont en bas, et il y a aussi un placard. Pas très grand, mais assez pour y mettre quelques vêtements.

Pendant que Mary Anne descendait au sous-sol, le jeune homme s'approcha nonchalamment de lui.

— Monsieur Schilling, on m'a dit que vous pourriez me donner certains renseignements.

L'individu sortit de sa poche une enveloppe froissée et l'aplatit sur le comptoir. Schilling vit que c'était une liste de compositeurs ; rien que des expérimentateurs contemporains.

— Vous êtes musicien ? demanda-t-il.

— Ouais, je suis pianiste de jazz au *Roitelet*.

Il leva sur Schilling un regard pénétrant.

— Voyons si vous êtes si fort que ça.

— Oh, dit Schilling, je me défends. Demandez-moi quelque chose.

— Avez-vous entendu parler d'un certain Arnie Scheinburg ?

— Schönberg, corrigea Schilling – il ne savait pas si on le faisait marcher ou non. Arnold Schönberg. C'est lui qui a écrit les *Gurrelieder*.

— Depuis combien de temps êtes-vous dans ce business ?

— Eh bien, calcula-t-il, sous une forme ou sous une autre, depuis la fin des années vingt. Mais c'est mon premier magasin de détail.

— Vous aimez la musique ?

— Oui, répondit Schilling, obscurément inquiet. Beaucoup.

— Vous ne faites rien d'autre ? Vous ne sortez pas ?

Le jeune homme déambulait dans la pièce en regardant autour de lui.

— Vous avez là un joli petit magasin, aménagé avec goût. Mais dites-moi, Schilling, est-ce que vous ne vous sentez pas parfois coupé de la masse ?

Mary Anne refit son apparition.

— Eh bien ? Allons-y.

Schilling mit une pile de disques dans les bras du jeune homme et le dirigea vers une cabine. Au comptoir, Mary Anne ouvrait la caisse enregistreuse d'un air affairé.

— C'est un ami à vous ? demanda Schilling – amusé que, dans son monde, les présentations fussent inexistantes.

— Paul joue au *Roitelet*, répondit-elle en commençant à compter les billets de un dollar.

Elle était allée directement chez elle en sortant du magasin ; elle s'était changée, puis était vite allée rendre à Paul ses dix dollars... cet argent qui l'avait aidée à tenir le coup depuis qu'elle avait touché son dernier chèque de la compagnie de téléphone.

— Ce magasin de disques ? avait dit Nitz. C'est le type à qui on m'a conseillé de parler.

Elle avait insisté pour qu'il vienne avec elle, car elle n'était pas très rassurée à l'idée de retourner seule au magasin.

— S'il te plaît, PauL Je te le demande comme une faveur personnelle.

Il avait levé un sourcil.

— Qu'est-ce qu'il y a ?

— Rien.

— Tu as peur ?

— Bien sûr que j'ai peur. C'est une nouvelle place. C'est le premier jour.

— Que sais-tu de ce type ?

Elle avait répondu évasivement :

— Je l'ai rencontré une fois. C'est un homme assez âgé.

Paul Nitz avait jeté sur la table son roman de cow-boys et s'était levé.

— D'accord, je vais te servir de chaperon.

Il lui avait donné une claque amicale dans le dos.

— Je le provoquerai même en duel si tu veux, tu n'auras qu'à me faire signe.

— Qu'est-ce que vous faites ? demanda Schilling en observant les doigts agiles de Mary Anne qui comptait les billets.

— Je regarde combien il faudra retirer de la banque.

Quand elle eut fini, Schilling lui montra le coffre-fort miniature près de la veilleuse.

— Je vais à la banque une fois par semaine seulement. Le reste du temps, je me sers de ceci.

— Vous auriez dû me le dire.

Elle rangea l'argent dans la caisse et alla chercher le balai.

— Je vais faire le ménage, l'informa-t-elle. Ce ne sera pas du luxe... Il y a combien de temps que vous n'avez pas balayé ici ?

Déconcerté, Schilling continua à trier ses disques. Un peu plus tard il alla dans son bureau et brancha sa cafetière électrique Silex. L'ami de Mary s'était barricadé derrière ses disques dans la première cabine et regardait fixement dans le vide.

Voilà donc une jeune fille, songea Schilling, qui, dès son premier jour de travail, emprunte de l'argent à son employeur, décide elle-même du moment où elle viendra, et, quand elle vient, amène un ami apparemment résolu à écouter toute la journée les disques du magasin. Et maintenant, au lieu d'attendre sagement ses instructions, elle annonçait elle-même ce qu'elle allait faire.

— Pourquoi ne reculez-vous pas ce comptoir ? demanda Mary Anne quand il revint avec le café.

— Pour quoi faire ? dit-il en commençant à remplir deux tasses.

— Pour pouvoir aller directement à la vitrine.

Elle donna au comptoir une petite tape irritée.

— Il bloque le passage.

— Mademoiselle Reynolds, dit Schilling – il comprenait que tous ses employeurs avaient dû en passer par là –, posez votre balai et venez ici. Je veux vous parler.

Elle lui sourit : un mouvement éclair de ses très petites lèvres.

— Attendez que j'aie fini.

Elle sortit sur le trottoir avec la pelle à poussière. Quand elle revint, elle chercha un chiffon et se mit à essuyer le comptoir.

Vexé, Schilling but son café à petites gorgées.

— Je pense que vous devriez apprendre comment le travail est organisé et comment j'envisage les rapports avec les clients. J'essaie quelque chose de nouveau. Je veux une approche plus personnelle, plus individuelle. Nous devons connaître tous les clients par leur nom et apprendre à utiliser ces noms dès qu'ils mettent le pied dans le magasin.

Mary Anne hocha la tête, sans cesser de passer son chiffon ici et là.

— Quand un client demande quelque chose, vous devez être capable de réagir autrement qu'en le regardant bouche bée. Supposez que j'entre ici et vous dise : « J'ai entendu un concerto pour piano de Bach joué au violon. Qu'est-ce que c'est ? » Sauriez-vous répondre ?

— Bien sûr que non.

— Bon, concéda-t-il, je n'attends pas vraiment cela de vous. C'est mon boulot. Mais vous devez en apprendre assez pour pouvoir vous occuper du tout-venant. Vous devrez être capable de satisfaire les demandes concernant les principales œuvres symphoniques. Mettons que quelqu'un entre et vous demande une bonne symphonie de Dvorak. Il faudra savoir combien il en a écrit, quels sont les meilleurs enregistrements, et ce que nous avons en stock. Et il faudra aussi apprendre à connaître Smetana et Brahms et Mahler et tous les autres compositeurs qu'un amateur de Dvo?ák pourrait apprécier.

— C'est ce que Nitz est en train de faire, dit Mary Anne.

— Nitz ? Qui c'est ça ?

— Paul Nitz, dans la cabine. Cette musique sérieuse est quelque chose de nouveau pour lui.

— Ce que je veux dire, reprit sèchement Schilling, c'est que chaque fois qu'un client est amené par un vendeur à découvrir un nouveau domaine musical, ce client entre dans un état de dépendance vis-à-vis du vendeur. Cela signifie qu'il nous incombe de ne pas tromper le client en l'incitant à acheter n'importe quoi pour nous débarrasser de la marchandise. C'est là que cette activité commerciale devient un art. Nous ne vendons pas du chewing-gum ou du soda – nous vendons, à quelques personnes du moins, les éléments constitutifs d'un certain art de vivre.

— Comment ça s'appelle ? demanda Mary Anne. Cette musique qu'il écoute.

— De quoi parlez-vous ?

Cette fille ne faisait même pas attention à ce qu'il racontait.

— Mademoiselle Reynolds, avez-vous entendu un mot de ce que je viens de dire ?

— Bien sûr, répondit-elle en continuant son industrieux époussetage. Vous avez dit que je devais connaître la marchandise que nous vendons. Mais je ne peux pas apprendre ça du jour au lendemain... Il va falloir que vous m'aidiez.

— Est-ce que vous *voulez* savoir ce qu'il y a sur ces disques ? Est-ce que cela vous intéresse ?

— Oui, ça m'intéresse.

— Écoutez ce que votre ami est en train de passer.

Les bruits de percussion d'une suite expérimentale de Chavez leur parvenaient.

— Pouvez-vous me dire honnêtement que vous aimez cela ? Bon sang, protesta-t-il, laissez ce chiffon ! Vous n'aimez pas ce genre de musique. Cela ne signifie rien pour vous.

Mary Anne en convint.

— C'est affreux.

Au désespoir, Schilling s'exclama :

— Alors que vais-je faire de vous ? Je ne peux pas vous forcer à aimer cela...

Elle fixa sur lui un regard aigu et perspicace.

— Et vous, vous aimez ça ?

— Non, admit-il. Les recherches sur le son pur ne me passionnent pas.

— Qu'est-ce qui vous passionne alors ?

— Je collectionne les enregistrements vocaux. Ce qui m'intéresse, ce sont les lieder.

— Mais vous pouvez vendre ces machins-là, dit-elle en se remettant au travail. Vous croyez vraiment que la musique est importante ?

— Oui, répondit Schilling. C'est toute ma vie.

— Toute votre vie ?

De nouveau, elle le regarda bien dans les yeux.

— Vous voulez dire qu'il n'y a rien de plus important pour vous que la musique ?

— C'est en effet ce que je veux dire, répliqua-t-il d'un ton quelque peu belliqueux.

La jeune fille ne fit aucun commentaire ; elle accepta son affirmation et la classa quelque part dans sa tête.

— Pourquoi pas ? ajouta-t-il en la suivant dans ses déplacements.

— Paul est comme ça aussi. Quelquefois je voudrais avoir un... intérêt comme celui-là.

— Pour quelle raison n'en auriez-vous pas ?

— Aucune, je suppose. Sauf qu'ici, dans cette petite ville... eh bien, qui a jamais entendu parler de cette musique que vous avez donnée à Paul, par exemple ? Lui-même n'en a jamais entendu parler, et c'est un musicien.

— C'est pour ça que je suis venu ici, que je me suis installé ici.

— Tous ceux qui vivent ici sont des idiots.

— Est-ce que je suis un idiot d'être venu ici ?

— Je parle de ceux qui grandissent ici, sans rien voir, sans rien connaître. Comme Jake Lovett, comme David Gordon... et tous les autres. Ils passent leur temps à boire de la bière et à traîner du côté des drugstores et des stations-service. Mais vous êtes différent. Vous en avez assez vu pour savoir ce que vous voulez et ce que vous aimez. Vous êtes venu d'ailleurs...

Elle avait cessé son époussetage. Elle était maintenant immobile, absorbée dans ses pensées. Joseph Schilling s'approcha d'elle et lui ôta fermement le chiffon des mains. Puis il lui prit le poignet, la mena vers le comptoir et la fit passer derrière celui-ci. Elle se laissa docilement guider.

— Maintenant, mademoiselle Reynolds, écoutez bien ce que je vais vous dire. Nous allons analyser les différentes étapes de la vente d'un disque.

Elle hocha la tête.

— Bien, dit-il en posant un microsillon sur le comptoir devant elle. Je voudrais acheter ceci. Je suis un client d'un certain âge. Que faites-vous pour commencer ?

Elle prit le disque et contempla la pochette aux couleurs vives avec ses dessins de violons.

— Qu'est-ce que c'est ?

Elle articula lentement le nom du compositeur.

— Prokofiev.

— Nous vendons un disque. Ça n'a rien à voir avec la musique. Que faites-vous quand un client apporte l'objet de son choix à la caisse ?

Mary Anne chercha à tâtons sous le comptoir et trouva un sac en papier cartonné.

— Non, dit Schilling. D'abord vous examinez le disque pour vérifier qu'il n'est pas rayé.

Il lui montra la façon de tirer le disque de sa pochette et de le tenir par les bords.

— Vous voyez ?

Elle fit comme il avait dit.

— Et ensuite ? demanda-t-il en reposant le disque.

— Ensuite, dit-elle, je le mets dans le sac.

— Non, vous faites un reçu. Afin que nous ayons le nom et l'adresse du client.

Il lui donna un crayon mécanique et lui montra comment utiliser la machine qui débitait les reçus en duplicata.

— Ensuite seulement vous mettez le disque et le double du reçu dans le sac. L'original va dans ce classeur.

Il fit cela pour elle aussi.

Mary Anne glissa le microsillon dans le sac et en replia la poignée. Soudain elle leva les yeux et adressa à Schilling le sourire le plus chaleureux qu'il eût jamais vu.

— Merci, dit-elle en lui tendant le sac par-dessus le comptoir.

— Hein ? murmura-t-il.

Souriant toujours, elle fit une sorte de petite révérence.

— Merci d'avoir acheté ce disque.

— Pas de quoi, répondit Schilling d'un ton bourru.

Elle continuait de lui sourire ; c'était un sourire plein de douceur et tout à fait candide, qui le charmait et le troublait à la fois.

— L'étape suivante, ajouta-t-il, c'est la caisse enregistreuse. Vous croyez que vous saurez vous en servir ?

Elle ne répondit pas tout de suite.

— Bien sûr, dit-elle enfin.

— Quoi d'autre ?

Il avait du mal à rassembler ses idées.

— Savez-vous où chercher les prix des disques ?

— Non.

Il ouvrit le catalogue Schwann et lui montra la liste des prix dans les dernières pages.

— Ils sont tous là. En attendant de les savoir par cœur, consultez toujours cette liste.

— Voulez-vous acheter autre chose ? demanda-t-elle.

— Non, dit-il, un seul suffira, merci.

Elle prit un disque sur une pile toute proche.

— Achetez ceci. – Elle lut le titre. – *Schubert – Piano pour quatre mains*. Achetez cela... c'est joli.

— Vraiment ?

— Oui, dit-elle, très joli.

— Je vais peut-être le prendre, alors.

— Voulez-vous que je le mette sur la platine pour vous ?

— Oui, dit-il avec une sorte d'avidité.

Elle lui tira la langue.

— Mettez-le vous-même, vous êtes assez grand pour ça.

Schilling partit d'un rire un peu forcé.

— Apparemment, vous ferez très bien l'affaire.

Mettant fin d'un geste à la conversation, Mary Anne alla reprendre son chiffon.

À quatre heures et demie, Paul Nitz sortit de sa cabine enfumée, les bras chargés de disques qu'il déposa sur le comptoir.

— Merci, dit-il à Schilling.

— Ils vous ont plu ?

— Ouais. Certains d'entre eux.

Schilling commença à regrouper les disques par marques.

— Voulez-vous venir dimanche ? Je passerai quelques nouveaux Virgil Thomson.

Nitz fouillait dans sa poche.

— Je vais prendre celui du haut, là.

— Paul, dit sèchement Mary Anne, tu n'as pas de pick-up.

Nitz baissa la tête.

— Ça n'a rien à voir.

Laissant les pochettes qu'elle était en train de déchiffrer, Mary Anne s'approcha vivement de Nitz et lui prit le disque des mains.

— Tu ne peux pas faire ça. Je sais ce que tu vas faire. Tu vas rester assis chez toi à le regarder. À quoi ça t'avancera de le regarder ?

— Tu es vraiment enquiquinante, Mary Anne, marmonna Nitz.

— Je vais le mettre sous le comptoir, lui dit-elle. Va acheter un électrophone. Quand tu en auras un, reviens chercher ton disque.

Schilling la regarda pousser le jeune homme hors du magasin et sur le trottoir. Cet épisode avait à ses yeux quelque chose de fantastique, d'irréel : cela ne *pouvait* pas arriver dans un magasin. D'une certaine façon, c'était même comique.

— Il faut qu'il aille travailler, expliqua Mary Anne en rentrant vite dans le magasin. Il est pianiste de bop au *Roitelet*.

— Vous m'avez fait rater une vente, dit Schilling, encore un peu déconcerté.

— Écoutez... s'il avait acheté ce disque, il serait rentré chez lui et il serait resté assis à le regarder. Croyez-moi, je le connais. Il n'aurait jamais acheté d'autre disque. Maintenant il va se procurer un électrophone et il achètera des disques tout le temps.

— Ou bien vous êtes très clairvoyante, dit-il, ou bien vous êtes une baratineuse hors pair. Laquelle de ces deux propositions est la bonne ?

Ils se tournèrent l'un vers l'autre.

— Vous n'avez pas confiance en moi ? demanda-t-elle.

Il sourit malgré lui.

— En gros, si. Mais vous êtes trop compliquée pour moi.

Cela parut l'intriguer.

— Compliquée ? Comment ça ?

— Vous êtes très jeune, inexpérimentée et naïve.

Il la regarda au fond des yeux.

— Et en même temps vous savez parfaitement y faire. Vous êtes même assez peu scrupuleuse.

— Ah, fit-elle en hochant la tête.

— Pourquoi avez-vous changé d'avis ? Pourquoi avez-vous décidé de venir travailler pour moi ?

— Parce que j'en avais assez de travailler pour cette compagnie de téléphone.

— C'est tout ? dit-il, incrédule.

— Non. Je...

Elle hésita.

— Des tas de choses me sont arrivées. Quelqu'un qui comptait beaucoup pour moi m'a déçue. Maintenant je ne suis plus dans les mêmes dispositions envers lui, ni envers tout le reste.

— Vous aviez peur de moi, n'est-ce pas ?

— Oui, reconnut-elle, très peur.

— Mais plus maintenant ?

Elle réfléchit un instant.

— Non. Je vous vois différemment, et je me vois moi-même différemment.

Schilling espérait que c'était vrai.

— Qu'avez-vous fait des dix dollars ? demanda-t-il.

— Je les ai donnés à Paul Nitz.

— Alors vous êtes encore fauchée ?

Elle sourit.

— Oui, fauchée.

— Je suppose que vous allez m'emprunter dix autres dollars demain ?

— Est-ce que je peux ?

— Nous verrons.

Ses sourcils se levèrent.

— Bien vrai ?

Le magasin était vide. Dehors, les rayons du soleil se réverbéraient sur le trottoir. Schilling s'approcha de la vitrine, les mains dans les poches. Finalement, pour calmer ses diverses émotions, il alluma un cigare.

— Éteignez cette chose puante, ordonna Mary Anne. Vous croyez que c'est une odeur agréable pour les clients ?

Il se retourna.

— Si je vous invitais à dîner, que diriez-vous ?

— Ça dépend où.

Elle parut s'envelopper soudain de circonspection. Il perçut son changement d'humeur.

— Vous connaissez un bon restaurant ? demanda-t-il.

Elle réfléchit.

— *La Poblana*, sur la route nationale.

— D'accord, on ira là-bas.

— Il faudrait que je me change pour aller là-bas. Que je remette mes souliers à talons hauts, et mon ensemble.

Il dissipa ses inquiétudes d'un geste empreint de tranquille bon sens.

— Quand nous fermerons le magasin, je vous emmènerai chez vous en voiture et vous pourrez vous changer.

Ce fut avec soulagement qu'il l'entendit répondre :

— Très bien.

Heureux et satisfait, il éteignit son cigare, alla dans son bureau et commença à préparer le bon de commande Columbia.

C'était un travail routinier qui d'ordinaire l'ennuyait plutôt, mais cette fois il y prit plaisir, grand plaisir.

14

Ce soir-là il l'emmena dîner. Et quatre jours plus tard, un samedi, il la conduisit à une soirée chez un grossiste de San Francisco.

Tandis qu'ils roulaient ensemble vers le nord, Mary Anne demanda :

— Est-ce que cette voiture vous appartient ?

— J'ai acheté cette Dodge en 48. Max faisait partie du lot, en quelque sorte.

Il ajouta :

— J'ai renoncé à conduire beaucoup.

Sa vue avait baissé et une nuit il avait embouti un camion à lait en stationnement. Il n'en souffla mot à la jeune fille.

— C'est une belle voiture. Elle est si grande et silencieuse...

Elle regarda les sombres prairies défiler de chaque côté de la route.

— C'est quel genre de soirée ?

— Vous n'avez pas peur, n'est-ce pas ?

— Non, répondit-elle, assise très droite à côté de lui, les doigts repliés sur son sac à main ; elle portait ce qui, pour lui, ressemblait à un pyjama de soie noire : le pantalon était noué autour de ses chevilles nues, et la veste s'évasait en un grand col à pointes ; elle était chaussée de petits escarpins, et ses cheveux tirés en arrière étaient réunis en une courte queue de cheval.

Lorsqu'elle était sortie de son immeuble et qu'elle avait sauté dans la voiture, il avait remarqué :

— Vos cheveux sont trop courts pour une queue de cheval.

Essoufflée, elle s'était installée à côté de lui et avait claqué la portière.

— Je ne suis pas habillée d'une façon trop bohème ?

— Vous êtes superbe, avait-il répondu en toute sincérité, en mettant la voiture en marche.

Mais elle était, malgré ce qu'elle prétendait, un peu effrayée. Dans la pénombre de la voiture ses yeux étaient grands, son regard grave, et elle ne disait presque rien. À un moment donné elle prit ses cigarettes dans son sac et se pencha vers l'allume-cigares.

— Ça peut être amusant, dit-il pour lui donner courage.

— C'est ce que vous m'avez dit.

— Leland Partridge est un fanatique, ce que nous appelons un « audiophile ». Il y aura des enceintes acoustiques grandes comme des maisons, des têtes de lecture à diamant, des enregistrements haute fidélité de trains de marchandises et de glockenspiels[1].

— Est-ce qu'il y aura beaucoup de monde ? demanda-t-elle pour la troisième fois.

— Des détaillants, et quelques représentants du petit monde musical de San Francisco. Il y aura à boire, et beaucoup de discussions. Vous entendrez peut-être quelques bons échanges d'arguments

1. Instrument composé de cloches ou de barres métalliques frappées par des marteaux (mot allemand). *(N.d.T.)*

quand les techniciens du son se chamailleront avec les musiciens en titre...

— J'adore San Francisco, dit Mary Anne avec feu. Tous ces petits bars et restaurants... Une fois, je suis allée dans une boîte de North Beach avec Tweany, un endroit qui s'appelle *la Poupée en papier*. On a entendu un pianiste qui jouait du jazz dixieland... il était sensass.

— Sensass, répéta Schilling en faisant la grimace.

— Il était très bon.

Elle tapota sur sa cigarette avec son index ; des étincelles, happées par le vent, disparurent dans l'obscurité. La radio jouait en sourdine une symphonie de Haydn.

— J'aime ça, dit-elle en inclinant la tête.

— Vous reconnaissez ce style ?

Elle réfléchit.

— Beethoven.

— C'est la symphonie *Roulement de timbales* de Haydn.

— Vous croyez que j'arriverai jamais à reconnaître un morceau ? Est-ce qu'il faudra que j'atteigne votre âge pour ça ?

— Vous apprenez, dit-il d'un ton aussi léger que possible. C'est une question d'expérience. Rien de plus.

— Vous aimez vraiment cette musique. Je vous ai observé... Vous ne faites pas semblant. Paul est comme ça aussi avec sa musique. On dirait que... vous l'absorbez, en essayant de ne pas en perdre une goutte.

— J'aime bien votre ami Nitz, dit-il – quoiqu'il fût, par certains côtés, troublé par le comportement du jeune homme.

— Oui, c'est un garçon très gentil. Je crois qu'il ne ferait pas de mal à une mouche.

— Et vous admirez cela.
— Oui, dit-elle. Pas vous ?
— Je l'admire dans l'abstrait.
— Oh, vous et votre abstrait !
Elle se pelotonna contre la portière, jambes repliées sous elle, un coude à l'extérieur.
— Qu'est-ce que c'est que ces lumières là-bas ?
Une note d'appréhension perçait dans sa voix.
— Est-ce qu'on arrive ?
— On y est presque. Prenez votre courage à deux mains.
— Je n'ai pas peur. Ne vous moquez pas de moi.
— Je ne me moque pas de vous, dit-il doucement. Pourquoi me moquerais-je de vous ?
— Est-ce qu'ils riront tous de ce que je dirai ?
— Bien sûr que non.
Il ne put s'empêcher d'ajouter :
— Ils feront tant de ramdam avec leurs enregistrements d'effets sonores qu'ils n'entendront même pas ce que vous direz.
— Je ne me sens pas bien.
— Ça ira mieux quand nous y serons, lui assura-t-il d'un ton de paternelle bienveillance en appuyant sur le champignon.
La soirée était déjà commencée quand ils arrivèrent. Schilling remarqua la transformation qui s'opérait dans la jeune fille tandis qu'elle gravissait le perron des Partridge. Sa peur reflua sous la surface : visage impassible, elle s'adossa nonchalamment à la balustrade de fer, son sac dans une main, son autre main posée sur son genou replié. Dès que la porte s'ouvrit, elle se redressa et passa près de l'homme qui se tenait là. Déjà elle avait traversé le hall d'entrée, et s'approchait de la salle de séjour pleine de bruit et de rires, quand Schilling, éteignant son cigare, entra à son tour.

— Salut, Leland, dit-il à son hôte en lui serrant la main. Où est-elle passée ?

— C'est elle, là, répondit Partridge – un homme grand, entre deux âges, qui portait des lunettes – en refermant la porte. Femme ? Maîtresse ?

— Vendeuse.

Schilling ôta son pardessus.

— Comment va la petite famille ?

— À peu près comme d'habitude.

Un bras passé sur les épaules de Schilling, il l'emmena vers la salle de séjour.

— Earl est encore enrhumé. C'est peut-être la grippe qu'on a tous attrapée l'année dernière. Et le magasin, ça marche ?

— Je ne peux pas me plaindre.

Ils s'arrêtèrent tous les deux pour observer Mary Anne. Elle avait repéré Edith Partridge et acceptait un verre que son hôtesse lui présentait sur un plateau. Apparemment à l'aise, Mary Anne se tourna vers un groupe de jeunes techniciens du disque assis autour d'une table. Sur celle-ci était posé un assortiment de matériel phonographique : platines, têtes et bras de lecture, composants de la « chaîne stéréo diotronique ».

— Elle a du savoir-vivre, dit Partridge. C'est inhabituel chez une fille aussi jeune. Mon aînée est à peu près du même âge...

— Mary, dit Schilling, venez faire la connaissance de notre hôte.

Elle s'approcha, et les présentations furent faites.

— Qui est cet homme terriblement obèse ? demanda-t-elle à Partridge. Là dans le coin, vautré sur le canapé.

— Ça ? répondit Partridge en souriant à Schilling. C'est un compositeur terriblement obèse nommé Sid Hethel. Allez donc l'écouter... ça vaut le coup.

— C'est la première fois que je t'entends admettre cela au sujet de Sid, dit Schilling ; il avait toujours trouvé Partridge un rien trop caustique.

— Sa conversation est exquise, répliqua Partridge d'un ton pince-sans-rire. C'est vraiment dommage qu'il ne se soit pas tourné vers la littérature.

— Voulez-vous le rencontrer ? demanda Schilling à Mary Anne. C'est toujours une expérience intéressante, même si on n'aime pas sa musique.

Accompagnés de Partridge, ils se frayèrent un chemin en direction du canapé.

— Elle est comment, sa musique ? demanda nerveusement Mary Anne.

— Très sentimentale, déclara Partridge.

Son visage anguleux la dominait tandis qu'il les guidait tous les deux entre les groupes d'invités.

— Ça fait un peu penser à un petit déjeuner de cerises au marasquin.

Le tonnerre de la *Symphonie n° 1 « Titan »* de Mahler, amplifié par le réseau de haut-parleurs disséminés dans la vaste pièce bien meublée, couvrait le bourdonnement des voix.

— Ce que Leland veut dire, intervint Schilling, c'est que Hethel, contrairement à ses collègues, n'est pas à court de mélodies.

— Ah ! fit Partridge. Comme ça me rappelle le passé de t'entendre parler ainsi, Joe. Le bon vieux temps – quand un petit homme courait au début de chaque enregistrement pour crier le titre du morceau !

Sid Hethel était en pleine conversation. Jambes allongées, sa canne reposant sur son aine charnue, il pointait un doigt boudiné sur le cercle de ses interlocuteurs. Hethel était un continent de graisse. Ses yeux noirs et vifs étaient profondément enfoncés dans sa figure bouffie. C'était le Hethel dont Schilling se souvenait ; il avait défait les deux premiers boutons de sa braguette pour libérer son énorme ventre.

— ... Oh, non, disait-il en postillonnant et en s'essuyant la bouche avec un mouchoir blanc qu'il tenait roulé en boule dans sa main, près de son menton. Vous ne m'avez pas compris. Je n'ai jamais dit ça. Frankenstein est un bon critique, un bon critique musical, le meilleur de San Francisco. Mais il est chauvin. Si vous êtes un talent local, vous avez du génie, mais si vous êtes Lilly Lombino de Wheeling, Virginie-Occidentale, vous pouvez jouer du violon comme Sarasate, Alf ne vous accordera pas un accessit.

— Il semble que la critique d'art et la critique musicale ne suffisent pas à le tenir occupé, ajouta un membre du groupe. Il paraît qu'il va faire mettre Koltanowski à la porte et s'occuper aussi de la chronique des échecs.

— Les échecs, dit Hethel. C'est bien possible. Avec Alf Frankenstein, on peut s'attendre à tout ce qui n'est pas chronique culinaire.

Il aperçut Partridge, et une lueur espiègle passa dans ses yeux.

— Maintenant, cette histoire de chaîne stéréo diotronique. Si Mahler vivait encore...

— Avec cette chaîne, l'interrompit gravement Partridge, Mahler aurait pu écouter sa musique telle qu'elle était réellement jouée.

— Tu as raison, concéda Hethel en tournant son attention vers son hôte. Naturellement, nous devons nous rappeler que pour Mahler, sa musique était agréable à entendre. Y a-t-il un bouton ou une manette sur ta chaîne qui rende la musique de Mahler agréable à entendre ? Parce que s'il y en a...

— Sid, intervint Schilling – sentant que des années d'amitié l'y autorisaient –, est-ce que tu te rends compte que tu bois le whisky de Leland et que tu l'insultes en même temps ?

— Si je ne buvais pas son whisky, répliqua Hethel du tac au tac, je n'insulterais personne. Qu'est-ce qui t'amène ici, Joe ? Tu essaies toujours de mettre Maurice Ravel sous contrat ?

Ses grosses et grasses mains – pas une seule, mais les deux – se tendirent lentement vers Schilling, qui les prit et les serra avec chaleur.

— C'est bon de te revoir, dit Hethel, également ému. Tu trimballes toujours une boîte de préservatifs dans ta serviette ?

— Ce que tu appelles une serviette, c'était une grande trousse de toilette en cuir faite sur mesure...

— Une fois, confia Hethel à son groupe, j'ai vu Joe Schilling assis dans un bar...

Il s'interrompit.

— Bon Dieu, Schilling ! Je voudrais bien voir la femme qui allait avec *cette* trousse-là !

Un peu gêné, Schilling jeta un coup d'œil du côté de Mary Anne. Comment supportait-elle le spectacle de Sid Hethel, le grand compositeur contemporain ?

Debout, les bras croisés, elle écoutait et ne semblait ni amusée, ni choquée. Il était impossible de deviner ce qu'elle pensait ; son visage était sans expression. Elle était remarquablement svelte dans son pantalon de soie noire... Il y avait, dans son dos bien droit et son long cou, un gracieux équilibre, et ses seins, au-dessus de ses bras croisés, étaient très petits, très pointus, et très visiblement tournés vers le haut.

— Sid, dit Schilling en faisant avancer la jeune fille, j'ai ouvert un petit magasin de disques à Pacific Park. C'est ce que j'ai toujours voulu faire, tu te souviens ? Un jour que je soulevais le couvercle d'un carton d'emballage, cette petite fée en a surgi...

— Ma chère, lui dit Hethel d'une voix d'où toute trace de badinage avait soudain disparu, venez près de moi et dites-moi pourquoi vous travaillez dans le magasin de ce vieil homme.

Il tendit une main et la referma autour de la sienne.

— Comment vous appelez-vous ?

Elle le lui dit, calmement, avec la dignité innée que Schilling en était venu à attendre d'elle.

— Ne soyez pas si évanescente, dit Hethel en souriant aux personnes qui l'entouraient. Ne la trouvez-vous pas évanescente ?

— Qu'est-ce que ça veut dire ? lui demanda Mary Anne.

Hethel fronça les sourcils.

— *Veut dire ?*

Il avait l'air désorienté.

— Eh bien, ajouta-t-il d'une voix irritée et trop forte, ça veut dire...

Il se tourna vers Schilling.

— Dis-lui, toi, ce que ça veut dire.

— Il veut dire que vous êtes une très jolie jeune fille, roucoula Edith Partridge en s'approchant avec un plateau et des verres. Qui veut à boire ?

— Ici, marmonna Hethel en tendant vers les boissons une main tâtonnante. Merci, Edith.

Il concentra son attention sur elle et lâcha la main de Mary Anne.

— Comment vont les enfants ?

— Comment le trouvez-vous ? demanda Schilling à la jeune fille en manœuvrant pour l'éloigner de Hethel et de son cercle d'admirateurs. Il ne vous a pas fâchée, hein ?

— Non, dit-elle en secouant la tête.

— Il a trop bu, comme d'habitude. Est-ce qu'il vous inspire de la répugnance ?

— Non. Il est comme Nitz, n'est-ce pas ? Je veux dire, il n'est pas comme la plupart des gens... quel que soit ce qu'ils ont en commun. Ce quelque chose de dur qui me fait peur. Je n'avais pas peur de lui.

— Sid Hethel est l'homme le plus doux qui soit.

Il était heureux de sa réaction.

— Puis-je aller vous chercher à boire ?

— Non, merci.

Elle ajouta soudain, dans un accès de pessimisme :

— Ils peuvent tous deviner mon âge, hein ?

— Et alors ?

— Je suis si *jeune*...

— Tant mieux. Pensez à vous-même et puis pensez à nous – Partridge et Hethel et moi, trois vieux gâteux qui se remémorent l'époque des enregistrements à rouleau...

— J'aimerais pouvoir parler de cela aussi, répliqua Mary Anne avec véhémence. Qu'est-ce que j'ai à dire ? Tout ce que je peux faire, c'est dire aux gens comment je m'appelle... N'est-ce pas fantastique ?

— À moi ça me suffit, dit-il en toute sincérité.

— Est-ce que *vous* savez qui est Milhaud ?

— Oui, avoua-t-il.

Elle s'éloigna de lui et, après quelque hésitation, il la rejoignit. Elle s'était arrêtée près d'un groupe d'ingénieurs du son et écoutait leur conversation.

Son visage avait cette expression renfrognée et soucieuse qu'il commençait à bien connaître.

— Mary Anne, dit-il, ils sont en train de comparer la dynamique acoustique des nouveaux baffles Bogen et Fisher. En quoi cela peut-il vous intéresser ?

— Je ne comprends même pas de quoi il s'agit !

— Il s'agit de son. Quelquefois je me demande s'ils comprennent eux-mêmes...

Il la conduisit vers une banquette située sous une fenêtre, dans un coin tranquille de la pièce, et la fit asseoir. Elle tenait son verre à deux mains – Edith Partridge lui avait pris son sac – et fixait le plancher des yeux.

— Allons, courage, dit-il.

— Qu'est-ce que c'est que cet affreux tintamarre ?

Il écouta. Tout ce qu'il entendait, c'était le brouhaha des voix ; et, bien sûr, le flot impétueux de la musique symphonique de Mahler.

— Ça doit être ça. Il y a un haut-parleur monté près d'ici.

Il palpa le mur jusqu'à ce qu'il eût repéré un grillage dissimulé sous une reproduction.

— Vous voyez ? Ça sort de là.

— Et ça a un nom ?

— Oui. C'est la *Première Symphonie* de Mahler.

Mary Anne parut plus morose que jamais.

— Vous savez même comment ça s'appelle. Est-ce que vous m'apprendrez cela aussi ?

— Bien sûr, dit-il, à la fois triste et touché.

— Parce que, continua Mary Anne d'un air sérieux, je voudrais parler à cet homme et je ne peux pas. Ce gros homme.

Elle secoua la tête.

— Je suppose que je suis fatiguée... Toutes ces allées et venues dans le magasin aujourd'hui... Quelle heure est-il ?

Il était seulement neuf heures et demie.

— Vous voulez partir ? demanda-t-il.

— Non, ce ne serait pas correct.

— C'est comme vous voulez, dit-il sincèrement.

— Où est-ce qu'on irait ? On s'en retournerait ?

— Si vous le désirez.

— Je ne veux pas.

— Eh bien alors, dit-il doucement, on ne le fera pas. Nous pourrions aller dans un café, ou bien au restaurant, ou simplement nous promener dans les rues de San Francisco. Il y a toutes sortes de choses que nous pourrions faire.

— Est-ce qu'on pourrait prendre le téléphérique ? demanda-t-elle d'une petite voix mélancolique et découragée.

Venant de l'autre bout de la pièce, les accents coléreux d'une vive discussion percèrent l'épais cocon de musique symphonique. C'étaient Partridge et Hethel.

— Essayons d'être rationnels une minute, protestait Partridge de sa voix grondeuse. Je suis d'accord que nous ne devons pas confondre la fin et les moyens. Mais le *son* n'est pas un moyen et la musique une fin. La musique est un terme de valeur appliqué à des modèles sonores reconnus. Ce que tu appelles *son*, c'est simplement de la musique que tu n'aimes pas. Et de plus...

— Et de plus, tonna Hethel, si je renverse une pile de bouteilles deux fois de suite, je suis en droit de prétendre que j'ai composé une œuvre intitulée « Etude en Verre ». C'est bien ça ? N'est-ce pas ce que tu es en train de dire ?

— Inutile d'en faire une attaque personnelle.

Partridge tourna le dos à Hethel et s'éloigna de lui avec humeur. Un sourire figé et machinal aux lèvres, il alla de groupe en groupe en saluant les nouveaux venus. Les conversations reprirent progressivement. Hethel, entouré de son cercle de néophytes, cessa d'être audible.

— Bon Dieu, maugréa Partridge en s'approchant de Schilling et de Mary Anne, il est saoul, bien sûr. J'aurais dû m'en douter...

— Te douter qu'il valait mieux ne pas l'inviter ? dit Schilling.

La symphonie avait pris fin. Le son caractéristique d'un piano s'éleva ; quelqu'un commençait à jouer. L'exaspération de Partridge en fut ravivée.

— Qu'il aille au diable ! C'est Hethel – il a fini par dénicher le piano. J'avais pourtant dit à Edith de le sortir carrément de la maison.

— Ce n'est pas facile à faire – dit Schilling, peu disposé à le plaindre –, à moins d'être prévenu longtemps à l'avance.

— Il faut que je l'arrête. Il va tout foutre en l'air.

— Tout quoi ?

— La démonstration, évidemment. Nous sommes rassemblés ici pour inaugurer une nouvelle ère acoustique. Je n'ai pas l'intention de laisser cet infantile...

— Sid Hethel, coupa Schilling, joue du piano en public une fois par an en moyenne. Je pourrais nommer quelques étudiants en composition musicale qui donneraient volontiers leur œil droit pour être là ce soir.

— C'est ce que je veux dire. Il a choisi ce moment exprès. Bien sûr qu'il ne joue pas en public. Comment est-il allé jusqu'au piano ? Il est si obèse qu'il peut à peine tenir sur ses jambes...

— Venez, dit Schilling en se penchant vers Mary Anne. Ceci est exceptionnel... vous n'aurez peut-être plus jamais l'occasion de l'entendre.

— Je voudrais que Paul soit là, dit-elle tandis qu'ils se joignaient aux invités – lesquels, hommes et femmes, oubliant leurs conversations, soudain pris d'une impatiente curiosité, se pressaient autour de l'instrument ; les derniers arrivés parvenaient, en se tenant sur la pointe des pieds, à entrevoir la grande masse de chair avachie devant le clavier.

— Attendez, dit Schilling, je vais vous soulever.

Il saisit la jeune fille par la taille ; elle était mince, très mince et ferme ; ses mains en faisaient presque le tour. Il la souleva contre lui jusqu'à ce qu'elle pût voir par-dessus les têtes.

— Oh ! fit-elle. Oh, Joseph... regardez-le.

Quand Hethel eut fini de jouer – le souffle lui manqua vite –, la petite foule se dispersa lentement. Rouge d'émoi, Mary Anne suivit Schilling.

— Il aurait fallu que Paul voie ça, dit-elle d'un ton de regret. Si seulement on avait pu l'amener avec nous... Est-ce qu'il n'était pas merveilleux ? Et il avait l'air endormi – ses yeux étaient fermés, non ? Et ces gros doigts – comment arrive-t-il à les faire courir sur les touches ?

Assis dans un coin, la figure marbrée et violacée, Hethel cherchait sa respiration. Il leva sur Schilling et Mary Anne un regard sévère lorsqu'ils s'approchèrent de lui.

— Merci, lui dit Schilling.

— De quoi ? souffla Hethel, mais il parut comprendre. Bah, au moins j'aurai fait mon possible pour compromettre l'avenir de la chaîne stéréo diotronique.

— Ça valait la peine de venir, lui dit très vite Mary Anne. Je n'ai jamais entendu personne jouer comme ça.

— Ce magasin, c'est quoi au juste ? demanda Hethel en toussant dans son mouchoir. Tu travaillais dans l'édition, Joe. Tu étais chez Schirmer.

— Il y a longtemps que je les ai quittés, dit Schilling. J'ai été grossiste pendant quelque temps. Je préfère ceci... Dans mon propre magasin je peux parler autant que je veux avec les gens.

— Oui, tu as toujours aimé perdre ton temps. Je suppose que tu as toujours ta foutue collection de disques... tous ces Deutsche Grammophon et Polydor. Et cette fille qu'on aimait écouter dans le temps. Comment s'appelait-elle déjà ?

— Elisabeth Schumann ?

— Oui, celle qui chantait comme une enfant. Je ne l'ai jamais oubliée.

— J'aimerais, dit Schilling, te convaincre de venir voir ma boutique.

— Ce ne sont pas les magasins qui manquent ici.

— J'essaie d'éveiller chez les gens du coin un certain intérêt pour la musique. Chaque dimanche la boutique est ouverte à tous – disques et café.

— Tu veux ma mort ? Si je vais là-bas, c'en est fini de moi. Tu te souviens de ce qui m'est arrivé une fois à Washington, quand je suis tombé en descendant du train ? Tu te rappelles combien de temps j'ai été alité ?

— J'ai une voiture. Je t'emmènerai et te ramènerai. Tu pourras dormir pendant tout le voyage.

Hethel réfléchit.

— Tu passeras sur les bosses, dit-il enfin. Tu les repéreras et tu passeras dessus exprès. Je te connais.

— Parole d'honneur.

— Bien vrai ? Oui, utilisons un bon vieux serment de boy-scout. En ces temps de valeurs morales chancelantes, il faut qu'on puisse se raccrocher à quelque chose de solide.

Une lueur de nostalgie brilla dans ses yeux.

— Tu te souviens de la fois où on s'est perdus, toi et moi, dans ce bordel chinois de Grant Avenue ? Quand tu t'es saoulé et que tu as voulu...

— Sérieusement, dit Schilling, peu désireux de voir de tels sujets évoqués devant Mary Anne.

— Sérieusement, il faudra que j'y réfléchisse. Je veux sortir du microcosme de la Baie. Cette atmosphère de coteries est délétère. Je pourrais venir éblouir les péquenauds... Et peut-être qu'à nous deux on pourra terrasser les spécialistes du son.

Il tapota le bras de Schilling.

— Je t'appellerai, Joe. Ça dépendra de ma forme.

— Au revoir, dit Mary Anne en s'éloignant avec Schilling.

Hethel rouvrit les yeux.

— Au revoir, mademoiselle la Fée... La petite fée évanescente de Joe Schilling... je me souviens de vous.

La soirée touchait à sa fin. Quelques rares personnes étaient encore rassemblées autour de l'équipement hi-fi de Partridge et examinaient la chaîne stéréo diotronique, mais la plupart des invités étaient déjà partis.

— Vous voulez qu'on s'en aille ? demanda Schilling à la jeune fille.

— Peut-être, oui.

— Ça va mieux, n'est-ce pas ?

— Oui, répondit-elle en frissonnant.

— Vous avez froid ?

— Je suis surtout fatiguée. Vous voulez bien aller me chercher mon sac ? Je crois qu'elle l'a mis dans la chambre.

Il alla récupérer son sac et son propre manteau. Un moment plus tard, ayant pris congé des

Partridge, ils descendirent les marches du perron et se retrouvèrent sur le trottoir.

— Brrrr ! fit Mary Anne en sautant dans la voiture. Je suis gelée.

Il mit le moteur en marche et tourna la manette du chauffage.

— Vous voulez rentrer ? Demain, c'est dimanche, vous pourrez faire la grasse matinée.

— Je ne veux pas rentrer, dit nerveusement Mary Anne. On pourrait peut-être aller quelque part.

Mais elle avait vraiment l'air fatiguée. Ses traits étaient tirés et son visage paraissait amaigri, presque émacié.

— Je vais vous ramener chez vous, décida Schilling. Il est temps que vous alliez au lit.

Sans protester, elle se cala contre le siège, releva ses genoux et appuya son menton sur l'étoffe du pantalon. Bras croisés, elle fixa des yeux la colonne de direction.

Plus tard, comme ils filaient vers le sud, entre deux bourgades, Mary Anne leva la tête et murmura :

— S'il vient là-bas, Paul pourra l'entendre.

— Absolument.

— Est-ce qu'il a écrit certains des morceaux que Paul a écoutés l'autre jour ?

— Je lui ai donné une des œuvres de Hethel, oui. Une sonate pour orchestre de chambre. Sa sonate « pastorale ».

— Vous m'avez dit que les sonates étaient écrites pour le piano.

— En général, oui. Mais avec Sid Hethel, c'est différent.

— Bon sang, soupira Mary Anne. C'est si compliqué… Je n'y arriverai jamais.

— Ne vous tracassez pas pour ça.

La jeune fille resta silencieuse.

— Vous avez encore froid ? demanda-t-il au bout d'un moment.

— Non, mais j'aurais dû prendre un manteau. Mais je voulais que vous remarquiez ma tenue. Est-ce qu'elle vous plaît ?

— Elle est parfaite, lui assura-t-il à nouveau. C'est juste ce qu'il fallait.

Elle redevint morose.

— Mercredi aura lieu l'enquête judiciaire – ou quel que soit le nom que ça porte.

— Quelle enquête judiciaire ?

— Pour Danny Coombs. Il faut que j'aille expliquer ce qui s'est passé, pour qu'ils sachent s'ils doivent arrêter quelqu'un.

— Est-ce qu'ils le devront ?

— Non, parce que c'était un accident. Coombs est sorti en courant et il est tombé. Il y a un livreur qui l'a vu. Cela semble si lointain... et pourtant il n'y a qu'une quinzaine de jours que c'est arrivé. Maintenant, ça a l'air d'une histoire que j'aurais inventée. Mais si on ne dit pas ce qu'il faut, Tweany ira en taule...

Sa voix se perdit dans un murmure.

— Et vous ne voulez pas qu'ils l'inculpent.

— Bien sûr que non. Bah, ils ne le feront pas... Il se pavane comme un paon. Il s'est débarrassé de Coombs. Maintenant il a le champ libre avec Beth. Grand bien lui fasse.

Avec un soupir, elle se roula en boule contre le siège ; bientôt elle sombra dans un sommeil agité.

Quand il arrêta la voiture devant son immeuble, elle dormait encore. Elle ne bougea pas lorsqu'il coupa le contact et ouvrit la portière. Elle ne battit des paupières et n'ouvrit les yeux qu'au moment où il commença à la soulever.

— Qu'est-ce que vous faites ? demanda-t-elle d'un ton circonspect. Vous allez me porter à l'intérieur ?

— Vous y voyez une objection ?

— Je suppose que non.

Elle bâilla.

— Mais soyez prudent... ne vous tuez pas.

Elle pesait, se dit-il, à peu près autant que quatre cartons de disques, sans doute pas beaucoup plus de quarante kilos. Sans difficulté il poussa la porte de l'immeuble et la porta jusqu'à son étage. Çà et là, un rai de lumière luisait sous une porte, mais l'appartement de Mary Anne semblait plongé dans l'obscurité. Et il s'aperçut que la porte en était verrouillée.

— J'ai la clef, murmura-t-elle. Dans mon sac. Reposez-moi et je vais la prendre.

Il la reposa donc. Vacillant un peu, elle s'adossa à la porte, les yeux mi-clos. Puis elle sourit, ouvrit son sac à main et y chercha ses clefs à tâtons.

— Merci pour cette charmante soirée, dit-elle.

— Il n'y a vraiment pas de quoi.

— Nous sommes « sortis ensemble », n'est-ce pas ?

— Je suppose. Est-ce que vous vous êtes amusée ?

— J'aurais voulu...

Un nouveau bâillement laissa voir ses petites dents blanches et sa langue rose de chaton.

— J'aurais voulu pouvoir comprendre plus de choses. Reverrons-nous ce gros homme... Sid Hethel ? Est-ce qu'il viendra ici ?

— Peut-être. Je l'espère.

Il posa ses mains sur les épaules de la jeune fille – ses doigts touchaient son cou –, se pencha et l'embrassa tout près de la bouche. Elle poussa un petit cri étouffé de surprise. Elle fit un geste de défense, comme si elle avait voulu le griffer. Quelle qu'eût été son intention, elle se ravisa. Elle resta là un instant, somnolente, appuyée contre lui, se cramponnant à lui dans son demi-sommeil. Puis, d'un seul coup, elle fut pleinement éveillée. Elle avait apparemment pris une décision. Son corps se raidit et elle s'écarta de lui.

— Non, dit-elle en lui glissant entre les mains et en se fondant comme un spectre dans la pénombre du couloir.

— Non quoi ? fit-il, perplexe.

— On ne peut pas entrer. Elle est là.

Mary Anne le prit par la main et l'entraîna le long du couloir, loin de la porte fermée de son appartement.

15

Sans lâcher sa main, elle descendit précipitamment l'escalier de l'immeuble et sortit dans la rue obscure. Schilling voulut se diriger vers sa voiture garée le long du trottoir, mais elle le tira dans l'autre direction.

— Pas la voiture, souffla-t-elle en s'éloignant de l'indistincte et noire masse métallique. Ce n'est pas loin, on va marcher.

— Où allons-nous ?

Il ne comprit pas bien sa réponse. Il l'entendait respirer avec effort dans le silence de la nuit. Au carrefour elle le fit traverser et tourner le coin de la rue. Devant eux luisaient les lumières du quartier commerçant : magasins, bars et stations-service.

C'était vers le magasin de disques, vers son propre magasin, qu'elle l'entraînait aussi vite qu'elle pouvait dans l'obscurité. Il comprit alors que ce qu'elle avait répondu, c'était le mot *réserve*. C'était là qu'ils se rendaient – dans ce sous-sol aménagé. Déjà elle ouvrait d'une main son sac et en sortait sa clef du magasin.

— Laissez-moi vous emmener à la maison, protesta-t-il. Chez moi…

— S'il vous plaît, Joseph, je ne veux pas aller là-bas.

— Mais pourquoi le magasin ?

Elle ralentit un peu, le visage très pâle à la lueur d'un réverbère.

— J'ai peur, dit-elle, comme si cela expliquait tout.

Et pour lui c'était le cas. Elle était prise de panique, comme elle l'avait été ce premier jour. Mais cette fois il y était préparé, la surprise ne jouait plus.

— Écoutez, lui dit-il d'un ton raisonnable en la forçant à s'arrêter. Retournez chez vous. Je vais vous laisser... vous n'avez absolument rien à craindre.

Il desserra un à un ses doigts pour libérer sa propre main.

— Vous voyez ? C'est aussi simple que cela.

— Ne partez pas, répondit-elle aussitôt. Ne pouvons-nous pas entrer dans le magasin ? Je m'y sentirai mieux. Je voudrais aller en bas, là où on est en sécurité.

Elle continua son chemin d'un pas pressé ; la soie de ses vêtements miroita et froufrouta devant lui.

Il la suivit. Elle avait déjà traversé la rue quand il la rattrapa. Le magasin de disques était maintenant en vue ; les lumières de sa devanture brillaient dans le noir.

— Tenez, dit-elle. Ouvrez la porte.

Elle lui tendit vivement la clef ; il la prit, la tourna dans la serrure et poussa la porte.

Il faisait froid dans le magasin. Sauf aux abords de la vitrine, l'obscurité régnait dans la pièce. Une âcre odeur de fumée de cigarette refroidie émanait des cabines d'audition, mêlée de relents d'oignon et de transpiration : les clients se rappelaient à leur souvenir. À gauche se trouvait le comptoir chargé de disques. Comme Schilling s'avançait pour tourner l'interrupteur, il se cogna le genou contre un coin de table-présentoir. Il se baissa en grognant de douleur pour le frotter.

La lumière du couloir s'alluma au fond du magasin. Mary Anne disparut dans le bureau, puis en ressortit presque aussitôt, une veste en laine sur les épaules.

— Où êtes-vous ? demanda-t-elle.

— Ici.

Il trouva le commutateur du plafonnier et l'actionna. Grognant encore et boitant, il se dirigea vers la porte, baissa le store, et libéra le lourd verrou, qui sauta dans son logement.

— Oui, approuva-t-elle. Verrouillez la porte. J'ai oublié. Est-ce que je peux allumer le radiateur électrique dans le bureau ?

— Bien sûr.

Il s'assit sur le bord de la devanture pour soulager et frotter encore son genou. Mary Anne était déjà retournée dans le bureau ; il distingua bientôt la douce lueur bleutée de sa lampe fluorescente de bureau. Il l'entendit remuer des objets, sortir le radiateur du placard, baisser le store de la fenêtre.

— Vous l'avez trouvé ? demanda-t-il quand elle réapparut.

— Il est allumé. Il commence à chauffer.

Elle s'approcha et s'accroupit soudain près de lui – à demi agenouillée, à demi adossée à la surface verticale du comptoir.

— Joseph, pourquoi m'avez-vous embrassée ?

— Pourquoi ? Parce que je vous aime.

— Vraiment ? Je me demandais si c'était pour ça.

Elle s'assit sur la moquette et fixa sur lui un regard préoccupé.

— Vous êtes sûr que c'est ça ?

Puis elle fut à nouveau sur ses pieds.

— Allons dans le bureau, il fait plus chaud là-bas.

Schilling éteignit et la suivit.

Le petit radiateur électrique rougeoyait et créait un halo de chaleur autour de lui.

— Regardez-le, dit Mary Anne. Il ne chauffe que lui-même...

— Avez-vous peur de moi ? demanda-t-il.

— Non, répondit-elle en arpentant le bureau d'un air soucieux. Pourquoi aurais-je peur de vous ?

Là-bas, dans la rue déserte, une voiture passa très vite ; la lumière de ses phares balaya les tables, les présentoirs, les rayons chargés de disques derrière le comptoir. Puis l'obscurité reprit possession du magasin.

— Je descends au sous-sol, annonça Mary Anne en s'engageant déjà dans le couloir.

— Pour quoi faire ?

Elle ne répondit pas ; elle avait tourné l'interrupteur et descendait vite les marches.

— Revenez ici ! ordonna-t-il.

— Je vous prie de ne pas me crier après, répliqua-t-elle sèchement.

Mais elle s'était arrêtée sur les marches.

— Je ne supporte pas ça.

— Regardez-moi.

— Non.

— Bon sang, cessez de vous conduire en névropathe et regardez-moi.

— Je ne suis pas à vos ordres !

Mais sa tête se tourna lentement. Regard noir, lèvres serrées, elle lui fit face.

— Mary Anne, dit-il, qu'est-ce qu'il y a ?

Ses yeux se firent moins farouches et se voilèrent.

— J'ai peur qu'il ne m'arrive quelque chose.

Une petite main se leva. Frêle et tremblante, elle se tenait à la rampe.

— Oh zut ! fit-elle – et ses lèvres tremblèrent aussi. C'est une vieille histoire. Je suis désolée, Joseph.

— Pourquoi ? répéta-t-il. Pourquoi voulez-vous descendre au sous-sol ?

— Pour aller chercher la cafetière. Je ne l'ai pas dit ?

— Non, vous ne l'avez pas dit.

— Elle est encore en bas. Je l'ai lavée aujourd'hui. Elle sèche sur la table d'emballage, près du papier collant. Sur quelques bouts de carton.

— Vous voulez boire du café ?

— Oui, répondit-elle avec empressement. Ça me réchauffera peut-être.

— D'accord, dit-il. Allez la chercher.

Soulagée, elle lâcha la rampe et descendit vite le reste des marches. Schilling la suivit. Quand il atteignit le sous-sol, il la trouva assise sur le bord de la table d'emballage bancale, occupée à assembler les deux parties de la cafetière Silex. Quelques gouttes d'eau brillaient sur son poignet ; elle avait rempli le réservoir et celui-ci débordait.

Il songea un instant à lui descendre le pot de café Folger qui se trouvait sur une des étagères derrière elle, car elle levait déjà un bras et déplaçait les boîtes de ficelle et de scotch qui les encombraient. Il s'approcha d'elle – à moitié dans cette intention, à moitié dans une autre, plus diffuse, qui resta à l'arrière-plan de son esprit jusqu'au moment où il fut devant elle et où elle lui tendit la cafetière pour qu'il la prenne. Il la prit donc, mais la reposa aussitôt sur le bord de la table, et posa ses avant-bras sur les épaules de la jeune fille.

— Comme tu es menue, dit-il tout haut.

— Je vous l'ai dit.

Elle se recula un peu et fit porter tout son poids sur la table.

— Comment appelle-t-on ce sentiment qu'on a quand on veut s'enfuir ? La panique ? Oui, ça doit être ça. J'ai toujours cherché un endroit où je pourrais m'enfuir, où je pourrais me cacher… mais quand j'en trouvais un, personne ne voulait me laisser entrer, ou bien ce n'était pas là que je voulais être finalement. Ça ne marchait jamais. Il y avait toujours quelque chose qui clochait. Alors j'ai laissé tomber.

— Est-ce que tu es venue ici la nuit ?

— Deux ou trois fois.

— Tu restais simplement assise là ?

— Oui, et je pensais à des choses… C'était la première fois qu'un patron me confiait la clef de la boutique. Je passais quelques disques… j'essayais de me rappeler ce que vous m'en aviez dit, ce que j'étais censée écouter. Il y en avait un que j'aimais beaucoup. Je le mettais sur la platine et j'allais l'écouter dans le bureau, où il faisait plus chaud. Est-ce que vous m'en voulez ?

— Non, dit-il.

— Je n'arriverai jamais à piger tout ça, toutes ces choses que vous savez. Mais ce n'était pas pour ça que je venais, de toute façon. Je voulais seulement écouter et être toute seule derrière une porte verrouillée. Une nuit – la nuit dernière, je crois –, le flic du quartier est passé avec sa torche électrique et m'a aperçue. Il a fallu que j'aille ouvrir et que je lui dise qui j'étais.

— Il t'a crue ?

— Oui, il m'avait vue travailler dans la journée. Il m'a demandé si tout allait bien.

— Qu'est-ce que tu lui as répondu ?

— Que tout allait aussi bien que possible. Quoique pas tout à fait assez bien.

— Qu'est-ce que je peux faire ? demanda Schilling.

— Vous n'êtes pas tenu de faire quoi que ce soit.

— Je veux faire quelque chose.

— Eh bien, vous pourriez trouver le café.

— Ne puis-je faire plus que cela ?

Elle réfléchit, sa tête tout près de la sienne, une main posée sur sa joue, l'autre dans son giron. Il sentait son souffle sur son visage et voyait le léger mouvement de ses lèvres. Elle respirait par la bouche, comme un enfant. Elle était si près de lui que, même dans cette pauvre lumière, il distinguait clairement les minuscules mèches parfaitement formées qui poussaient dans son cou et se perdaient dans la masse sombre de ses cheveux. Le long de sa mâchoire, sous son oreille gauche, courait une cicatrice presque invisible, une fine ligne blanche qui disparaissait sous le léger duvet de sa joue.

— Qu'est-ce qui a fait ça ? demanda-t-il en touchant la cicatrice.

— Oh – elle leva la tête et lui sourit –, c'était quand j'avais onze ans... je me suis cognée à la porte vitrée d'un buffet et le verre s'est brisé.

Son regard se fit plus lointain et plus malicieux.

— Je n'ai pas eu mal, mais ça a beaucoup saigné, en grosses gouttes rouges tout le long de mon cou. J'avais un chat qui aimait se glisser dans ce buffet pour aller dormir dans le grand bol dont ma mère se servait pour faire sa pâte à gâteau. Ce jour-là, j'ai essayé de le faire sortir, mais il n'a pas voulu. Je l'ai tiré par une patte, et tout à coup il m'a griffée. J'ai reculé brusquement et j'ai cassé la vitre.

Elle était encore plongée dans le souvenir de sa mésaventure enfantine, lorsqu'il lui releva le menton et l'embrassa, cette fois directement sur ses lèvres sèches.

Elle n'avait pas une once de chair superflue sur le corps ; ses os étaient près de la surface, juste sous la peau : d'abord venait la soie de ses vêtements, puis tout de suite la dureté de ses côtes, de ses omoplates, de ses clavicules. De ses cheveux tout proches émanait une légère odeur de fumée de cigarette, tandis qu'un reste de parfum, depuis longtemps évaporé, s'attardait près de ses oreilles. Elle était fatiguée. C'était une lassitude presque palpable, faite de langueur, de passivité et de silence.

D'abord il la tint légèrement, parce qu'il pensait qu'elle voudrait peut-être s'éloigner de lui, et il était important qu'elle pût le faire. Mais il s'aperçut bientôt qu'elle s'endormait doucement, ou du moins qu'elle sombrait dans une sorte de molle stupeur. Ses yeux étaient encore ouverts, fixés sur les cartons de rubans de machine à calculer qui se trouvaient derrière lui, mais ils ne paraissaient rien voir. Elle était pourtant consciente de sa présence, consciente d'elle-même aussi, mais seulement d'une façon très vague. Son esprit était encore tourné vers l'intérieur, vers des pensées ou des souvenirs de pensées, des événements qu'elle avait vécus bien des années auparavant.

— Je me sens en sécurité ici, dit-elle enfin.

— Oui, acquiesça-t-il. Tu l'es.

— Grâce à vous ?

— Je l'espère. Grâce au magasin, aussi. Il nous fait vivre.

— Mais surtout grâce à vous. Je n'ai pas toujours éprouvé cela. Pas du tout même, au début. Vous vous rappelez ?

— Je t'ai effrayée.

— Vous m'avez fait une peur bleue. Et vous étiez si... sévère. Vous m'avez sermonnée. Vous me rappeliez... – elle chercha dans sa mémoire, et une lueur dansa dans ses yeux – ... cette image de Dieu au catéchisme quand j'étais petite. Sauf que vous n'avez pas de barbe.

— Je ne suis pas Dieu, dit-il.

Il était un homme ordinaire ; il n'était pas Dieu, ni même un saint, malgré l'image qu'elle avait vue au catéchisme. Une sourde colère monta en lui. Cet idéal qu'elle avait – étrange, généreux, totalement puéril... Et il y avait si peu de choses en réalité qu'il pouvait faire pour l'aider.

— Déçue ? ajouta-t-il.

— Non, je ne crois pas.

— Tu n'aimerais pas Dieu. Il envoie les gens en enfer. Dieu est un réactionnaire démodé.

Elle se redressa et lui fit une grimace. Il l'embrassa encore. Cette fois, elle réagit ; éloignant sa tête de la sienne, elle sourit et lui souffla une bouffée d'haleine tiède au visage. Puis son sourire s'effaça soudain. Elle baissa la tête, tremblante, le dos raide, les mains serrées l'une contre l'autre, et enfin releva le menton en gémissant, jusqu'à ce que Schilling eût sa gorge nue devant les yeux.

Il savait qu'elle avait peur maintenant, que la vieille image était revenue. Mais il ne bougea pas. Tout mouvement aurait été une erreur. Il gardait cela bien présent à l'esprit.

— Joseph, dit-elle. Je...

Ses paroles se perdirent dans un balbutiement indistinct. Elle secoua la tête en allongeant nerveusement le cou, comme si son corps était pris au piège.

— Comment ? fit-il en la rattrapant, car elle glissait de la table et s'agrippait à lui : ses ongles s'enfoncèrent dans ses manches ; elle luttait contre elle-même, en déglutissant à petits coups rapides, les yeux fermés.

Schilling vit ses propres mains tirer fébrilement sur les agrafes qui fermaient son corsage. Comme c'est étrange, pensa-t-il. C'était donc ça. Quel spectacle singulier et vaguement sinistre que celui de ces grandes mains rougeâtres dégrafant si laborieusement un corsage... La jeune fille ouvrit, puis baissa les yeux. Ensemble ils regardèrent les mains écarter les bords du corsage, glisser sur ses épaules et repousser ses vêtements jusqu'à ses coudes.

— Oh mon Dieu ! murmura la jeune fille.

Schilling, incapable de comprendre, s'écarta et s'assit à son tour en se frottant les mains.

Mary Anne inspira à fond et commença à rajuster son corsage. Une expression étonnée apparut sur son visage. Elle demanda en se tournant vers lui :

— Vous avez fait ça ? Vous avez bien fait ça, n'est-ce pas ?

— Oui, répondit-il.

Et puis il tendit les mains, la dépouilla complètement de son corsage et détacha les agrafes restantes. Elle ne protesta pas ; elle regarda avec curiosité les mains de l'homme descendre jusqu'au bouton-pression qui maintenait son pantalon de soie en place. Elle fit le geste de dégrafer à tâtons son soutien-gorge dans son dos, mais sans succès. Schilling la fit se tourner un peu, repoussa ses doigts et défit les crochets lui-même.

— Merci, murmura-t-elle.

Son soutien-gorge tomba et elle le reçut dans ses mains. Elle retira son pantalon en quelques mouvements rapides, puis – avec un frisson – son slip. Elle fit un paquet de ses vêtements et le poussa plus loin. L'espace d'un instant, sa fine silhouette légèrement lumineuse parut danser devant lui ; puis elle s'avança prestement – le corps très lisse, très vivant – et grimpa sur la table.

— Oui, lui dit-elle. Tout de suite. Vite, Joseph, pour l'amour du ciel...

Il était prêt. En remontant les hanches, elle put l'accueillir ; elle le guida elle-même avec ses doigts, poussa jusqu'à ce qu'elle ne pût aller plus loin, et, prenant appui sur ses poings derrière elle, raidit son corps. Elle était chaude à l'intérieur, plus chaude qu'aucune des femmes qu'il avait connues. Ses yeux étaient fermés et elle se concentrait sur le rythme de son propre corps. Sur son abdomen palpitait un réseau de muscles fins et énergiques ; cette activité se propageait jusqu'à ses seins et dilatait chaque mamelon. Il était entré si vite en elle qu'aucun d'eux n'avait dit un mot.

Et puis tout fut accompli. Quelque chose afflua très vite à la surface de son corps et s'en alla : elle se contracta, se durcit, puis se laissa retomber en arrière avec un soupir et se détendit. Elle retira ses mains de la table et posa d'un air satisfait ses paumes à plat sur son ventre.

Schilling attendit un peu, puis il se retira avec précaution. Mary Anne ne dit rien. Finalement, lorsqu'il eut rajusté ses vêtements et qu'il se fut éloigné, elle remua la tête, ouvrit les yeux, et se mit sur son séant.

Elle dit alors d'une petite voix timide :

— C'est la première fois que ça m'arrive. Je n'avais jamais rien senti s'éveiller en moi. C'était toujours quelque chose que je subissais. Rien que je faisais moi-même.

— C'est bien ainsi, lui assura-t-il.

Elle retrouva ses vêtements et commença à se rhabiller. Il ne put s'empêcher de regarder sa montre. Dix minutes seulement s'étaient écoulées depuis qu'ils étaient descendus au sous-sol. Cela semblait impossible, et pourtant... S'ils étaient remontés directement avec la cafetière, le café aurait tout juste commencé à être assez chaud.

Lorsque la jeune fille eut fini de se rhabiller, il lui demanda :

— Comment te sens-tu, Mary Anne ?

Elle s'étira, se secoua comme un animal, puis trotta vers l'escalier.

— Je me sens très bien, mais j'ai faim. Est-ce qu'on pourrait aller manger quelque chose ?

Il rit.

— Tout de suite ?

Elle s'immobilisa sur les marches et tourna la tête.

— Et alors ? Où est le problème ?

— Nulle part.

Il monta l'escalier à son tour et s'arrêta tout contre elle. Elle ne parut pas y trouver à redire et ne protesta pas quand il lui entoura la taille de son bras. Elle s'appuya contre lui en soupirant et ronronnant d'aise. Il posa sa main sur son sein droit, et non seulement elle ne parut pas s'en formaliser non plus, mais elle pressa fort sa propre main sur la sienne, si fort qu'il sentit les ondulations de ses côtes sous sa peau.

— Où veux-tu aller ? demanda-t-il en la relâchant.

— N'importe où. Là où on peut avoir des petits pains chauds et du jambon et du café. C'est ce que je veux. Et en grandes quantités !

Elle grimpa vite le reste des marches d'un air excité.

— D'accord ? fit-elle vivement, profilée au-dessus de lui.

— D'accord, répondit-il gaiement en éteignant la lumière du sous-sol.

16

Le *Pacific Star* était un petit snack-bar en bois, à la limite du quartier commerçant pauvre. Mary Anne poussa la porte grillagée et entra. Un chauffeur de taxi et deux ouvriers en blouson de cuir noir, assis au comptoir, buvaient du café en lisant la page des sports du *Chronicle* de San Francisco. À une des tables était assis un couple de Noirs à l'air très digne.

— Est-ce que je peux commander tout ce que je veux ?

Les yeux brillants, elle s'installa à une table du fond.

— Bien sûr, dit Schilling en prenant la carte.

— Je veux toujours la même chose. Est-ce que je pourrai en avoir ?

— S'ils n'en ont pas, on ira ailleurs.

L'homme derrière le comptoir, un Grec entre deux âges, qui portait un tablier blanc tout taché, s'approcha d'eux et prit leur commande.

— Est-ce que ce sera long ? demanda Mary Anne à Schilling tandis que le Grec allait prendre du jambon dans le réfrigérateur. Ce ne sera pas long, hein ?

— Pas plus de deux ou trois minutes.

— Je meurs de faim.

Elle se mit à lire les titres sur le sélecteur du juke-box.

— Regardez – rien que du jazz moderne... Est-ce que je peux en passer un ? Cet air de Roy Brown, par exemple. Ça s'appelle *Good Rockin'Tonight*. Vous voulez bien ?

Il trouva de la petite monnaie et la poussa vers elle.

— Merci, dit-elle timidement, puis elle glissa une pièce dans la fente et choisit le titre qu'elle voulait ; bientôt un bruit de saxophone alto retentit très fort dans le snack.

— Je suppose que ça ne vaut pas grand-chose, dit Mary Anne lorsque le vacarme se tut enfin ; elle n'eut pas l'air de vouloir prendre une autre pièce et Schilling demanda :

— Tu n'en passes pas d'autres ?

— Ils ne sont pas bons.

— Ne dis pas ça. Ces hommes sont des artistes dans leur domaine. Je ne veux pas que tu renonces à ce qui te plaît en faveur de ce que j'aime, moi.

— Mais ce que vous aimez est meilleur.

— Pas forcément.

— Si ce n'est pas meilleur, alors pourquoi vous l'aimez ?

Elle s'empara vivement d'une serviette en papier.

— Voilà ce qu'on a commandé. Je vais demander à Harry de s'asseoir et de manger avec nous.

Elle expliqua :

— Harry, c'est celui qui nous sert.

— Comment sais-tu qu'il s'appelle Harry ?

— Comme ça. Tous les Grecs s'appellent Harry...

Quand l'homme fut près de la table et qu'il s'apprêta à y poser les assiettes, Mary Anne lui dit :

— Harry, asseyez-vous s'il vous plaît. Nous aimerions que vous vous joigniez à nous.

Le Grec sourit.

— Désolé, mademoiselle.

— Allons ! Prenez ce que vous voulez, c'est nous qui payons.

— Je suis au régime, répondit le Grec en essuyant la table avec son torchon mouillé. Je ne prends rien d'autre que du jus d'orange en ce moment.

— Je ne crois pas que ce soit un vrai Grec, dit Mary Anne quand l'homme se fut éloigné. Je parie qu'il ne s'appelle même pas Harry.

— Probablement pas, dit Schilling en commençant à manger.

La nourriture était bonne et il mangea beaucoup. Bientôt la jeune fille en face de lui vida sa tasse de café, repoussa son assiette et dit :

— J'ai fini.

Elle avait en effet déjà fini, après avoir tout dévoré. Elle alluma une cigarette et regarda Schilling en souriant, accoudée à la table humide et jaune.

— Tu as encore faim ? demanda-t-il. Tu veux autre chose ?

— Non, ça va.

Son regard se fit songeur.

— Ça doit être assez chouette de tenir un petit snack comme celui-ci. On peut manger tout ce qu'on veut à toute heure du jour. On peut habiter derrière... Vous croyez qu'il habite derrière ? Vous croyez qu'il a une grande famille ?

— Tous les Grecs ont une grande famille.

Les doigts de la jeune fille tambourinaient nerveusement sur la table.

— On pourrait aller faire un tour, non ? Mais vous n'aimez peut-être pas marcher.

— Je marchais tout le temps avant d'avoir ma voiture. Et ça ne m'a jamais fait aucun mal, que je sache.

Il finit son assiette, s'essuya la bouche avec sa serviette et se leva.

— Alors, allons faire notre petit tour.

Il paya Harry, qui rêvassait à la caisse, et ils sortirent dans la rue noire. Les passants se faisaient rares, et la plupart des commerces avaient éteint leurs lumières pour la nuit. Les mains dans les poches, son sac sous le bras, Mary Anne marchait d'un pas décidé. Schilling la suivait pour la laisser choisir sa propre direction. Mais elle n'avait aucun itinéraire précis en tête. Au carrefour, elle s'arrêta.

— On pourrait aller n'importe où, déclara-t-elle.

— En effet.

— Jusqu'où croyez-vous qu'on pourrait marcher ? Est-ce qu'on marcherait encore au lever du soleil ?

— Ça, répondit Schilling, c'est peu probable.

Il était onze heures et quart.

— Il faudrait qu'on marche pendant sept heures.

— Où est-ce qu'on serait alors ?

Il fit un rapide calcul.

— On pourrait atteindre Los Gatos, à condition de rester sur la route nationale.

— Est-ce que vous y êtes déjà allé ?

— Une fois. C'était en 1949, quand je travaillais encore pour Allison & Hirsch. J'ai eu un congé, et nous sommes allés à Santa Cruz.

— Qui ça, « nous » ? demanda Mary Anne.

— Max et moi.

— Vous étiez très intimes, vous et Beth ? reprit-elle en traversant lentement la rue.

— On a été très intimes à un moment donné.

— Aussi intimes que vous et moi ?

— Pas aussi intimes que toi et moi.

Il voulait être honnête avec elle, alors il ajouta :

— On a passé une nuit ensemble dans une cabane en amont du Potomac – une ancienne cahute d'éclusier sur le vieux canal. Le lendemain matin, je l'ai ramenée en ville.

— C'est ce jour-là que Danny Coombs a essayé de vous tuer ?

— Oui, avoua-t-il.

— Vous ne m'aviez pas dit la vérité.

Il n'y avait pas de rancœur dans sa voix.

— Vous m'avez raconté que vous n'étiez pas allé avec elle.

— Beth... n'était pas encore sa femme.

Cette fois, il ne pouvait lui dire la vérité, parce qu'elle n'aurait sans doute pas compris : c'était une situation qui devait être vécue pour être comprise.

— Est-ce que vous l'aimiez ?

— Non, absolument pas. C'était une erreur de ma part. Je l'ai toujours regrettée.

— Mais vous m'aimez.

— Oui, dit-il, et il le pensait vraiment.

Satisfaite, la jeune fille continua à marcher. Mais au bout d'un moment son air préoccupé reparut.

— Joseph, dit-elle, pourquoi êtes-vous allé avec elle si vous ne l'aimiez pas ? Est-ce que c'est bien, cela ?

— Non. Je suppose que non. Mais dans son cas c'était quelque chose d'habituel... Je n'ai pas été le premier, ni le dernier.

Ainsi il lui fallait tout de même expliquer.

— Elle était... eh bien, disponible. Les actes physiques de cette sorte se produisent parfois. Des tensions montent... il faut bien qu'elles trouvent un exutoire quelconque. Aucun élément personnel n'entre en jeu.

— Avez-vous jamais aimé quelqu'un avant moi ?

— J'ai beaucoup aimé une femme qui s'appelait Irma Fleming.

Il resta silencieux un moment. Il y avait des années qu'il n'avait pas revu sa femme. Irma et lui s'étaient légalement séparés en – Seigneur ! – 1936. L'année où Alf Landon avait été candidat à la présidence.

— Mais, ajouta-t-il, c'était il y a bien longtemps.

Oui, pas de doute, bien longtemps...

— Combien de temps ? demanda Mary Anne.

— Je préférerais ne pas le dire.

Il y avait un tas de choses du même ordre dont il préférait ne pas avoir à parler.

— Si je vous le demandais, est-ce que vous me diriez votre âge ?

— J'ai cinquante-huit ans, Mary.

— Ah !

Elle hocha la tête.

— C'est à peu près ce que je pensais.

Ils avaient atteint la laverie auto au bord de la grand-route. En la voyant, Schilling se rappela cette première heure qu'il avait passée à Pacific Park : le Noir nommé Bill qui s'était révélé être le patron, et son assistant qui était allé chercher un Coca-Cola quelque part. Et la lycéenne aux cheveux noirs.

— Es-tu allée dans cette école ? demanda-t-il.

— Bien sûr. C'est la seule du coin.

— Quand l'as-tu quittée ?

Il l'imaginait facilement en lycéenne – en chandail et jupe, portant quelques livres de classe, allant d'un pas nonchalant, comme l'avait fait la petite aux cheveux noirs, du lycée au restoroute *Foster's Freeze* à trois heures de l'après-midi, par une chaude journée d'été.

Leurs frais petits seins, pensa-t-il presque tristement, pareils à des gâteaux de levure... Leur corps légèrement duveteux qui croît et bourgeonne, et d'où émane une odeur de printemps...

— Il y a deux ou trois ans, répondit Mary Anne. Je détestais l'école. Tous ces mômes stupides...

— Tu étais une môme aussi.

— Mais je n'étais pas stupide ! répliqua-t-elle, et il la crut volontiers.

Il y avait, au-delà de la laverie fermée, un peu en retrait de la route, un petit magasin d'objets en céramique. Quelques lumières étaient encore allumées ; une femme vêtue d'une longue blouse rentrait des récipients à l'intérieur.

— Achetez-moi quelque chose, dit tout à coup Mary Anne. Achetez-moi une tasse ou un pot à fleurs – quelque chose que je puisse conserver.

Schilling s'approcha de la femme.

— Est-ce que c'est trop tard ? demanda-t-il.

— Non, répondit-elle sans s'arrêter. Vous pouvez avoir tout ce que vous voyez. Mais excusez-moi si je continue à rentrer ma marchandise.

Ensemble ils s'avancèrent parmi les bols, les vases, les assiettes, les cruches et autres pots à fleurs muraux.

— Est-ce que tu vois quelque chose qui te fasse envie ? demanda-t-il.

C'étaient pour la plupart des échantillons de l'habituelle production tape-à-l'œil destinée aux automobilistes.

— Choisissez, vous, dit Mary Anne d'une voix pressante.

Il trouva un petit plat émaillé très simple, moucheté de bleu clair. Il paya la femme et le porta à Mary Anne, qui attendait près de la route.

— Merci, dit-elle timidement en prenant le plat. Il est joli.

— En tout cas, il n'est pas criard.

Mary Anne, son plat à la main, se remit à marcher. Bientôt les commerces furent derrière eux et ils se rapprochèrent d'un sombre carré d'arbres à la sortie de la ville.

— Qu'est-ce que c'est ? demanda Schilling.

— Un parc. Les gens viennent pique-niquer ici.

Une chaîne barrait l'entrée, mais Mary Anne l'enjamba et se dirigea vers la première table.

— Personne n'est censé entrer ici la nuit, mais ils ne se donnent jamais la peine de contrôler. On venait tout le temps ici... les mômes du lycée. On venait le soir en voiture. On la laissait à l'entrée et on continuait à pied.

Un peu plus loin s'échelonnaient un barbecue en pierre, une boîte à ordures et une petite fontaine d'eau potable. Un ténébreux chaos d'arbres et de buissons entourait l'aire de pique-nique.

Mary Anne s'assit sur le banc, le dos à la table, et attendit que Schilling la rejoigne. Le terrain était en pente et il fut quelque peu essoufflé quand il arriva à sa hauteur.

— C'est un endroit agréable, dit-il en s'asseyant à côté d'elle sur le banc. Mais le canard est dans l'autre parc.

— Oh oui, ce gros canard... Il y est depuis des années. Mais je me souviens de l'avoir vu tout petit.

— Est-ce que tu l'aimes ?

— Bien sûr, mais il a essayé de me mordre une fois. De toute façon, ce parc est pour les retraités.

Elle regarda autour d'elle.

— On venait s'asseoir ici l'été, quand il faisait beau et chaud. On buvait de la bière en écoutant un Zenith portable qu'on trimballait partout. Je ne me rappelle pas à qui il était. Un jour, il est tombé de la voiture et il s'est cassé.

Elle fixa des yeux le plat qu'elle tenait dans ses mains.

— On ne peut pas savoir de quelle couleur il est, dans le noir.

— Il est bleu, dit Schilling.

— Est-ce qu'il est peint ?

— Non, expliqua-t-il, c'est un émail obtenu par cuisson. On l'applique avec un pinceau et le tout est placé dans un four.

— Vous savez presque tout...

— Eh bien, j'ai vu travailler des potiers, si c'est ce que tu veux dire.

— Est-ce que vous avez voyagé dans le monde entier ?

Il rit à cette idée.

— Non, seulement en Europe. Angleterre, France, une douzaine de mois en Allemagne... Même pas toute l'Europe.

— Vous parlez allemand ?

— Assez bien.

— Français ?

— Pas si bien.

— J'ai appris l'espagnol au lycée pendant deux ans, dit Mary Anne. Je ne me souviens plus de rien.

— Ça reviendrait si tu en avais besoin.

— J'aimerais voyager. J'aimerais visiter l'Amérique du Sud et l'Europe et l'Asie. C'est comment au Japon, à votre avis ? Ma colocataire a un frère qui était là-bas après la guerre. Il lui a envoyé plein de cendriers et de boîtes truquées et aussi de jolis rideaux en soie et un coupe-papier en argent.

— Le Japon me paraît une bonne destination, dit Schilling.

— Allons-y, alors.

— D'accord, nous irons là-bas en premier.

Mary Anne resta un moment silencieuse.

— Est-ce que vous vous rendez compte, dit-elle enfin, que si je laissais tomber ce plat, il se briserait en mille morceaux ?

— C'est fort probable.

— Qu'est-ce qui se passerait alors ?

— Alors, dit-il, j'irais t'en acheter un autre.

Brusquement Mary Anne sauta sur ses pieds.

— Est-ce qu'on sera renversés et tués si on marche le long de la route nationale ?

— C'est possible.

— Ça ne fait rien, c'est ce que je veux faire.

Il était minuit moins le quart. Ils marchèrent pendant deux heures. Aucun d'eux ne dit grand-chose : ils concentraient leur attention sur les voitures qui passaient parfois près d'eux à vive allure ; alors ils descendaient sur l'herbe du bas-côté, puis revenaient sur le macadam une fois que la dernière voiture était passée.

Peu avant deux heures du matin, ils virent devant eux un îlot de lumière près de la route. Ils s'aperçurent en s'en approchant qu'il s'agissait d'une station-service Shell, d'un kiosque à fruits fermé et d'un café. Deux automobiles attendaient devant le café. Des lettres de néon – GOLDEN GLOW – brillaient dans la vitrine, et des bruits assourdis de voix et de rires s'élevaient dans la nuit.

Mary Anne traversa le petit parking et s'écroula sur les marches du café.

— Je ne peux pas aller plus loin.

— Non, dit Schilling en s'arrêtant près d'elle. Moi non plus.

Il entra et téléphona à la compagnie de taxis. Un quart d'heure plus tard, un taxi s'engagea sur le parking et s'immobilisa devant eux. Le chauffeur ouvrit la portière et dit : « En voiture ! »

Dans le taxi qui les ramenait à Pacific Park, Mary Anne, affalée sur la banquette, regarda défiler le sombre accotement.

— Je suis fatiguée, murmura-t-elle enfin.

— Rien d'étonnant à cela, dit Schilling.

— Je n'avais pas les chaussures qu'il fallait.

Elle avait relevé ses pieds sous elle.

— Comment vous sentez-vous ?

— Très bien, dit-il, ce qui était vrai. Je ne crois même pas que je serai courbaturé demain, ajouta-t-il, ce qui était probablement moins vrai.

— On pourra peut-être refaire de la marche un de ces jours, dit Mary Anne. Quand on aura les chaussures qu'il faut et tout le reste. Il y a un chouette endroit vers les collines... c'est assez haut et on peut voir à des kilomètres à la ronde.

— Ça m'a l'air formidable.

Il le pensait vraiment, si fatigué qu'il fût.

— Si tu veux, on pourra faire une partie du chemin en voiture et continuer à pied.

— Et voilà, m'sieur-dame ! fit gaiement le chauffeur en arrêtant son véhicule devant l'immeuble de Mary Anne. Vous voulez qu'j'attende ? ajouta-t-il en ouvrant la portière.

— Oui, attendez, lui dit Schilling.

Il monta les quelques marches de l'entrée avec la jeune fille. Il tint la porte ouverte et elle se faufila à l'intérieur, sous l'arche de son bras.

Une fois dans le hall elle s'arrêta. Elle serrait toujours son plat bleu dans ses mains.

— Joseph, dit-elle, bonne nuit.

— Bonne nuit.

Il se pencha et l'embrassa sur la joue ; elle le regarda en souriant, d'un air d'expectative.

— Fais bien attention à toi.

Ce fut tout ce qu'il trouva à dire.

— Promis, répondit-elle avant de tourner les talons et de monter en hâte l'escalier.

Schilling ressortit de l'immeuble ; le taxi l'attendait, feux de stationnement allumés. Il avait déjà descendu les marches de béton et saisi la portière, quand il se rappela tout à coup que sa propre voiture était garée juste un peu plus loin. En effet, la Dodge était là, noire et humide. Elle lui était complètement sortie de l'esprit.

— Je vais marcher, dit-il au chauffeur. Combien je vous dois ?

Le chauffeur abaissa d'un coup sec le bras du compteur et arracha le reçu.

— Neuf dollars et quatre-vingt-cinq cents, répondit-il d'un air modérément satisfait.

Schilling le paya, se dirigea d'un pas raide vers sa voiture et y monta. Le cuir des sièges était froid et déplaisant au toucher. Et le moteur toussota et crachota quand il le mit en marche. Il le laissa chauffer quelques minutes avant de desserrer le frein à main et de s'engager dans la rue silencieuse et déserte.

17

On était donc dimanche. Elle lui téléphona à dix heures du matin.

— Vous êtes levé ? demanda-t-elle.

— Oui, dit Schilling, qui s'était déjà rasé et s'habillait. Je me suis levé à neuf heures.

— Qu'est-ce que vous faites ?

Il répondit la vérité :

— Je m'apprêtais à aller prendre mon petit déjeuner.

— Vous voulez venir chez moi ? Je vous préparerai un petit déjeuner.

Elle ajouta plus bas :

— Vous pourriez peut-être prendre le journal du dimanche ?

— Entendu.

Il n'osa pas demander si l'autre fille était là. Au lieu de cela il dit :

— Est-ce que je peux te prendre autre chose ? Comment te sens-tu aujourd'hui ?

— Très bien, répondit-elle d'un ton indolent et satisfait. C'est une belle journée qui s'annonce.

Il n'avait pas encore regardé dehors.

— À tout de suite, dit-il.

Puis il raccrocha et alla chercher son manteau.

Quand il arriva, la porte de l'appartement était ouverte. Une chaude et appétissante odeur d'œufs et de bacon frits s'en échappait, ainsi que les accents de l'Orchestre philharmonique de New York. Mary Anne vint à sa rencontre dans la salle de séjour. Elle portait un pantalon marron et un corsage blanc dont les manches étaient retroussées jusqu'aux coudes. Le visage luisant de sueur, elle le salua et retourna vite dans la cuisine.

— Vous êtes venu en voiture ?

— Oui, répondit-il en posant le *Chronicle* du dimanche sur le canapé ; il ôta son manteau et alla fermer la porte d'entrée ; l'autre fille n'était apparemment pas là.

— La pécore – ma colocataire – est sortie, expliqua Mary Anne lorsqu'elle remarqua ses regards en coin. Elle est à l'église, ensuite elle déjeunera avec des amies, et puis elle ira au cinéma. Elle ne reviendra pas avant la fin de l'après-midi.

— Tu ne l'aimes pas beaucoup, dit-il en allumant une cigarette ; il avait décidé d'arrêter de fumer des cigares.

— C'est une chiffe molle. Vous venez dans la cuisine ? Vous pourriez peut-être mettre le couvert.

Quand ils eurent fini leur petit déjeuner, ils écoutèrent ensemble les dernières minutes du concert. L'appartement sentait encore le café chaud et le bacon. Dehors, dans l'allée, un voisin en salopette et chemise de sport lavait sa voiture.

— On est bien, dit Mary Anne, parfaitement détendue.

Schilling sentit l'étendue de leur complicité en cette minute. Presque rien n'avait été dit, et pourtant c'était là. C'était là, et tous deux en étaient conscients.

— Qu'est-ce que c'est ? demanda-t-elle. Cette musique.

— Un concerto pour piano de Chopin.

— C'est bien, non ?

— Il n'est pas très bon.

— Oh.

Elle hocha la tête.

— Vous me direz ceux qui ne sont pas très bons ?

— Volontiers. La moitié du plaisir est là. Tout le monde peut aimer la musique. C'est de ne *pas* tout aimer qui exige du temps et de la pratique.

— J'ai quelques disques, dit-elle. Mais ce sont tous des airs de pop et de jazz. Cal Tjader et Oscar Peterson. Ma colocataire n'écoute que du mambo.

— Tu serais débarrassée d'elle (il n'avait rien de particulier en tête, il était seulement conscient du calme de l'appartement) si tu te trouvais une chambre ou quelque chose.

— Je ne peux pas me le permettre.

À la radio, le concert avait pris fin. Maintenant le public applaudissait et le présentateur annonçait le programme du dimanche suivant.

— Qui est Bruno Walter ? demanda Mary Anne.

— Un des plus grands chefs d'orchestre contemporains. Il a quitté l'Autriche en 38... environ trois semaines avant d'enregistrer la *Neuvième* de Mahler.

— La neuvième quoi ?

— Symphonie.

— Ah ! fit-elle en hochant encore la tête. J'ai déjà entendu ce nom-là. Quelqu'un m'a demandé ce qu'on avait de lui.

— Nous avons plein de choses. Un de ces jours je te passerai *Le Chant de la Terre* de Mahler, qu'il a enregistré avec Kathleen Ferrier.

Mary Anne se leva brusquement de table.

— Passez-le-moi maintenant.

— Maintenant ? Tout de suite ?

— Pourquoi pas ? Est-ce qu'on ne l'a pas en magasin ?

Elle bondit vers la radio et l'éteignit.

— Faisons quelque chose.

— Tu veux faire un tour quelque part ?

— Plus de marche à pied – je veux flemmarder et écouter de la musique.

Les yeux brillants, elle courut prendre sa veste rouge.

— C'est possible, hein ? Pas ici – la pécore peut revenir. Où sont tous vos disques, votre collection ? Chez vous ?

— Chez moi, dit-il en se levant de table à son tour.

Elle n'avait encore jamais vu son appartement. Impressionnée, elle regardait les tapis et les meubles.

— Wao ! fit-elle à voix basse en entrant devant lui. C'est super... Est-ce que ce sont de vrais tableaux ?

— Ce sont des reproductions, dit-il. Pas des originaux, si c'est ce que tu veux dire.

— Je crois que c'est ce que je voulais dire.

Elle ôta sa veste ; il l'aida à la retirer et alla la suspendre dans le placard. Elle déambula dans la pièce et s'arrêta devant le grand bureau en chêne de Schilling.

— Est-ce que c'est là que vous vous asseyez quand vous préparez vos émissions de radio ?

— Ici même. Voilà ma machine à écrire et mes livres de référence.

Elle examina la machine à écrire.

— C'est une machine étrangère, non ?

— Oui, allemande. Je l'ai achetée à l'époque où je travaillais chez Schirmer. Je les représentais en Allemagne.

Intimidée, elle fit courir ses doigts sur les touches.

— Est-ce qu'elle fait aussi ce drôle de signe ?

— Le tréma ?

Il tapa un tréma pour elle.

— Tu vois ?

Il brancha son gros électrophone Magnavox, le régla sur 78 tours, puis, tandis qu'il chauffait, entra dans la cuisine et regarda ce qu'il avait comme vin. Sans la consulter, il choisit une bouteille de xérès Mackenzie's Fino Perla, trouva deux petits verres à vin, et retourna dans la salle de séjour. Un moment plus tard, affalés chacun de leur côté, ils écoutaient Heinrich Schlusnus chanter *Der Nussbaum*.

— J'ai déjà entendu ça, dit Mary Anne quand ce fut fini. C'est chouette.

Elle était assise sur le tapis, adossée au canapé, son verre à côté d'elle. La tête encore pleine de musique, Schilling l'entendit à peine ; il changea le disque et revint à son fauteuil. Elle écouta attentivement jusqu'à ce que, la première face étant jouée, il allât retourner le disque.

— Qu'est-ce que c'était ? demanda-t-elle.

— Aksel Schiøtz.

Il ajouta le titre de l'œuvre.

— Vous vous intéressez plus au chanteur. Qui est-ce ? Est-ce qu'il vit toujours ?

— Schiøtz vit toujours, dit Schilling, mais il ne chante plus beaucoup. Le registre de sa voix s'est très affaibli dans les aigus, il ne lui reste plus guère que les graves. Mais c'est encore une des voix les plus exceptionnelles de ce siècle. La plus belle de toutes, par certains côtés.

— Quel âge a-t-il ?

— Pas loin de soixante ans.

— Si seulement, dit Mary Anne avec force, je pouvais être débarrassée de ma foutue colocataire... Vous avez une idée ? Je pourrais peut-être trouver un logement plus petit, qui ne me coûterait pas trop cher...

Schilling leva le bras de lecture ; l'aiguille n'avait pas encore atteint les sillons.

— Eh bien, dit-il, la seule solution est de chercher. De lire les petites annonces dans le journal et d'aller voir comment les choses se présentent.

— Est-ce que vous m'aiderez ? Vous avez une voiture... et aussi de l'expérience.

— Quand veux-tu commencer à chercher ?

— Immédiatement. Dès que possible.

— Tu veux dire maintenant ? Aujourd'hui ?

— C'est possible ?

Légèrement amusé, il répondit :

— Finis ton vin d'abord.

Elle le but d'un trait, sans prendre la peine de le goûter. Puis elle reposa son verre sur le bras du canapé, se releva et attendit.

— C'est de voir votre appartement, lui dit-elle lorsqu'ils sortirent. Je ne peux pas continuer à vivre avec cette idiote – elle et ses pommes de l'Oregon et ses disques de mambo !

Au drugstore du coin, Schilling acheta le *Leader* du samedi ; ce journal ne paraissait pas le dimanche. Il conduisit la voiture à travers les rues de la ville tandis que Mary Anne, assise à côté de lui, lisait attentivement chaque petite annonce et chaque description.

Moins d'une demi-heure plus tard ils gravissaient l'escalier d'un grand immeuble moderne en béton situé à la périphérie de la ville, dans une nouvelle zone urbaine dotée de commerces et de lampadaires caractéristiques. Une fontaine colorée marquait l'entrée de la zone ; de petits arbres, des pruniers de Californie, avaient été plantés le long des parkings.

— Non, dit Mary Anne quand l'homme chargé des locations leur montra l'appartement nu et hygiénique.

— Réfrigérateur, cuisinière électrique, laverie et séchoir automatiques en bas, dit l'homme, froissé. Vue sur les collines. Tout est propre et neuf. Mademoiselle, cet immeuble n'a que trois ans d'âge.

— Non, répéta-t-elle en s'éloignant déjà. Ça n'a pas de...

Elle secoua la tête.

— C'est trop vide.

— Il te faut un endroit que tu puisses arranger à ta guise, lui dit Schilling quand ils se remirent en route. C'est ce que tu cherches – pas seulement un lieu où transporter tes affaires, comme si c'était une chambre d'hôtel.

Il était trois heures et demie de l'après-midi quand ils trouvèrent ce qu'elle voulait. Une belle maison dans le quartier résidentiel avait été divisée en deux appartements. Les murs étaient lambrissés de séquoia et la salle de séjour s'ouvrait sur une immense fenêtre panoramique. Une odeur de bois flottait dans les pièces fraîches et silencieuses. Mary Anne, lèvres entrouvertes, corps tendu, rôdait ici et là – explorant les penderies, se haussant sur la pointe des pieds pour glisser un œil dans les placards, touchant et reniflant...

— Eh bien ? fit Schilling qui observait son manège.

— C'est... c'est super.

— Est-ce que ça ira ?

— Oui, murmura-t-elle en le regardant sans le voir vraiment. Imaginez comme ça serait bien avec un lit genre Hollywood là-bas, et des tapis chinois par terre… Et vous pourriez me trouver quelques reproductions, comme celles que vous avez. Je pourrais fabriquer une bibliothèque avec des planches et des briques… J'ai vu ça une fois. J'ai toujours voulu avoir la même.

La propriétaire, une sexagénaire à cheveux gris, se tenait dans l'embrasure de la porte, un sourire aux lèvres.

Schilling s'approcha de Mary Anne et posa une main sur son épaule.

— Si tu le prends, il va falloir que tu lui verses une caution de cinquante dollars.

— Oh ! fit-elle, consternée. Oui, c'est juste…

— Est-ce que tu les as ?

— J'ai exactement un dollar et trente-six cents.

Le découragement l'envahit ; épaules tombantes, elle ajouta lugubrement :

— J'avais oublié ces histoires de caution.

— Je vais la payer pour toi, dit Schilling en sortant son portefeuille.

Il s'était attendu à cela. Il voulait le faire.

— Mais non… commença-t-elle en le suivant. Peut-être pourriez-vous la retenir sur mon salaire… C'est ce que vous voulez dire ?

— On verra ça plus tard, répondit-il en s'éloignant de Mary Anne pour aller payer la propriétaire.

— Quel âge a votre fille ? demanda celle-ci.

— Hein ? fit Schilling, ébranlé.

Elle était donc à nouveau là, la réalité sous la surface. Mary Anne, Dieu merci, n'avait pas entendu ; elle était passée dans l'autre pièce.

— Elle est très jolie, reprit la femme en écrivant le reçu. Est-elle étudiante ?

— Non, bredouilla Schilling. Elle travaille.

— Elle a vos cheveux. Mais ils sont moins roux que les vôtres, beaucoup plus bruns. Je mets ceci à votre nom ou au sien ?

— À son nom. C'est elle qui paiera le loyer.

Il prit le reçu et entraîna Mary Anne hors de la maison et dans la rue. Elle était déjà en train de tout combiner.

— On peut mettre mes affaires dans la voiture, dit-elle. Je n'ai rien de très gros.

Elle courut devant lui, pirouetta et revint en gambadant.

— J'ai l'impression de rêver ! s'exclama-t-elle. Pensez un peu à ce qu'on a fait !

— Avant de déballer tes affaires, dit Schilling d'un ton posé, bien qu'il ressentît la même excitation, il faudrait repeindre les plafonds, là où il n'y a pas de lambris. J'ai remarqué que le revêtement commençait à moisir.

— C'est vrai, dit Mary Anne en se glissant dans la voiture. Mais où est-ce qu'on peut trouver de la peinture un dimanche ?

Elle était prête à se mettre au travail sur-le-champ. Il n'en doutait pas une seconde.

— Il y a de la peinture dans le fond du magasin, dit-il en prenant la direction du quartier commerçant C'est ce qui restait après les travaux. Je la gardais pour des retouches éventuelles. Il y en aurait sans doute assez, si le choix limité ne te gêne pas. Ou si tu préfères attendre jusqu'à demain...

— Non, dit Mary Anne. Est-ce qu'on peut commencer aujourd'hui ? Je veux m'installer là-bas *sans tarder*.

Pendant que Mary Anne enveloppait sa vaisselle dans du papier journal, Joseph Schilling descendit les cartons pleins en bas de l'immeuble et les chargea à l'arrière de la Dodge. Il s'était changé et portait, au lieu de son costume, un pantalon de travail et un épais tricot gris. Ce tricot était un cadeau d'anniversaire ; il lui avait été offert par une fille de Baltimore bien des années auparavant. Le nom de cette fille s'était depuis longtemps effacé de sa mémoire.

Il avait vaguement conscience du fait qu'il aurait normalement dû se trouver dans son magasin pour y accueillir les habitués de sa réunion musicale du dimanche après-midi. Mais, se dit-il, au diable tout cela. Il n'aurait pu se concentrer sur les disques ou sur son travail ; et il lui était vraiment impossible de s'imaginer en train de se lancer dans un laïus sur les styles musicaux de la Renaissance.

Ils dînèrent ensemble dans l'appartement de Schilling. Mary Anne trouva un rôti dans le réfrigérateur et le prépara pour le mettre au four. Il était maintenant six heures du soir ; dehors la rue s'assombrissait. Debout près de la fenêtre, Schilling écoutait la jeune fille s'affairer dans la cuisine, ouvrir des tiroirs et des placards, en sortir des plats, des casseroles et des bols.

Oui, beaucoup de choses étaient arrivées et il avait fait bien du chemin depuis le dimanche précédent. Il se demanda où il en serait le dimanche suivant. Il avait maintenant une certaine vie à mener, il était devenu une certaine personne à être. Cette personne devait faire attention à ce qu'elle faisait ou disait ; et il devait prendre garde de ne pas cesser d'être cette personne. Le pourrait-il ? Tout pouvait arriver. Il se rappela la tirade qu'il avait infligée à Mary Anne au sujet de la responsabilité de celui qui ouvre à quelqu'un de nouveaux horizons... L'ironie de la chose le fit sourire et il se détourna de la fenêtre.

— Tu veux un coup de main ? demanda-t-il.

Sa petite silhouette très mince, à la poitrine très haute, se découpa dans l'encadrement de la porte de la cuisine.

— Vous pourriez passer les pommes de terre au presse-purée.

En la voyant aller et venir dans la cuisine, il fut impressionné.

— Tu as dû beaucoup aider ta mère.

— Ma mère est une sotte.

— Et ton père ?

— Lui...

Elle hésita.

— Petit nabot. Tout ce qu'il sait faire, c'est boire de la bière et regarder la télé. Je déteste la télé à cause de lui. Chaque fois que je la vois, je le vois aussi, avec son blouson de cuir noir. Et ses lunettes, ses lunettes à monture d'acier. Toujours là à m'épier en ricanant.

— Pourquoi ?

Elle parut incapable de répondre. Son visage était sombre et ses traits crispés formaient un réseau de minuscules rides soucieuses.

— Pour me taquiner, dit-elle enfin.

— À quel sujet ?

— Une fois, reprit-elle avec effort, je devais avoir quinze ou seize ans, j'allais encore au lycée... je suis rentrée tard à la maison, vers deux heures du matin. J'étais allée à un bal avec mon club, là-haut dans les collines. Je ne l'ai pas vu quand j'ai ouvert la porte. Il était dans la salle de séjour, endormi. Pas dans leur chambre. Il devait cuver sa bière. Il avait ses vêtements sur lui, même ses chaussures. Il était vautré sur le sofa, parmi les journaux et les boîtes de bière.

— Tu n'es pas obligée de me raconter, dit-il.

Elle hocha la tête.

— Je suis passée près de lui. Et il s'est réveillé. Il m'a vue. Je portais ma robe longue. Je pense qu'il n'avait pas les idées claires et qu'il ne s'est pas rendu compte que c'était moi. Quoi qu'il en soit...

Elle frissonna.

— Il... m'a saisie. C'est arrivé si vite que je n'ai pas compris tout de suite que c'était lui. Deux personnes étrangères l'une à l'autre...

Elle sourit tristement.

— Toujours est-il qu'il m'a attirée sur le sofa. En une seconde. Je n'ai même pas pu crier ou quoi que ce soit. J'ai vu des photos de lui quand il était jeune, dans les premiers temps de leur mariage. C'était un très bel homme. Il est allé plein de fois avec d'autres femmes. Ils en parlaient ouvertement. Ils s'engueulaient et se lançaient des reproches à la figure. C'était peut-être réciproque. Vous voyez ce que je veux dire ?

— Oui.

— Il a vraiment été très rapide. Et il est encore très fort ; il travaille dans une usine de tuyaux, il manipule des gros tuyaux toute la journée. Surtout ses bras. Je ne pouvais rien faire. Il a relevé ma robe sur ma figure en me tenant les mains. Vous voulez que je vous raconte ?

— Si tu veux, dit-il.

— C'est à peu près tout. Il ne l'a pas... vraiment fait. Ma mère avait dû entendre quelque chose. Elle est entrée et elle a allumé. Il n'avait pas eu le temps. Et puis il a vu que c'était moi. Je suppose qu'il ne savait pas. Je pense à ça quelquefois. Mais... en ce qui le concerne, ce n'est qu'une bonne blague. Il trouve ça drôle. Il me taquine. Il s'approche de moi en douce pour m'attraper, ça l'amuse et ça l'excite. Comme un jeu ou je ne sais quoi.

— Et ta mère ? Ça lui est égal ?

— Non, mais elle ne l'arrête jamais. Je suppose qu'elle ne peut pas.

— Bon Dieu ! fit Schilling, profondément troublé.

Mary Anne tira du placard le petit escabeau et descendit les tasses et les assiettes.

— Ils sont tous ici dans cette ville : ma famille, mes amis. David Gordon...

— Qui est David Gordon ?

— Mon fiancé. Il travaille à la station-service Richfield, il conduit un camion de dépannage. Son idée d'aller quelque part, c'est d'emprunter le camion pour le week-end.

— C'est vrai, tu as mentionné son nom, dit Schilling, mal à l'aise.

— Allez vous asseoir, dit Mary Anne en s'emparant d'un dessous-de-plat et en s'accroupissant pour regarder dans le four. Le dîner est prêt.

18

À huit heures, après qu'ils eurent mangé, Schilling conduisit la jeune fille au magasin. Ensemble ils chargèrent les pots de peinture dans le coffre de la Dodge ; tous deux se sentaient intimidés et un peu effrayés par cette sorte d'aventure qui leur arrivait.

— Tu es bien silencieuse, lui dit-il.

— J'ai peur.

— Où habite ton ami Paul Nitz ?

L'idée lui semblait bonne.

— Allons le prendre.

Nitz, avec son amabilité coutumière, fut heureux d'abandonner ce qu'il était en train de faire pour les accompagner.

— Mais il faudra que j'aille au *Roitelet* avant minuit, les prévint-il. Eaton dit que je dois me montrer de temps en temps.

— On ne va pas travailler beaucoup plus tard que cela, dit Schilling. Demain, c'est lundi.

Ils gravirent tous les trois l'escalier avec les affaires de Mary Anne et les empilèrent dans la cuisine, elle aussi lambrissée de séquoia. Bientôt ils furent occupés à touiller la peinture dans les pots et à assouplir les pinceaux. Une cigarette non allumée aux lèvres, Paul Nitz versa de la peinture à base de caoutchouc dans une petite cuvette et se mit à la remuer vigoureusement avec un portemanteau cassé.

Juchés sur des chaises, chacun dans une pièce de l'appartement où s'engouffrait l'air froid de la nuit – toutes les portes et les fenêtres étaient grandes ouvertes pour assurer l'aération –, ils s'attaquèrent aux plafonds. Ils parlaient très peu en travaillant. Parfois une voiture passait dans la rue, précédée du faisceau de ses phares. Les occupants de l'appartement du dessous étaient absents ; on n'entendait aucun bruit, on ne voyait aucune lumière.

— Je n'ai plus de peinture, dit Schilling à un moment donné.

— Venez en chercher, répondit Mary Anne de la salle de séjour. Il en reste plein dans le seau.

Schilling s'essuya les bras et les poignets avec un chiffon, descendit de sa chaise et se dirigea vers la pièce d'où venait la voix. Elle était là, sur la pointe des pieds, les deux bras levés au-dessus de sa tête. Elle avait noué un foulard sur ses courts cheveux châtains. Des gouttes de peinture jaune clair maculaient ses joues, son front, son cou ; des coulées humides serpentaient le long de ses bras, sur ses vêtements et ses pieds nus. Elle portait un jean, retroussé en bas, et un tee-shirt ; rien d'autre. Elle avait l'air fatiguée, mais plutôt enjouée.

— Servez-vous, dit-elle, essoufflée, en indiquant du menton le seau de peinture au milieu du plancher ; des journaux détrempés et jaunâtres étaient étalés partout ; un peu de peinture avait coulé sur les lambris de séquoia, mais un chiffon mouillé en viendrait à bout.

— Tout se passe bien ? lui demanda-t-il.

— J'ai presque fini ce coin. Est-ce que vous voyez des endroits qui m'auraient échappé ?

Il n'y en avait pas, naturellement ; son travail était minutieux et scrupuleux.

— J'ai hâte de déballer mes affaires, dit-elle en maniant énergiquement son rouleau à peinture. Est-ce qu'on aura le temps de finir ce soir ? Je ne veux pas dormir là-bas... De toute façon, toute ma literie et mes effets personnels, tous mes vêtements, sont ici.

— On t'aidera à les déballer, promit Schilling.

Il retourna dans sa pièce et se remit au travail. Paul Nitz besognait solitairement dans la chambre à coucher. Schilling s'arrêta de peindre un peu plus tard, le temps de lui rendre une petite visite.

— Cette peinture est vraiment épaisse, dit Nitz en se laissant tomber de sa chaise.

Il sortit de sa poche un paquet de cigarettes tout froissé, le tendit à Schilling et alluma son briquet. Schilling se servit. Des images dérangeantes lui revinrent en mémoire. Cinq ans plus tôt, dans l'appartement de Beth, il avait regardé celle-ci peindre une chaise de cuisine. Il était venu en costume, gilet et cravate de laine, sa serviette sous le bras, en visite professionnelle : il représentait la maison Allison & Hirsch, et elle leur avait soumis quelques chansons.

Il la revoyait, accroupie sur le sol de la cuisine, en short et corsage décolleté, la peau nue barbouillée de peinture. Il avait désiré violemment cette blonde bien portante qui avait bavardé avec lui, qui lui avait versé à boire, qui s'était frottée à lui tandis qu'ils examinaient ensemble ses ébauches de chansons. La pression de ce vivant corps de femme ; ces seins à saisir et pétrir...

— Elle est travailleuse, dit Nitz avec un mouvement de tête en direction de la jeune fille.

— Oui, acquiesça Schilling, ramené en sursaut au présent.

Il était troublé ; les anciennes images se mêlaient aux nouvelles. Beth, Mary Anne, la fille aux longs cheveux roux avec qui il avait vécu quelque temps à Baltimore. Il aurait bien voulu se rappeler son nom. Barbara quelque chose. Elle lui avait fait l'effet d'un champ de blé mûr... une forme dansante et orangée autour de lui et sous lui. Il soupira. Il n'avait pas oublié *cela*...

— Que pensez-vous d'elle ?

— Eh bien... répondit Schilling, un instant incertain quant à l'identité de la personne en question. Oui, je pense beaucoup de bien d'elle.

— Moi aussi, dit Nitz avec un soupçon d'insistance qui échappa à Schilling. Elle est un peu toquée, mais c'est une chouette fille.

— Comment ça, toquée ? fit Schilling ; cela lui paraissait peu galant, et il n'était pas sûr d'approuver cette attitude.

— Mary prend les choses trop à cœur. Est-ce que vous l'avez jamais entendue rire ?

Il essaya de se rappeler.

— Je l'ai vue sourire.

Son image était très claire maintenant. C'était une bonne chose.

— Les jeunes ne rient plus, dit Nitz. Ça doit être l'époque qui veut ça. Ils se font du mauvais sang et c'est tout.

— Oui, reconnut Schilling, elle est toujours soucieuse.

— Est-ce que vous parlez de moi ? fit la voix de Mary Anne. Parce que si c'est le cas, vous pouvez arrêter !

— Elle ne se laisse pas faire, reprit Nitz. Elle sait ce qu'elle veut. Mais, il se remit à peindre, par certains côtés elle n'a que deux ans. C'est facile d'oublier ça. C'est une petite môme perdue dans les rues, qui cherche quelqu'un qui s'occupera d'elle. Un flic bienveillant avec des boutons de cuivre et un bel insigne qui la ramènera chez elle.

— Ça suffit ! ordonna Mary Anne en sautant de sa chaise et en entrant dans la chambre.

Son rouleau dégoulinant de peinture laissa une traînée jaune derrière elle. Elle se frotta la joue avec son poignet.

— Je suis chez moi, vous savez ! leur rappela-t-elle. Je pourrais vous mettre à la porte tous les deux.

— Oh la petite maligne, dit Nitz.

— Toi, tais-toi !

Nitz tendit sa cigarette à Schilling, fit un bond en avant et attrapa la jeune fille par la taille. Il la prit dans ses bras, la porta jusqu'à la fenêtre et la souleva au-dessus de l'appui.

— Du balai ! dit-il.

Hurlant et se cramponnant à lui, Mary Anne se débattit furieusement, ses bras autour du cou du jeune homme, ses pieds nus martelant le mur.

— Repose-moi par terre ! Tu m'entends, Paul Nitz ?

— Je n'entends rien du tout.

En souriant il lui fit reprendre contact avec le plancher. Tremblante et hors d'haleine, Mary Anne s'effondra, ramassée sur elle-même ; elle posa son menton sur ses genoux relevés et enserra ses chevilles dans ses bras.

— Ma parole, grommela-t-elle en reprenant son souffle. Tu te crois peut-être drôle ?

Nitz se pencha sur elle et dénoua son foulard.

— Tu as besoin qu'on te rabatte ton caquet, dit-il à la jeune fille indignée. Tu deviens trop bêcheuse.

Mary Anne ricana d'un air méprisant et se releva.

— Regarde, s'exclama-t-elle, je vais avoir un bleu sur mon bras là où tu m'as attrapée !

— Tu survivras, répliqua Nitz, puis il récupéra son rouleau et remonta sur sa chaise.

Mary Anne leva sur lui un regard furieux. Puis, tout à coup, elle sourit.

— Je sais quelque chose sur toi.

— Quoi ?

— Tu ferais un mauvais peintre.

Son sourire s'accentua.

— Tu n'y vois pas assez pour faire du bon boulot.

— C'est vrai, admit Nitz avec fatalisme. Je suis myope comme une taupe.

Pivotant sur ses pieds nus, Mary Anne retourna dans la salle de séjour et se remit au travail.

À dix heures et demie, Schilling descendit chercher la petite bouteille de scotch Glayva qui se trouvait dans la boîte à gants de sa voiture. La figure de Nitz, quand il l'aperçut, vira au gris sous l'effet d'une avide jubilation.

— Nom de Dieu, dit-il, qu'est-ce que vous avez là, l'ami ? Est-ce que c'est du vrai ?

Schilling fouilla dans les cartons pleins de vaisselle et de casseroles jusqu'à ce qu'il eût trouvé trois verres. Il les remplit à moitié d'eau du robinet, les posa sur les carreaux de l'évier et ouvrit la bouteille.

— Eh là ! l'ami, protesta Nitz. Pas une goutte de cette eau infecte dans le mien !

— C'est pour vous rincer le gosier, dit Schilling en lui passant la bouteille. C'est du bon... Jugez par vous-même.

Nitz but au goulot et sa gorge se dilata.

— Ouaaaa-ou ! fit-il en s'étranglant à demi et en hochant la tête.

Puis il s'essuya la bouche avec le dos de sa main et rendit la bouteille à Schilling.

— Oh Seigneur ! Vous savez comment j'appelle ça ? Du pipi d'ange, ni plus ni moins !

Curieuse, Mary Anne apparut sur le seuil de la cuisine.

— Et moi ?

— Tu peux en avoir une cuillerée, dit Schilling.

Les yeux de la jeune fille lancèrent des éclairs.

— Cuillerée, mon œil ! Allez...

Elle fit un geste pour saisir la bouteille.

— Vous m'avez bien donné du vin...

— C'est différent.

Mais il trouva un gobelet gradué en plastique parmi les ustensiles de cuisine et y versa pour elle quelques centilitres.

— Ne bois pas trop vite, la prévint-il. Fais comme si c'était du sirop pour la toux.

Mary Anne lui lança un regard noir, puis elle approcha prudemment le gobelet de ses lèvres.

— Ça sent l'essence, dit-elle en fronçant le nez.

— Tu as déjà bu du whisky, dit Nitz. Tweany en boit... Tu en as eu chez lui.

Les deux hommes, chacun plongé dans ses propres pensées, la regardèrent avaler une gorgée de scotch. Mary Anne fit la grimace, frissonna, puis tendit la main vers son verre d'eau.

— Tu vois ? gronda Schilling. Tu n'en veux pas finalement. Tu n'aimes pas ça.

— Il faudrait que ça soit mélangé à autre chose, répondit-elle pensivement. Du jus de fruits, peut-être.

Nitz hocha la tête.

— Tu ferais mieux de rester éloignée de moi quelque temps.

— Oh, tu t'en remettras...

Elle retourna dans la salle de séjour, regrimpa sur sa chaise et continua sa besogne.

Chacun des deux hommes but une autre lampée de scotch.

— C'est du nectar, dit Schilling.

— Je vous ai dit ce que j'en pensais. Mais ce n'est pas pour les gamines.

— Non, opina Schilling, mal à l'aise. Je ne lui en ai pas vraiment donné.

— Okay, dit Nitz en s'éloignant et en laissant Schilling seul dans la cuisine. Bon, je retourne à la mine de sel.

— On ferait peut-être mieux d'en rester là, non ? dit Schilling en le suivant.

Il percevait avec une sorte de tristesse la profonde jalousie du jeune homme – et savait aussi qu'elle était parfaitement justifiée. Il était arrivé et avait enlevé Mary Anne à son monde, à sa ville, à Nitz lui-même. Il ne pouvait lui en vouloir.

— Encore un moment, dit Nitz. Je veux finir la chambre.

— D'accord, fit Schilling, résigné.

Ils travaillèrent tous les trois jusqu'à onze heures et demie. Schilling, qui, assis sur le plancher, retouchait les plinthes, s'aperçut qu'il lui était presque impossible d'allonger les jambes. Et son genou, là où il s'était cogné dans le magasin, était enflé et douloureux.

— Je me fais vieux, dit-il à Nitz en jetant son pinceau.

— Vous arrêtez ? lança anxieusement Mary Anne de l'autre pièce. Tous les deux ?

Nitz entra dans la salle de séjour ; il enfilait sa veste de sport élimée, il partait...

— Désolé, mon ange. Il faut que j'aille au *Roitelet*. Eaton va me virer.

Schilling soupira, secrètement soulagé.

— Je vais vous conduire. Il est temps d'arrêter de toute façon. On a fait tout ce qu'on pouvait faire en une soirée.

— Bon sang, il faut encore que je joue, moi !

Nitz montra ses doigts tout tachés de peinture.

— Certains sont bons à remplacer !

Schilling le suivit dans la cuisine et dit :

— Je peux vous demander un service ?

— Sûr.

— Prenez la bouteille de scotch.

C'était un geste propitiatoire... Et il voulait maintenant se débarrasser de la chose.

— Sapristi, je n'ai pas travaillé *tant* que ça !

— Je voulais qu'on la finisse, mais je ne me suis pas rendu compte qu'il était si tard.

Il mit la bouteille dans un sac en papier, qu'il tendit à Nitz.

— C'est d'accord ?

Mary Anne entra dans la cuisine à petits pas pressés.

— Je peux venir aussi ? demanda-t-elle. Je voudrais aller avec vous.

— Tu ferais bien de t'essuyer la figure, dit Schilling.

Elle rougit et se mit à chercher un chiffon humide.

— Vous voulez bien, hein ? C'est si vide ici... Pas de meubles, et rien n'est fini, et toute cette pagaille...

— Tu es la bienvenue, murmura Schilling – encore un peu troublé par l'attitude de Nitz.

Elle se débarbouilla, et il l'aida à remettre sa veste. Puis elle suivit les deux hommes hors de l'appartement ; ensemble ils descendirent l'escalier et se retrouvèrent dans la rue noire. Le trajet ne prit que quelques minutes.

Ils s'arrêtèrent devant *le Roitelet*. Les épaisses portes rouges s'écartèrent pour laisser entrer un couple.

— Il y a pas mal de monde, on dirait, remarqua Schilling.

C'était la première fois qu'il voyait ce cabaret, l'ancien antre favori de la jeune fille. Tout à coup il lui demanda :

— Tu veux entrer un moment ?

— Pas fagotés comme on est.

— Qu'est-ce que ça peut faire ? dit Nitz en descendant sur le trottoir.

— Non, elle jeta un coup d'œil du côté de Schilling, une autre fois. Je veux retourner là-bas. Il y a tant de choses à faire...

— Ça peut attendre, dit Nitz en s'attardant près de la voiture. Ne t'en fais pas pour ça.

— Je ne m'en fais pas.

— Tu ne peux pas tout faire en un seul jour, poupée.

— Ça ne te coûte pas grand-chose de dire ça, rétorqua Mary Anne.

Elle se rapprocha de Schilling, et il lui en fut reconnaissant.

— Ce n'est pas toi qui dois dormir là-bas.

— Ni toi non plus, dit Nitz.

— Je... je veux dormir là-bas.

— Fais bien attention où tu dors, dit Nitz, et Schilling se pencha sur son volant parce qu'il pressentait ce qui allait venir. Mais Nitz le disait déjà :

— Ce n'est pas bien. Je regrette, Mary. Bon Dieu, je voudrais bien que ça le soit... Mais il est trop vieux.

— Bonne nuit, dit-elle sans le regarder.

— Il fallait que je te le dise.

— Si, c'est bien, affirma-t-elle, lèvres serrées.

— Qu'est-ce qu'il y a de bien là-dedans ? Un tas de choses, peut-être. Mais pas assez. Maintenant tu peux me détester.

— Je ne te déteste pas.

Sa voix était faible, distante. Elle semblait regarder quelque chose au loin. Nitz tendit le bras pour lui pincer le nez, mais elle écarta la tête.

— On pourra en reparler une autre fois, dit Schilling, On est tous fatigués. Ce n'est pas le meilleur moment...

— Pas le meilleur moment, c'est vrai. Rien n'est le meilleur quoi que ce soit. Rien n'est aussi bien qu'on le croit, Mary. Ou qu'on le voudrait.

Schilling remit le moteur en marche.

— Laissez-la tranquille.

— Désolé, dit Nitz. Je suis vraiment désolé. Vous croyez que ça m'amuse de dire ça ?

— Mais c'est votre devoir, railla Schilling.

Il embraya et la voiture démarra. Il tendit le bras devant Mary Anne et claqua la portière. Elle ne bougea ni ne protesta. Derrière eux, debout sur le trottoir, Nitz resta un instant immobile, son sac en papier dans les mains. Puis il se tourna et disparut à l'intérieur du cabaret.

— Il y avait aussi des braves gens parmi ceux qui ont crucifié le Christ, dit Schilling au bout d'un moment.

— Qu'est-ce que ça veut dire ? murmura Mary Anne.

— Nitz est un brave type, mais il a des préjugés. Et il veut certaines choses comme tout le monde. Ce n'est pas un observateur impartial. Il s'en faut de beaucoup que tu lui sois indifférente.

— Tant mieux, dit-elle. Je suis heureuse de l'apprendre.

Il savait que c'était une erreur de parler. Elle n'était pas en état d'écouter, de raisonner, de décider. Mais il ne pouvait s'en empêcher.

— Je suis désolé… commença-t-il.

— De quoi ?

— Qu'on ait eu cette prise de bec.

— Oui, dit-elle en hochant la tête ; puis elle regarda par la portière.

La voiture roulait le long d'une rue sombre. Tout à coup Schilling dit :

— Tu es vraiment sûre de vouloir le faire ?

— Faire quoi ? Oui, je le veux. J'en suis sûre.

— Tu as entendu ce qu'il a dit. Et tu as confiance en lui. Et ta colocataire ? Est-ce qu'elle pourra trouver quelqu'un d'autre ? Est-ce qu'elle pourra payer seule le loyer ?

— Ne vous en faites pas pour elle, répondit Mary Anne en écartant d'un geste ce sujet. Elle a plein de fric.

— Tout est arrivé si vite… C'était trop court pour tout arranger.

Elle haussa les épaules.

— Et alors ?

— Il te faudrait plus de temps, Mary.

Nitz l'avait forcé à le dire.

— Il faudrait que tu sois absolument sûre de ton fait. Il a raison. Je ne veux pas qu'il t'arrive... eh bien, des ennuis.

— Ne dites pas de bêtises. J'adore cet appartement. J'ai l'intention de le décorer avec des reproductions et des tapis. Vous pourrez me conduire dans les magasins et m'aider à tout choisir. Des vêtements aussi...

Ses yeux brillaient tandis que des idées nouvelles et des projets lui traversaient la tête.

— Je veux acheter des vêtements que je pourrai porter quand on ira à une autre...

— Peut-être que c'était une erreur aussi, l'interrompit-il. Peut-être que je n'aurais pas dû t'emmener là-bas.

Évidemment, il était un peu tard pour y penser.

— Oh ! fit-elle en se poussant contre lui. Vous parlez comme un idiot.

— Merci.

Elle se pencha devant lui, coupant ainsi son champ de vision.

— Vous êtes fâché contre moi ?

— Non, dit-il, mais ôte-toi de là que je puisse y voir.

— Voir quoi ?

Elle agita ses mains devant le visage de Schilling.

— Peuh ! Écrasez quelqu'un. Envoyez-nous dans le décor... je m'en fiche pas mal.

Dans un accès de nihilisme moqueur, elle empoigna le volant et le tourna d'un côté et de l'autre. Le lourd véhicule fit des embardées jusqu'à ce que Schilling la forçât à lâcher prise.

Il freina et lui demanda :

— Tu veux marcher ?

— Ne me menacez pas.

Aiguillonné par la fatigue, il ajouta :

— Quelqu'un devrait te donner une bonne fessée. Avec une lanière en cuir.

— Vous parlez comme mes parents.

— Ils ont raison.

— Allez vous faire voir, dit-elle, pas démontée pour un sou, mais calmée. Est-ce que vous me feriez du mal ? Vous ne feriez pas ça, hein ?

— Non, répondit-il en accélérant prudemment.

— Peut-être que vous le feriez quand même... c'est possible. Tout est possible. Tout et rien.

Elle s'adossa au siège et réfléchit.

— Vous n'avez pas envie d'arrêter quelque part pour manger un morceau ?

— Pas vraiment.

— Moi non plus. Je ne sais pas ce que je veux. Qu'est-ce que je veux au juste ?

— Personne ne peut te dire cela.

— Est-ce que vous croyez en quelque chose ?

— Bien sûr.

— Pourquoi ?

Ils étaient arrivés à son nouveau logis. Les lumières du premier étage brillaient d'un vif éclat dans l'obscurité. Ils pouvaient voir les plafonds fraîchement repeints et encore humides qui miroitaient et scintillaient là-haut.

Les yeux levés, Mary Anne frissonna.

— C'est si nu. Pas de rideaux ni rien.

— Je vais t'aider à déballer tes affaires, dit-il. Tout ce dont tu as besoin pour cette nuit.

— Ça veut dire qu'on ne va pas continuer à peindre.

— Va donc dormir un peu. Tu te sentiras mieux demain.

— Je ne peux pas rester ici, dit-elle avec un mélange de répugnance et de peur. Pas dans un endroit à moitié fini comme celui-là.

— Mais tes affaires...

— Non. C'est absolument hors de question. S'il vous plaît, Joseph. Je vous jure, je ne pourrais pas le supporter. Vous comprenez ce que je veux dire, n'est-ce pas ?

— Certainement.

— Ce n'est pas vrai.

— Si, mais c'est ennuyeux. Tes affaires sont là-haut - tes vêtements et tout. Et où peux-tu aller ? Tu ne peux pas retourner dans ton ancien appartement.

Elle en convint.

— Tu veux aller à l'hôtel ?

— Non, pas à l'hôtel.

Elle réfléchit.

— Bon sang, quel gâchis. On n'aurait pas dû commencer à peindre. On aurait dû se contenter de déménager mes affaires.

Elle se pencha en avant d'un air las et se couvrit le visage de ses mains.

— C'est de ma faute.

— Tu veux venir chez moi ? demanda-t-il.

C'était là une chose qu'il n'aurait pas normalement suggérée ; l'idée était engendrée par la fatigue, le besoin de repos, et cette impasse où ils avaient fini par se retrouver. Il était trop fourbu pour chercher une autre solution. Cela devrait attendre jusqu'au lendemain.

— Je peux ? Est-ce que ça vous dérangerait beaucoup ?

— Pas que je sache.

Il redémarra.

— Vous êtes sûr que ça ira ?

— Je vais t'emmener là-bas et puis je reviendrai chercher tes affaires.

— Vous êtes gentil, dit-elle mélancoliquement en s'appuyant contre lui.

Il la conduisit chez lui ; il gara la voiture et fit entrer la jeune fille dans son appartement.

Mary Anne se laissa tomber en soupirant dans un fauteuil et regarda fixement le tapis.

— C'est tranquille ici, dit-elle.

— Je regrette qu'on n'ait pas fini là-bas.

— Ça ne fait rien. On finira demain soir.

Elle resta assise en silence tandis que Schilling ôtait son manteau et s'approchait d'elle pour prendre sa veste rouge.

— Qu'est-ce qui te requinquerait ?

— Rien.

— Quelque chose à manger ?

Elle secoua la tête d'un air irrité.

— Non, rien à manger. Bon Dieu, je suis seulement flapie.

— Alors il est temps d'aller au lit.

— Vous retournez là-bas maintenant ?

— Je ne serai pas long. Qu'est-ce qu'il faut rapporter en priorité ?

Il chercha un crayon et du papier, puis renonça.

— Je m'en souviendrai si tu me le dis.

— Pyjama, murmura-t-elle. Brosse à dents, savonnette... Oh, zut ! Je vais aller avec vous.

Elle se remit debout et se dirigea vers la porte. Schilling l'arrêta. Elle resta là appuyée contre lui, sans rien dire, sans rien faire, à moitié assoupie.

— Allez, viens, lui dit-il.

Un bras passé autour de sa taille, il la mena dans la chambre et lui montra son grand lit.

— Couche-toi là et dors. Je serai de retour dans une demi-heure. Si j'oublie quelque chose, je pourrai toujours aller le chercher demain matin avant d'aller travailler.

— Oui, bredouilla-t-elle. D'accord...

Elle commença machinalement à défaire sa ceinture. Schilling, soucieux, s'arrêta à la porte. Elle se déchaussa, puis sans un mot elle tira son tee-shirt maculé de traînées de peinture par-dessus sa tête. Alors le désespoir la submergea ; elle resta, immobile et muette, au milieu de la chambre, en soutien-gorge et jean, comme pétrifiée.

— Mary Anne... commença-t-il.

— Oh, *quoi* ? Laissez-moi seule, voulez-vous ?

Elle jeta le tee-shirt sur le lit, déboutonna son jean et le retira avec effort. Puis, sans faire attention à lui, elle finit de se déshabiller, trotta nue vers le lit et se glissa entre les draps.

— Éteignez, s'il vous plaît, dit-elle.

Il éteignit. La jeune fille resta silencieuse. Il s'attarda près de la porte, hésitant à partir.

— Je vais fermer l'appartement à clef, dit-il finalement.

De légers bruits lui parvinrent du fond obscur de la chambre : elle se retournait, arrangeait les couvertures, s'installait plus confortablement.

— Comme vous voulez, répondit-elle.

Schilling s'approcha du lit dans la pénombre.

— Je peux m'asseoir ? demanda-t-il.

— Allez-y.

Il s'assit tout au bord du lit.

— Je me sens coupable. De ne pas avoir fini. De cela et de bien d'autres choses...

— Tout est de ma faute, murmura-t-elle, les yeux fixés au plafond.

— On se fera aider. Peut-être pas par Nitz. On aura sans doute fini vers le milieu de la semaine.

Comme elle ne disait rien, il ajouta :

— Tu peux rester ici en attendant. Ça te va ?

Au bout d'un petit moment elle hocha la tête.

— Très bien.

Il s'éloigna un peu du lit. Mary Anne semblait s'être déjà assoupie. Mais il ne pouvait en être sûr.

— Je ne dors pas, déclara-t-elle.

— Mais il faut dormir.

— Oui. C'est un bon lit. Il est large.

— Très large.

— Vous avez remarqué comme le tapis ressemble à de l'eau ? On a l'impression que le lit flotte dessus. C'est peut-être à cause de cette lumière que j'avais dans les yeux en travaillant. La tête me tourne.

Elle bâilla.

— Allez me chercher mes affaires.

Il quitta la chambre sur la pointe des pieds. Puis il sortit sur le palier, s'assura avant de partir que la porte était bien fermée à clef, et descendit dans la rue.

L'électricité brûlait encore dans le nouvel appartement de Mary Anne. L'air y empestait la peinture. Il rassembla aussi vite qu'il le put les affaires dont elle pourrait avoir besoin, éteignit le chauffage et la lumière, et ressortit.

Quand il rouvrit la porte de son propre appartement, rien ne bougea dans la chambre obscure. Il posa ce qu'il avait apporté et ôta son manteau. Il hésita, puis annonça :

— J'ai tes affaires.

Pas de réponse. Elle devait dormir. Mais il y avait une autre possibilité. Il prit une lampe de poche et entra dans la chambre. Elle avait disparu, et ses vêtements aussi. Les draps chiffonnés étaient encore tièdes.

Dans la salle de séjour il trouva un mot sur sa discothèque. Mary Anne l'avait écrit au crayon, en s'appliquant, de son écriture ferme et décidée.

« Je suis désolée, disait le mot. Je vous verrai demain au magasin. J'ai réfléchi à tout ça, y compris à cette histoire avec Paul, et j'ai décidé qu'il valait mieux que j'aille chez mes parents cette nuit. Je ne veux pas créer une situation ambiguë. Pas avant qu'on soit vraiment sûrs en tout cas. Vous comprenez ce que je veux dire. Ne m'en veuillez pas. Dormez bien. Je vous embrasse, Mary. »

Il froissa le bout de papier et le fourra dans sa poche. Eh bien, autant que cela arrive maintenant que plus tard. Il ressentait un certain soulagement, mais c'était un sentiment creux et peu convaincant.

— Oh bon Dieu, gémit-il. Bon Dieu !

Il avait échoué. Il les avait laissés la lui reprendre.

Le cœur serré, il retourna dans sa chambre et se mit à lisser de la main les draps du lit vide.

19

Debout près du réfrigérateur, légèrement penchée en avant, bras croisés, Mme Reynolds regarda sa fille verser des Post Toasties dans un bol, puis du lait. Tandis que les flocons de maïs imbibés de lait s'agglutinaient, Mary Anne remua son café et beurra une biscotte.

— Ma chérie, dit Mme Reynolds, je pense que j'ai droit à une explication.

— Quelle explication ?

Elle commença à manger.

— Je ne peux pas rester là à bavasser. Je dois être au magasin à neuf heures.

Sa mère reprit d'un ton plus ferme :

— Dis-moi avec qui tu couches.

— Qu'est-ce qui te fait penser ça ? Pourquoi tu dis ça ?

— Pour être sûre que ce n'est pas un nègre. Je ne le supporterais pas.

— Ce n'en est pas un.

Mme Reynolds pinça les lèvres.

— Alors tu couches bien avec quelqu'un. Est-ce qu'il t'a fichue à la porte ? C'est pour ça que tu es revenue à la maison ?

Elle ajouta sur un ton monocorde :

— C'est ta vie, bien sûr. Tu es partie d'ici pour

être avec lui. Et il s'est fatigué de toi. Je peux te demander quelque chose ? Quand as-tu commencé ? Tu vivais sous ce toit quand tu as commencé. Je dis ça parce que je t'ai vue te tâter et mettre la main dans ta culotte. Il y a plusieurs années au moins que ça dure.

— Cause toujours, dit Mary Anne.

Elle avait fini son petit déjeuner et maintenant elle portait son bol et sa tasse dans l'évier.

— Je voudrais en discuter avec toi, continua Mme Reynolds. Des gens, de bons amis à moi, me disent que tu fréquentes un chanteur de cabaret. J'ai oublié le nom de ce cabaret, mais c'est sans importance. Ce chanteur est un Noir, n'est-ce pas ? C'est étonnant, la façon qu'ont les gens de découvrir ces choses-là... J'ai lu dans le journal l'histoire de ce nègre qui a tué un Blanc, celui qu'on a arrêté. Je suis surprise qu'on l'ait remis en liberté sous caution. Ils doivent être très influents en Californie, surtout à Los Angeles.

Elle suivait Mary Anne, bras toujours croisés.

— Quand nous avons discuté de rapports conjugaux il y a quelques mois, je t'ai dit qu'il pouvait être difficile pour une femme non mariée d'obtenir un diaphragme. Cependant, grâce à ses amies, une jeune fille peut parfois...

Elle se tut.

Vêtu de son blouson de cuir et d'un bleu de travail, une gamelle sous le bras, Ed Reynolds entra dans la cuisine. Il allait à l'usine.

— Comment va ma gamine ? dit-il. Où étais-tu ces derniers mois ?... et je veux une réponse franche.

— J'ai un appartement, tu le sais bien.

Elle s'éloigna de son père et lui tourna le dos.

— D'où venais-tu cette nuit ?

— Il paraît qu'elle couche avec un moricaud, intervint Mme Reynolds. Demande-lui. Je ne peux obtenir d'elle une réponse respectueuse. Tu auras peut-être plus de chance.

— Est-ce qu'elle a commencé à enfler ? Tu as regardé ?

— Je n'en ai pas eu l'occasion la nuit dernière.

— Ne t'approche pas de moi ! lança Mary Anne en quittant la cuisine et en se précipitant vers ce qui avait été sa chambre. Il faut que j'aille travailler ! cria-t-elle avec appréhension en voyant que sa mère lui courait après ; elle ajouta d'une voix aiguë, en essayant de fermer la porte :

— Bon Dieu, ne me touche pas !

— Tu as intérêt à me laisser faire, répondit sa mère. Sinon c'est lui qui s'en chargera. Tu n'aimerais pas cela, alors pour ton propre bien laisse-moi faire.

Elle poussa la porte.

— C'était quand, la dernière fois ?

— Quelle dernière fois ?

Affectant d'ignorer sa présence, Mary Anne fouilla dans sa penderie et en sortit un ensemble rouge foncé. Elle prit son vieux sac à main dans la commode ; les quarante dollars qu'elle y avait mis étaient encore là. Ils ne les avaient pas trouvés.

— Tes règles, dit Mme Reynolds. Ou tu ne te rappelles pas ?

— Non, je ne me rappelle pas. Le mois dernier...

Rapidement, nerveusement, Mary Anne se dépouilla de son jean et de son tee-shirt, les vêtements qu'elle avait portés quand elle était arrivée chez ses parents au cours de la nuit. Alors qu'elle commençait à enfiler des dessous propres, Rose Reynolds bondit de la porte et s'élança vers elle.

— Lâche-moi ! hurla Mary Anne en se débattant, toutes griffes dehors.

Ed Reynolds apparut sur le seuil de la chambre et regarda fixement la scène.

Ayant attrapé la jeune fille par la taille, Rose Reynolds tira sur sa culotte et enfonça ses doigts dans son ventre dur. Mary Anne, criant toujours, s'efforça d'écarter d'elle la main de sa mère. Finalement satisfaite, Mme Reynolds la relâcha et regagna la porte à grands pas.

— Sortez d'ici ! hurla Mary Anne en ramassant un soulier et en le lançant vers ses parents.

Des larmes de colère jaillirent de ses yeux.

— *Sortez !*

Elle courut vers eux, les poussa hors de la chambre et claqua la porte.

Malgré ses sanglots et ses gestes maladroits, elle parvint à s'habiller. Elle entendait leur conciliabule derrière la porte.

— Taisez-vous ! glapit-elle en essuyant ses larmes avec le dos de sa main ; puis elle finit en hâte de se préparer, en réfléchissant à ce qu'elle allait faire.

À neuf heures elle arriva à la porte du *Roitelet Paresseux*. Taft Eaton, l'air sombre dans son tablier sale et son pantalon de travail, balayait le trottoir. Il affecta d'abord de ne pas la voir.

— Qu'est-ce que tu veux ? demanda-t-il finalement. Tu amènes toujours des ennuis.

— Vous pouvez me rendre un service, dit Mary Anne.

— Quel genre de service ?

— Je veux louer une chambre.

— J'suis pas agent immobilier.

— Vous connaissez tout le quartier. Où est-ce que je peux trouver un logement de libre ? Juste une chambre – quelque chose de pas cher.

— C'est le quartier noir ici.

— Je sais. C'est moins cher.

Et, dans l'état d'esprit où elle se trouvait, elle avait besoin de la réconfortante présence des Noirs.

— Pourquoi tu restes pas où tu es ?

— C'est pas vos oignons. Allons, je n'ai pas toute la journée. Je ne vais pas chercher dans tout le quartier, je n'ai pas le temps.

Eaton réfléchit un instant.

— Pas de cuisine. Et tu sais que c'est pour les Noirs. Ouais, c'est vrai... Tu aimes traîner avec les Noirs. Qu'est-ce qui t'excite là-dedans ?

Mary Anne soupira.

— Est-il bien nécessaire d'entrer dans ces considérations ?

— À cause de toi, Carleton a des ennuis avec la justice.

— Ce n'est pas ma faute.

— Tu es sa poule. En tout cas, tu l'as été. Maintenant c'est cette grosse blonde. Qu'est-ce qu'il a fait, il a juste goûté ?

Mary Anne attendit patiemment.

Eaton retourna son balai et se mit à en retirer des flocons de poussière.

— Il y a un tas de maisons de rapport par ici. J'en connais une. Mais c'est pas terrible. Un des cuistots y habite.

— Parfait. Donnez-moi l'adresse.

— Va lui demander. Il est à l'intérieur. Non, se ravisa-t-il lorsque la jeune fille se dirigea vers la porte. J'aime autant que tu restes hors de mon établissement.

Il écrivit quelques mots sur un calepin recouvert de simili-cuir, arracha la page et la lui tendit.

— C'est minable. T'y resteras pas longtemps. C'est plein de poivrots et de rats d'égout. Tu as déjà vu ces gros rats d'égout ? Ils viennent de la baie.

Il écarta les mains.

— Gros comme des chiens.

— Merci, dit Mary Anne en empochant l'adresse.

— Qu'est-ce qui se passe ? continua Eaton tandis que la jeune fille s'éloignait. T'as personne pour payer ton loyer ? Une jolie fille comme toi ?

Il hocha la tête et se remit à balayer.

La maison en question méritait les qualificatifs qu'Eaton lui avait appliqués. Haute et étroite, elle était coincée entre deux boutiques : dans l'une on vendait du matériel chirurgical, dans l'autre on réparait les télévisions. Quelques marches de bois brut menaient à un porche. Elle y trouva une chaise et une bouteille de vin renversée.

Elle sonna et attendit.

Une vieille Noire, toute petite et ratatinée, avec des yeux noirs et vifs et un long nez crochu, ouvrit la porte et la dévisagea.

— Oui ? fit-elle d'une voix perçante. Qu'est-ce que vous voulez ?

— Une chambre, répondit Mary Anne. Taft Eaton m'a dit que vous en aviez peut-être une.

Ce nom ne parut rien dire à la vieille femme.

— Une chambre ? Non, nous n'avons pas de chambre.

— Ceci n'est pas une maison de rapport ?

— Si, dit la vieille en hochant la tête.

Elle barrait de son bras maigre l'entrée de la maison. Elle portait une robe grise informe et des socquettes. On distinguait vaguement derrière elle un vestibule – une cavité sombre et humide qui contenait une table surmontée d'un miroir, une plante en pot et le bas d'un escalier.

— Mais tout est occupé, ajouta-t-elle.

— Bon, dit Mary Anne. Qu'est-ce que je fais maintenant ?

La vieille femme fit le geste de refermer la porte, mais elle s'arrêta, réfléchit, et demanda :

— Il vous la fallait pour quand ?

— Pour tout de suite. Pour aujourd'hui.

— D'habitude nous ne louons qu'aux gens de couleur.

— Pour moi ça ne fait pas de différence.

— Vous n'avez pas des flopées de petits amis, hein ? C'est une maison tranquille. J'essaie de faire en sorte qu'elle reste un endroit convenable.

— Pas de petits amis.

— Vous buvez ?

— Non.

— C'est bien sûr ?

— Mais oui, dit Mary Anne en tapant légèrement du talon et en regardant par-dessus la tête de la femme. Et je lis la Bible tous les soirs avant de me coucher.

— À quelle confession appartenez-vous ?

— Presbytérienne, répondit-elle au hasard.

La vieille femme réfléchit encore.

— Je m'efforce de faire respecter le silence dans cette maison. Pas de bruit excessif ni de chahut. Onze personnes vivent ici et ce sont tous des gens convenables et respectables. Toutes les radios doivent être éteintes avant dix heures du soir. Et on ne prend pas de bain après neuf heures.

— Parfait, soupira Mary Anne.

— J'ai une chambre de libre. Je ne sais pas trop si je peux vous la louer ou non... mais je vais vous la montrer. Si vous voulez vous donner la peine d'entrer...

— Sûr, dit Mary Anne en passant devant la vieille et en entrant dans le vestibule. Allons voir ça.

À neuf heures et demie elle arriva à l'appartement lambrissé de séquoia dont Joseph Schilling avait payé la caution.

Elle ouvrit la porte avec sa clef, mais n'entra pas. Une odeur de peinture fraîche, forte et écœurante, flottait autour d'elle. Un froid soleil matinal emplissait la salle de séjour ; des rectangles de lumière pâle recouvraient les journaux froissés et tachés de peinture qui jonchaient le plancher. L'appartement était absolument silencieux et désert. Ses affaires, encore dans leurs cartons, étaient empilées au centre de chaque pièce. Cartons, journaux, rouleaux encore humides des travaux de la veille au soir...

Elle redescendit l'escalier et frappa sèchement à la porte de l'appartement du dessous. Lorsque le locataire – un homme d'âge moyen, aux tempes dégarnies – apparut, elle demanda :

— Est-ce que je peux utiliser votre téléphone ? Je suis la locataire du dessus.

Elle appela la compagnie de taxis et alla attendre dehors.

Pendant qu'elle s'occupait du chargement de ses affaires dans le taxi, la propriétaire arriva. Le compteur cliquetait allègrement tandis que le chauffeur et elle descendaient les cartons et les empilaient dans le grand coffre à bagages ; tous deux étaient en sueur et essoufflés, et heureux d'en avoir presque fini.

— Grands dieux ! s'exclama la propriétaire. Qu'est-ce que ça signifie ?

Mary Anne s'arrêta.

— Je m'en vais.

— C'est ce que je vois. Eh bien, expliquez-vous. J'estime que j'ai le droit de savoir.

— J'ai changé d'avis. Je ne le loue plus.

Cela semblait évident.

— Je suppose que vous voulez récupérer votre caution ?

— Non, dit Mary Anne. Je suis réaliste.

— Et toutes ces saletés là-haut ? Tous ces journaux et cette peinture. Et c'est à moitié peint. Je ne peux pas le louer dans cet état. Est-ce que vous allez finir ?

Elle suivit Mary Anne, qui prit un ballot de vêtements des mains du chauffeur de taxi pour le fourrer parmi les cartons.

— Mademoiselle, vous ne pouvez pas partir comme ça... Ça ne se fait pas. On est tenu de laisser un logement dans l'état où on l'a trouvé.

— De quoi vous plaignez-vous ?

Cette femme l'agaçait.

— Vous avez gagné cinquante dollars.

— J'ai bien envie d'appeler votre père, dit la femme.

— Mon quoi ? fit Mary Anne – puis elle comprit, et d'abord cela lui parut drôle.

À la réflexion elle ne trouva pas cela si drôle, mais elle avait déjà commencé à rire.

— Il vous a dit ça ? Oui, mon père... Papa Joseph, le meilleur père que je pouvais espérer avoir ! Le meilleur nom de Dieu de père au monde !

La propriétaire était stupéfaite de cette sortie.

— Allez vous faire pendre, ajouta Mary Anne. Allez louer votre appartement... Remuez-vous !

Elle se glissa sur le siège avant du taxi et claqua la portière. Le chauffeur, ayant chargé le dernier carton dans le coffre, se mit au volant et tira sur le démarreur.

— Vous devriez avoir honte ! lança la propriétaire.

Mary Anne ne répondit pas. Tandis que le taxi s'éloignait du trottoir, elle s'appuya au dossier et alluma une cigarette ; elle avait trop de soucis en tête pour faire attention aux jérémiades de cette femme.

Quand le chauffeur du taxi vit la chambre où elle emménageait, il hocha la tête et dit :

— Vous êtes sinoque, ma petite.

— Vraiment ?

Elle posa ses paquets et ressortit dans le couloir poussiéreux aux murs tachés d'humidité.

— C'est sûr, dit-il en descendant d'un pas lourd l'escalier avec elle. L'appartement que vous avez quitté était super – tous ces lambris de séquoia... Et dans un quartier chic.

— Allez le louer vous-même alors.

— Vous allez vraiment vivre ici ?

Il prit deux cartons et commença à remonter les marches de l'entrée.

— Ceci va vous coûter cher, ma petite. Au compteur il n'y a que le prix de la course.

— Très bien, dit Mary Anne en le suivant tant bien que mal. Ajoutez tous les suppléments que vous voulez.

— C'est la coutume. On n'est pas des déménageurs, vous savez. Si on le fait, c'est pour rendre service.

— Personne n'est quoi que ce soit, dit Mary Anne.

La vieille Noire minuscule et toute ridée (elle s'appelait Mme Lessley) les observait avec méfiance du seuil de sa porte.

— Je suppose que j'ai de la chance, ajouta Mary. Vous êtes si gentil.

Lorsque le dernier carton fut dans sa chambre, elle le paya. Ce n'était pas aussi cher qu'elle s'y était attendue ; le compteur affichait un dollar soixante-dix, et le supplément – quand il en précisa enfin le montant – n'était que de deux dollars. Trois dollars soixante-dix, elle s'en tirait plutôt à bon compte. Plus, évidemment, les vingt dollars pour la chambre : un mois d'avance.

Mais le chauffeur avait peut-être raison. Elle parcourut sa chambre des yeux avec une horreur croissante. Elle était propre, sombre, et sentait le moisi. Il y avait une petite fenêtre au-dessus du lit en fer haut sur pieds, et une autre plus grande en face, au-dessus d'une commode. La carpette était élimée. Un fauteuil à bascule tout rafistolé occupait un coin de la pièce. Il y avait aussi une minuscule armoire ; une sorte de boîte verticale à étagères qu'un locataire avait jadis bricolée avec du contre-plaqué.

On apercevait de la petite fenêtre un sentier qui menait aux poubelles et aux marches de derrière. Quant à la plus grande, elle donnait sur la rue. Une enseigne au néon lui faisait face :

DOCTEUR CAMDEN – SOINS DENTAIRES A CRÉDIT

Sur un mur de la chambre était accroché un chromo religieux bon marché représentant Jésus enfant avec des agneaux. Mary Anne le décrocha et le fourra dans un tiroir ; elle avait déjà assez à supporter comme cela.

Elle était peut-être folle, comme le chauffeur de taxi l'avait dit, mais au moins elle avait sa propre chambre, payée avec son propre argent. Elle l'avait trouvée elle-même – avec l'aide d'Eaton, certes –, et, très bientôt, elle la repeindrait et l'aménagerait toute seule, avec des peintures et des objets qu'elle aurait choisis elle-même. Et elle aurait le temps de réfléchir.

Il était dix heures. Il allait falloir *lui* dire. Elle était partie ; elle avait déserté l'appartement. Et, de toute façon, il l'apprendrait tôt ou tard. Elle n'avait donc pas le choix.

Tandis qu'elle pensait à cela et se demandait comment le lui annoncer, la porte s'entrouvrit et Carleton Tweany jeta dans la pièce un coup d'œil prudent. Horrifiée, elle s'exclama :

— Comment as-tu trouvé cet endroit ?

— Eaton nous a donné l'adresse.

Il entra, et Beth Coombs le suivit.

— Et je *connais* cette maison. Pas mal de gens ont habité ici à un moment ou à un autre.

Il portait son meilleur costume croisé ; ses joues étaient soigneusement rasées ; ses cheveux étaient peignés et huilés ; et une forte odeur d'eau de Cologne émanait de sa personne. Beth, comme d'habitude, était vêtue de son lourd manteau et portait son grand sac.

— Hello ! fit-elle en lui adressant son sourire le plus éblouissant.

Mary Anne répondit d'un sec hochement de tête. Puis elle s'approcha du lit et commença à déballer ses affaires.

— Tu es occupée, on dirait, dit Tweany.

Beth, l'air très intéressé, allait et venait dans la pièce, examinait les cartons encore pleins.

— Qui vous aide ? demanda-t-elle.

— Personne. Et je dois partir. Je dois aller travailler.

Beth s'assit sur le bord du lit ; celui-ci s'affaissa en gémissant et elle se releva aussitôt.

— On a eu du mal à vous trouver. Vous avez tellement bougé ces temps-ci...

Abandonnant sa valise, Mary Anne prit son caban et se dirigea vers la porte. Elle s'en fichait comme d'une guigne, du mal qu'ils avaient eu l'un et l'autre.

— Une minute, Mary, dit Tweany en lui barrant le passage.

— Qu'est-ce qu'il y a ?

Elle commençait à s'affoler.

— Vous êtes juste passés me voir ?

— On s'est arrêtés au magasin, dit Beth, on pensait que vous y étiez peut-être. Mais Joe a dit que vous n'étiez pas venue aujourd'hui.

— C'est justement là que je vais maintenant. J'ai des choses à faire.

— Ensuite, continua Beth, on est passés à cet... appartement que Joe vous a obtenu, mais vous n'y étiez pas. On est allés à votre ancienne adresse, ce studio que vous partagiez avec une serveuse. Celui que Carleton vous avait trouvé.

— Phyllis... murmura Mary Anne.

— Elle ne savait pas du tout où vous pouviez être. C'est Carleton qui a eu l'idée de demander à Eaton. Je n'y aurais jamais pensé.

— Nous voulions te parler de l'enquête judiciaire, dit Tweany.

Son visage empreint d'une tristesse digne s'allongea encore quand il aborda ces graves questions.

Elle avait complètement oublié cette histoire.

— Bon Dieu ! dit-elle. Bien sûr...

— Vous êtes assignée à comparaître, n'est-ce pas ? demanda Beth. Alors vous devez témoigner. Si on vous a assignée à comparaître, vous devez y aller.

Elle avait en effet été convoquée. Le papier était quelque part dans un des cartons. Elle l'avait parcouru, puis chassé de son esprit. Cela ne la concernait tout simplement pas. Voilà pourquoi ils l'avaient cherchée partout : ils s'inquiétaient pour leur propre peau.

— C'est quand déjà ?

Elle essaya de se rappeler ; c'était pour bientôt, dans quelques jours.

— C'est mercredi, dit Tweany en fronçant les sourcils.

— Bon, vous feriez aussi bien de vous asseoir. À vous de voir où.

Elle s'éloigna de la porte et retira son caban. Elle pouvait consacrer un peu de temps à cela ; c'était suffisamment insignifiant. Elle se laissa tomber sur une chaise en rotin. Beth et Tweany, après un bref échange de regards, s'assirent sur le lit, pas assez près l'un de l'autre pour se toucher vraiment, mais très près tout de même.

— Que pensez-vous de ma piaule ? demanda Mary Anne.

— Elle est affreuse, dit Tweany.

— Oui, je suis d'accord.

— Pourquoi est-ce que tu n'habites plus avec Phyllis ? s'enquit Tweany. Qu'est-ce qui s'est passé ?

— J'en avais marre des pommes de l'Oregon.

— J'ai eu l'impression, dit Beth, que Joe n'avait pas si bien fait les choses que ça. On n'a vu l'appartement qu'une seconde, bien sûr. Vous étiez en train de refaire les peintures, vous n'aviez même pas fini. La porte n'était pas fermée à clef... vous veniez sans doute de partir.

— Ce matin, dit Mary Anne.

— Oui, fit Beth en pinçant les lèvres. Je vois.

— Qu'est-ce que vous voyez ?

— C'est bien ce que je pensais. Vous aviez raison la première fois.

— Quelle première fois ? demanda Mary Anne d'un ton méfiant.

— Quand vous avez refusé la place. Vous craigniez qu'il n'arrive quelque chose, hein ?

Elle hocha la tête.

— J'aurais pu vous le dire, ajouta Beth en parcourant la chambre des yeux.

— Alors, pourquoi vous ne l'avez pas fait ? répliqua-t-elle hargneusement. J'ai essayé de vous tirer les vers du nez, mais vous n'avez rien trouvé de mieux à faire que de me vanter sa merveilleuse collection de disques et sa forte personnalité...

Beth se tourna vers Tweany :

— Sois gentil - va nous chercher de la bière.

Dégoûté, Tweany se leva.

— Nous sommes venus ici pour parler de l'enquête.

Beth trouva un billet de cinq dollars dans son sac et le lui tendit.

— Allez, va, et ne ronchonne pas. Il y a une épicerie au coin de la rue.

Tweany sortit dans le couloir en bougonnant. L'écho de son pas mesuré diminua progressivement.

Beth et Mary Anne, assises l'une en face de l'autre, restèrent un long moment silencieuses. Finalement Beth alluma une cigarette et demanda :

— Avez-vous trouvé un soutien-gorge que vous pouviez porter ?

— Non, répondit Mary Anne. Mais c'est ma faute. Je suis trop maigre.

— Ne dites pas de bêtises. Dans deux ou trois ans vous penserez le contraire.

— Vous croyez ?

— Bien sûr. Je pensais la même chose, comme tout le monde au début. Mais vous verrez. On finit par prendre plus de poids qu'on nc le voudrait, comme moi.

— Vous n'êtes pas trop grosse, dit Mary Anne.

— J'étais mieux en 48.

— C'est l'année où c'est arrivé ?

— C'était à Washington. Au cœur de l'hiver. J'avais vingt-quatre ans, je n'étais pas beaucoup plus âgée que vous. Vous voyez, vous n'êtes pas la première.

— Il m'a raconté, dit Mary Anne. La cabane sur le canal.

En face d'elle, la plantureuse blonde se raidit.

— Ah oui ?

— Pourquoi êtes-vous allée avec lui ? Est-ce que vous l'aimiez ?

— Non, dit Beth.

— Alors je ne comprends pas.

— Il m'a baisée, c'est tout. Comme vous. Alors regardons les choses en face : nous avons quelque chose en commun.

— Merci, dit Mary Anne.

— Vous voulez connaître les circonstances ? On peut comparer nos notes…

— Allez-y.

— Vous apprendrez peut-être quelque chose.

Elle éteignit sa cigarette.

— Je ne sais pas ce qu'il a utilisé avec vous. Le boulot, sans doute. Mais à l'époque Joe n'avait pas de magasin de disques. Il travaillait dans l'édition musicale.

— Allison & Hirsch.

— Il vous a dit ça aussi ? À l'époque je... mais vous en avez entendu une. De mes chansons.

— *Notre place sous le chêne,* dit Mary Anne avec dégoût.

— Eh bien, il n'y a pas grand-chose à ajouter. Je voulais les faire publier. Un jour Joe est venu à l'appartement. J'étais en train de repeindre une chaise dans la cuisine – je m'en souviens très bien. Il est resté un bon moment et on a bu deux ou trois verres en bavardant. On a parlé d'art, de musique, ce genre de choses.

— Venez-en au fait.

— Il avait regardé mes chansons. Mais il ne pouvait pas les publier. Il m'a dit qu'il n'était pas encore passé assez d'eau sous les ponts.

— Qu'est-ce qu'il voulait dire par là ?

— D'abord, je n'ai rien compris. Et puis j'ai remarqué la façon dont il me regardait. Vous voyez ce que je veux dire ?

— Oui.

— Eh bien, c'était ça. Il a dit qu'il valait mieux ne pas le faire dans l'appartement. Il avait une cabane qu'il aimait utiliser, à quelques kilomètres de la ville. Pour être plus tranquille.

— Il se servait de son travail pour draguer des filles ?

— Joe Schilling, dit Beth, est un homme plein de gentillesse et de délicatesse. Je l'aime bien. Mais je suis réaliste. Il a un faible pour le beau sexe.

Mary Anne dit pensivement :

— Alors vous avez couché avec lui pour qu'il publie vos chansons.

Beth rougit.

— Je... je suppose qu'on pourrait exprimer les choses de cette façon. Mais je...

— Danny était photographe, hein ? Je me souviens de cette nuit où vous gambadiez à poil dans la pièce et où il prenait des photos de vous. Je n'y ai rien compris. Ça n'avait pas de sens. Vous posiez pour lui autrefois, non ?

— J'étais modèle professionnel, dit Beth, les joues en feu. Je vous l'ai expliqué. J'étais une artiste...

Soudain Mary Anne dit :

— C'est bien fait pour Tweany.

— Comment ça, bien fait pour lui ?

— Je viens de comprendre ce que vous êtes.

Elle ajouta d'un ton neutre :

— Vous êtes une putain.

Beth se leva. Elle était pâle, et de petites rides, pareilles à des craquelures, se dessinaient entre ses sourcils et autour de sa bouche.

— Et que crois-tu donc que tu es ? Tu as couché avec lui pour garder ta place – ce n'est pas faire la putain, cela ?

— Non, dit Mary Anne. Ce n'est pas ce qui est arrivé.

Ça n'avait pas été cela du tout.

— Et maintenant tu te mets à faire la difficile, dit très vite Beth. Pourquoi ? Parce qu'il est plus vieux que toi ? Reconnais-le, tu es entretenue en grand style, comme une danseuse française. Tu as un amant qui sait vivre. C'est l'idéal, non ? Tu as de la chance.

Absorbée dans ses pensées, Mary Anne l'avait à peine entendue.

— Seigneur ! dit-elle. Et vous aimez toute cette pacotille – tous ces « Noëls blancs »... Quelle farce ! Quelle farce aux dépens de Tweany.

— Quoi ? fit Beth. Si tu m'expliquais ? Je pense avoir droit à une explication.

— Bon Dieu ! continua Mary Anne. C'est la vérité. C'est la vérité vraie. *Notre place sous le chêne. Noël en traîneau*. Sapristi, vous êtes une putain *sentimentale !*

— Je vois, dit Beth. Eh bien, peut-être que de ton point de vue, d'un point de vue cynique de jeune...

Elle s'interrompit, car la porte s'ouvrit et la grande silhouette chagrine de Tweany apparut ; il avait dans les mains trois boîtes de bière Golden Glow et un ouvre-boîtes.

— Déjà ? ajouta-t-elle vivement.

— Elles sont tièdes, grommela Tweany.

— Je ne me sens pas très bien, dit Beth en prenant son sac et en se dirigeant vers la porte. Rien de grave, une légère migraine. Viens, Carleton. Ramène-moi à la maison.

— Mais nous... commença-t-il.

Beth ouvrit la porte et sortit dans le couloir. Puis elle dit sans se retourner :

— C'est sûrement l'immeuble le plus sale que j'aie jamais vu !

Quand elle fut partie, et après un moment d'hésitation, Tweany posa les boîtes de bière sur la chaise et sortit à son tour. La porte se referma, et Mary Anne se retrouva seule.

Elle chercha des yeux son caban. Elle attendit un peu pour être sûre que Beth et Tweany étaient bien partis, puis elle mit la clef de la chambre dans son sac à main, claqua la porte et se dirigea vers l'escalier.

Deux Noires obèses étaient assises sous le vieux porche ; elles lisaient des magazines de cinéma en buvant du vin. Mary Anne se faufila entre elles, descendit les marches et se mêla à la foule matinale des passants.

Les débordements lyriques d'un orchestre symphonique l'accueillirent à l'entrée du magasin. Elle hésita, puis avança lentement, les yeux fixés sur ses pieds et sur les dessins de la moquette. Elle fut surprise de rencontrer si vite le comptoir ; déconcertée, elle ouvrit la bouche et poussa une petite exclamation. Était-elle déjà allée si loin ? Elle releva alors la tête et vit Joseph Schilling derrière le comptoir. Il discutait de disques avec un jeune homme qui avait l'air d'être un étudiant. Max Figuera donnait un coup de balai le long de la devanture ; elle était passée près de lui sans le voir.

— Bonjour, dit-elle.

— Tiens ! fit Max en levant sur elle un regard maussade. Voyez qui nous arrive.

— Je suis désolée.

Max se tourna vers Schilling et lui lança :

— Voyez qui a décidé d'entrer quelques minutes pour dire bonjour !

Schilling leva aussitôt les yeux. Il reposa le disque qu'il tenait à la main et dit :

— Je commençais à m'inquiéter.

— Je suis en retard. Je suis désolée.

— Mais pas trop tard.

Il continua à s'occuper de son client.

Elle ôta son caban et le descendit au sous-sol. Quand elle revint, le jeune homme était parti, et Joseph Schilling était seul au comptoir. Max était sorti balayer le trottoir.

— Je suis content de te voir, dit Schilling, qui triait un nouvel arrivage de disques Victor. Tu es revenue pour de bon ?

— Naturellement, répondit-elle en passant derrière le comptoir. Je regrette que vous ayez dû demander à Max de venir.

— Il n'y a pas de mal.

— Vous n'avez pas bu votre café ce matin, n'est-ce pas ?

— Non.

Il avait le visage chiffonné et les traits tirés ; il avait l'air particulièrement pesant aujourd'hui. Ce fut avec prudence qu'il se baissa pour fouiller dans un carton.

— Vous êtes courbaturé ?

— Raide comme un piquet.

— Ma faute encore, dit-elle. Je vais vérifier cet arrivage. Allez prendre votre café.

— Je commençais à croire que tu ne viendrais pas du tout.

— Est-ce que je ne vous ai pas dit que je viendrais ?

— Si.

Il concentra son attention sur les disques.

— Mais je n'en étais pas sûr.

— Allez boire votre café, dit-elle – et puis elle ajouta soudain : Pourquoi est-ce toujours à moi de décider ?

Ému, il la regarda au fond des yeux et s'éclaircit la gorge pour parler.

— Allez boire votre café, répéta-t-elle.

Elle voulait qu'il cesse de la regarder ainsi. Il l'avait forcée à partir ; ou, du moins, il n'avait pas fait en sorte qu'elle puisse rester. Elle avait maintenant un peu peur ; elle s'éloigna de lui et s'approcha de la vitrine. Une cliente était entrée et examinait un présentoir.

Derrière elle, Joseph Schilling se ravisa et ne dit rien. Il se dirigea vers son bureau. Elle entendit le bruit de ses pas dans le couloir. Ainsi elle n'était pas obligée de lui dire maintenant. Elle pourrait lui dire plus tard. Ou peut-être jamais.

— Oui, madame ? fit-elle en se tournant vers la cliente. Puis-je vous être utile ?

20

Ce soir-là, après le travail, Joseph Schilling l'emmena dîner à *la Poblana*, le restaurant où ils étaient allés la première fois, et qui était en passe de devenir leur restaurant favori.

Ils suivirent le garçon jusqu'à leur table, dans une pénombre constellée de lueurs de chandelles. Les tables étaient basses et couvertes de nappes à carreaux rouges. Les murs – de style espagnol – étaient en pisé ; le plafond était bas, et on distinguait, au fond de la salle, une balustrade rococo envahie de vieux lierre, derrière laquelle trois musiciens en costume espagnol jouaient de la musique de circonstance.

Le garçon tira une chaise pour Mary Anne, posa le menu ouvert devant Schilling, et s'éclipsa. La fumée des cigarettes et des bougies qui flottait au-dessus des têtes et le murmure des conversations se mêlaient, reléguant le petit orchestre dans un lointain brumeux.

— C'est tranquille ici, dit Mary Anne.

Joseph Schilling écouta le son de sa voix et leva les yeux du menu pour la regarder par-dessus la table et essayer de deviner ce qu'elle ressentait vraiment.

— Oui, dit-il, parce que le restaurant était en effet tranquille.

Les gens venaient là pour manger et se détendre et bavarder ; la salle était faiblement éclairée et il y régnait une douce quiétude, comme si tout y sombrait, à la lueur vacillante des bougies, dans une molle et béate passivité. Lui-même se joignait volontiers à cette commune indolence.

Mais la jeune fille n'était pas détendue ; elle parlait de tranquillité, mais elle était assise aussi droite qu'une figurine d'ivoire, et ses mains jointes, posées devant elle sur la table, étaient blanches et paraissaient froides à la lueur blafarde de la chandellc. Elle n'était pas calme ; on aurait dit une statuette polie, ciselée, dure et insensible ; son visage était fermé, comme si elle avait voulu se couper de tout ce qui n'était pas sa propre défiance. Elle entendait tout, le voyait sans même avoir besoin de le regarder ; mais c'était tout.

— Tu veux que je commande ? demanda-t-il.

S'il voulait l'aider, il lui fallait avancer prudemment, phrase par phrase. Il ne pouvait prendre aucun risque, il ne pouvait se permettre aucune erreur. Il exigeait de lui-même une attention sans relâche.

— S'il vous plaît. Vous savez ce qui est bon, répondit Mary Anne d'une voix creuse.

— Est-ce que tu as faim ?

Il vit l'effort qu'elle faisait pour puiser en elle-même un enthousiasme factice.

— Je voudrais quelque chose de nouveau. Quelque chose que je n'ai pas encore essayé.

— Quelque chose de nouveau.

Il étudia la carte de près, en lut attentivement chaque mot et chaque prix.

— Quelque chose d'inhabituel : une gâterie.

— Que dirais-tu d'une *dolma ?*

Mary Anne réfléchit longuement, comme s'il s'agissait là d'une question capitale. Et ça l'était peut-être en effet.

— Qu'est-ce que c'est ? demanda-t-elle enfin.

— C'est un mélange de riz et de bœuf cuit dans des feuilles de vigne... roulées comme des crêpes mexicaines.

— Ça a l'air épatant. Je vais prendre ça.

Il commanda le dîner.

— Qu'est-ce que tu veux boire ? lui demanda-t-il tandis que le garçon attendait, crayon en main.

C'était le garçon qui les avait servis la première fois - un jeune Mexicain au teint clair, avec des rouflaquettes qui lui descendaient jusqu'aux mâchoires.

— Un peu de vin ? Je crois me souvenir que leur porto est excellent.

— Seulement du café.

Il commanda la même chose pour lui-même, et le garçon s'éloigna. Avec un soupir d'aise il déboutonna ses manchettes. Puis il desserra sa cravate. Mary Anne regardait fixement devant elle.

— Beth et Tweany sont passés ce matin, ils te cherchaient. Est-ce qu'ils t'ont trouvée ?

— Oui, dit-elle en hochant la tête.

Il fut contrarié de l'apprendre. Ignorant lui-même où elle se trouvait, il leur avait donné la plus vague des réponses.

— C'était important ? Ils avaient l'air sinistres.

Les lèvres de la jeune fille bougèrent.

— L'enquête judiciaire.

— Ah ! oui.

— Qu'est-ce qu'on va faire ? Qu'est-ce qui va nous arriver ?

— Il ne va rien nous arriver.

Avec quel soin – songea-t-il – il mesurait sa propre assurance. Et comme la souffrance de la jeune fille était tangible.

— Le ciel ne va pas nous tomber sur la tête. Le sol ne va pas s'ouvrir sous nos pieds pour nous engloutir.

Il se tut un instant et la regarda.

— Est-ce qu'ils t'ont dit quelque chose ?

Elle hocha encore la tête.

— Vraiment ?

Il aurait voulu les avoir sous la main.

— Est-ce que tu t'attends à d'autres réactions ? De ta famille, par exemple ?

— Mes parents... ne savent rien.

— Mais ils auraient leur mot à dire.

— Ne pouvez-vous pas imaginer quelque chose ? implora-t-elle. Vous êtes intelligent – vous devriez savoir quoi faire. Est-ce qu'on va simplement rester là à...

Ses mains s'ouvrirent.

— Joseph, pour l'amour du ciel, *faites* quelque chose !

À ce moment le garçon réapparut ; il posa d'abord sur la table des bols de salade verte déjà remuée, puis leur dîner proprement dit. L'interruption était la bienvenue, et Schilling, fourchette en main, concentra son attention sur ses *dolmas*. Il souleva même à ce sujet un point litigieux.

— Ce sont des feuilles de vigne ?

— Je regrette, monsieur, répondit le garçon. Pas de feuilles de vigne en hiver.

— C'est du chou ?

— Oui, monsieur. Pour la vraie *dolma*, il faut attendre fin avril, début mai.

Il leur servit leur café.

— Autre chose, monsieur ?

— Pas pour le moment, dit Schilling.

Le garçon les laissa seuls.

— Ça ne me dérange pas, dit Mary Anne, qui mangeait machinalement. C'est exactement ce que je voulais.

— Quel genre de garçon est ce David Gordon ? demanda-t-il. Tu ne m'as jamais beaucoup parlé de lui. Ce matin j'ai repensé à ce que tu m'avais dit. Max était un peu dans la même branche avant. Il dirigeait une agence de location de voitures et il avait une pompe à essence et un atelier pour les petites réparations. Il restait assis dans son bureau – je le voyais en allant travailler. Il semblait ne jamais rien faire d'autre que de rester assis là dans son bureau.

Il coupa une *dolma* en deux.

— Ça avait l'air de lui plaire. D'une certaine façon, Max a pris sa retraite à quinze ans.

Elle paraissait l'entendre, et même prêter attention à ce qu'il disait. Cela au moins était encourageant. Mais elle ne disait rien. Il attendit un peu, puis continua, sur le ton de la conversation, aussi légèrement que possible.

— À bien des égards je suis comme ça aussi. Je suis venu ici pour prendre ma retraite. Je cherchais une petite ville sans histoires où je pourrais ouvrir mon magasin de disques. Cette atmosphère engourdie me convient tout à fait. Je peux ouvrir la boutique quand je veux, bavarder avec les clients, perdre mon temps. C'est vrai qu'il n'y a pas grand-chose à faire ou à voir. Si je voulais voir quelque chose, je suppose qu'il me faudrait aller ailleurs.

— Où iriez-vous ? demanda Mary Anne.

— C'est difficile à dire.

Pour lui montrer le souci qu'il avait de bien répondre, il réfléchit, passa en revue différents lieux, différentes cités.

— Probablement New York ou San Francisco. Je n'irais pas à Los Angeles. Malgré sa taille, c'est une petite ville au fond. Bien sûr, les gens y sont décontractés – on peut se promener en short dans les rues si on veut.

— C'est ce que j'ai entendu dire.

— Et le climat y est agréable. Ces histoires de brouillard et de pollution relèvent surtout de la propagande. Il fait bon et il y a de l'espace. Mais les transports en commun sont épouvantables. Si tu allais vivre là-bas, il faudrait que tu achètes une voiture.

Il but une gorgée de café.

— Tu n'as jamais envisagé d'en acheter une ?

— Non.

— Tu sais conduire ?

— Non. Je n'ai jamais pensé à ça.

— Quelqu'un m'a dit que les voitures coûtent deux ou trois cents dollars de moins là-bas. Elles sont chères par ici.

Elle parut émerger brièvement de son apathie.

— Il faut combien de temps pour apprendre à conduire ?

— C'est variable. À ta place je m'inscrirais dans une auto-école. Tu peux obtenir un permis en deux ou trois semaines, et continuer à t'exercer toute seule. C'est agréable de posséder sa propre voiture. On ne dépend de personne. On peut aller où on veut, quand on veut. Même la nuit... quand les rues sont désertes. Quelquefois, quand je ne peux pas dormir, je me lève et je vais faire un tour en voiture. Et quand on conduit bien, on en retire une vraie satisfaction personnelle. C'est le genre d'aptitude qu'on ne perd pas une fois qu'on l'a acquise.

— Les voitures coûtent très cher, non ?

— Certaines, oui. Tu devrais, si jamais tu en achètes une ou envisages de le faire, regarder du côté des coupés légers. Disons, une Ford ou une Chevrolet des deux ou trois dernières années. Une petite Olds à deux portes ferait très bien l'affaire. Tu pourrais avoir la boîte automatique. Ça peut être très amusant.

— Il faudrait que je mette de l'argent de côté, dit-elle au bout d'un moment.

— Voici ce que tu pourrais faire.

Il avait cessé de manger, et elle aussi.

— L'essentiel est de décider si tu veux te marier et fonder une famille, ou te consacrer à une activité professionnelle où tu pourras développer toutes tes capacités – médecine, droit, ou un des grands arts commerciaux comme la publicité, la mode ou même la télévision.

— Je déteste les fringues, dit-elle. Je ne me vois pas en train de dessiner des robes.

Puis elle ajouta :

— Je m'intéressais à la médecine. J'ai suivi un stage d'infirmière au lycée.

— À quoi d'autre t'intéressais-tu ?

— J'ai pensé que je pourrais... vous allez rire.

— Non, dit-il.

— Pendant un petit moment, j'ai pensé me faire bonne sœur.

Il ne rit pas. Il se sentait profondément troublé.

— Vraiment ? Est-ce que tu ressens toujours la même chose ?

— Un peu.

— Ne t'enferme pas en toi-même, dit-il. Il vaudrait mieux être active, rencontrer des gens, faire quelque chose. Pas t'isoler je ne sais où en contemplation.

Elle opina du bonnet.

— Es-tu douée pour quelque chose ? As-tu jamais passé des tests d'aptitude ?

— Ils nous ont fait passer des tests en terminale. J'étais assez douée pour... – elle compta sur ses doigts – pour les activités manuelles : la dactylographie, la couture, le travail sur les objets...

— La manipulation d'objets.

— J'ai aussi montré de l'aptitude pour le travail de bureau, l'utilisation du matériel, le classement de fiches, ce genre de choses. Je n'avais pas beaucoup d'aptitudes artistiques, que ce soit en peinture, en dessin ou en écriture. Je m'en suis pas mal tirée en test de détermination du Q.I. En sociologie, on devait rendre une copie sur ce qu'on voulait faire. J'ai choisi le métier d'assistante sociale. J'ai fait un tas de recherches là-dessus dans la bibliothèque. J'aimerais aider les gens, vous savez, les taudis, l'alcoolisme, le crime... Les problèmes raciaux, j'ai fait un laïus une fois sur ce sujet devant tous les élèves du lycée. Il a été bien reçu.

— Si tu étais dans une grande ville, dit Schilling, tu pourrais te spécialiser dans une branche quelconque. Tu ne peux pas vraiment le faire ici. Il y a bien un collège pré-universitaire, mais ce n'est pas grand-chose. Stanford, à Palo Alto, serait bien plus intéressant. Ou même le San Francisco City College. Ou l'Université de Berkeley.

— Stanford n'est pas donné. Je m'étais renseignée un peu avant de passer mon examen. Mais... (sa voix faiblit et se voila) ... l'école ne m'a jamais rien apporté.

— Tu n'irais pas à l'école, dit-il. Tu acquerrais une qualification. Ce serait un savoir pratique, pas seulement des connaissances abstraites. Ce serait ton futur métier que tu apprendrais...

— Et comment je vivrais en attendant ?

— Tu pourrais travailler le soir. Ou bien suivre les cours du soir et travailler dans la journée. Dans une ville comme San Francisco, tu aurais la possibilité de faire les deux. Ou tiens, une suggestion. Tu pourrais essayer d'obtenir une bourse. Tu avais des bonnes notes au lycée ?

— En général, oui. Des 14 ou des 15.

Schilling prit son carnet noir et son stylo à encre dans la poche de son veston. Il traça sur une page de grosses lignes claires.

— Procédons par ordre. D'abord – il en prit note –, il faudrait que tu quittes cette ville.

— Oui.

Elle se pencha en avant pour regarder la plume courir le long des lignes noires. Mais son visage était toujours sans expression, sans émotion. Il était impossible de savoir ce qu'elle éprouvait. La tension était toujours là ; elle ne s'était pas relâchée. Peut-être – pensa-t-il – qu'elle ne se relâcherait jamais.

— Il faudra que tu habites quelque part. Évidemment, tu pourrais partager un logement avec un groupe de filles, ou une seule fille, ou aller à l'auberge de jeunesse ou dans une pension. Mais je pense que tu serais plus heureuse si tu vivais seule, si tu avais un endroit où t'isoler, où te réfugier.

Il posa son stylo.

— Tu as besoin de cela. D'un refuge. Ce n'est pas vrai ?

— Si, répondit-elle.

Il continua à écrire.

— Tu pourrais chercher quelque chose à North Beach, du côté de Telegraph Hill. Ou bien vers la Marina. Ou même du côté de Fillmore. C'est le quartier noir – bars et commerces, très bruyant. Ou encore, si tu as assez d'argent, tu pourrais louer un appartement chic dans une des nouvelles banlieues comme Stonestown. Je ne l'ai pas encore vue, mais on dit que c'est futuriste.

— Je l'ai vue, dit-elle. C'est une compagnie d'assurances qui a tout construit. C'est près de la mer.

— Maintenant ton travail.

Il but une autre gorgée.

— J'y ai longuement réfléchi. À mon sens, tu as deux possibilités également valables. Où as-tu travaillé jusqu'à présent ? Rappelle-le-moi.

— J'ai d'abord travaillé pour une agence de prêt, comme réceptionniste. Et ensuite dans une fabrique de meubles.

— En tant que ?

— Sténodactylo. Je détestais ça.

— Et après, la compagnie de téléphone ?

— Oui. Et enfin pour vous.

— N'entre pas dans une petite boîte où tu te retrouverais avec six autres filles et un messager. Tu as deux solutions. Ou bien tu vas travailler pour un particulier qui exerce une profession libérale – un médecin ou un avocat ou un architecte –, quelqu'un qui possède un cabinet moderne dont tu auras seule la charge : un de ces petits bureaux modernes avec du verre et des briques apparentes et un éclairage indirect, quelque chose de propre et de clair...

— Ou bien ?

— Ou bien tu entres dans une grosse compagnie – Shell, la Fondation Kaiser, ou même la Bank of

America. Une organisation si vaste et impersonnelle que tu y auras des occasions d'avancement. Et des emplois vraiment qualifiés. Une compagnie si importante que...

— Je pourrais peut-être travailler dans un magasin de disques de San Francisco. Comme Sherman Clay.

— Oui. En effet.

Il eut alors le sentiment qu'il avait accompli quelque chose, que peut-être, après tout, il pourrait l'aider à s'en sortir définitivement.

Mais s'il voulait vraiment l'aider à débrouiller les fils du désespoir où elle s'était réfugiée, c'était maintenant qu'il fallait le faire. Elle le regardait, elle suivait des yeux ce qu'il notait, écoutait ce qu'il avait à dire. Il avait réussi à l'intéresser. Son regard n'était plus vide ni craintif. Il avait devant lui une jeune femme raisonnable et attentive aux plans d'avenir qu'il faisait pour elle.

— Je fais des plans pour toi, dit-il.

— Merci.

— Ça ne t'ennuie pas ?

— Non.

— Tu veux manger autre chose ? Ton dîner est froid... et ton café ?

— Ce matin, dit Mary Anne, j'étais en retard... Vous savez ce que j'ai fait ?

— Qu'est-ce que tu as fait ?

— J'ai loué une chambre. J'ai déménagé mes affaires. J'ai dit à la propriétaire de l'appartement d'aller se faire pendre...

Il n'était pas surpris. Mais ce n'était pas agréable à entendre. Et il avait dû le montrer, car Mary Anne ajouta :

— Je vous rendrai l'argent, les cinquante dollars. Je suis désolée, Joseph. Je voulais vous le dire aussitôt...

— Comment as-tu déménagé tes affaires ?

— J'ai appelé un taxi. Il ne reste rien dans l'appartement, rien que la peinture et les journaux.

— Oui, dit-il. La peinture.

— Une partie est dans les boîtes. Une autre sur les plafonds.

Elle ajouta avec vivacité :

— Alors ? Qu'est-ce que vous en dites ?

— La chambre est bien ?

— Non.

— Je le regrette, dit-il, mal à l'aise. Pourquoi ne l'est-elle pas ?

— C'est un quartier minable. Les fenêtres donnent sur… des enseignes au néon et des poubelles. Mais c'est très bien comme ça. C'est juste ce qu'il me faut. Vingt dollars par mois. Quelque chose dans mes moyens.

Schilling tourna une page de son carnet.

— Quelle est l'adresse ?

— Je ne l'ai pas en tête.

Son regard avait soudain retrouvé toute sa froide inexpressivité.

— Tu as dû la noter quelque part.

— C'est possible. Je reconnais la maison quand je la vois.

— Est-ce que Beth et Tweany t'ont trouvée là-bas ?

— Oui.

Alors, raisonna-t-il, c'était dans le quartier noir. Elle avait sans doute déniché cette chambre grâce à quelqu'un du *Roitelet*. Le patron, vraisemblablement.

— Comment la reconnais-tu ?

— Non, dit-elle.

— Non quoi ?

— Je ne vous dirai pas où c'est.

Il avait fait une erreur. Il l'avait poussée trop loin.

— D'accord, dit-il complaisamment en refermant son carnet. Je n'y vois pas d'inconvénient.

— Et je pars, ajouta-t-elle.

— Le magasin ?

— Je quitte ma place.

Il hocha posément la tête.

— Très bien. Comme tu veux.

Il avait déjà accepté cette éventualité ; c'était maintenant une réalité et il fallait la regarder en face.

— Et l'argent ?

— J'en ai assez.

— Si tu as besoin de quoi que ce soit, je te le donnerai. Sur une période de quelques mois, de préférence. Je te donnerai assez pour aller où tu veux et commencer quelque chose.

Elle fixa sur lui un regard fiévreux.

— Je tâcherai de te faire obtenir le genre d'emploi que tu cherches, poursuivit-il. Mais là je ne peux guère t'être utile. Il y a des années que j'ai quitté San Francisco, et mes contacts n'y sont plus très bons. Mais je connais les grossistes de la ville, je pourrai peut-être faire quelque chose. Tu pourrais aussi parler à Sid Hethel. Il sera peut-être à même de te donner un coup de main. De toute façon tu devrais passer le voir si tu vas là-bas.

— Je vais ailleurs, dit-elle.

— Dans l'Est ?

— Non.

Son souffle était précipité.

— Ne me demandez pas.

Malgré sa sollicitude, c'était à cela qu'il l'avait acculée. Ainsi il n'avait rien accompli ; il ne pouvait pas l'aider finalement. Il pouvait seulement essayer de faire en sorte qu'aucun mal supplémentaire ne lui fût infligé.

Il se rendait compte que c'était le moment où il aurait eu besoin de l'idée géniale, de la solution miraculeuse qui aurait tout arrangé. Mais il ne l'avait pas. Il était assis à quelques dizaines de centimètres d'elle, assez près pour la toucher, et il ne pouvait rien faire. Tout ce qu'il avait acquis au cours de sa vie en maintes contrées – savoir, compréhension, sagesse –, tout cela était inutile. Cette petite provinciale, cette fille menue et apeurée, il ne pouvait pas l'atteindre.

— C'est à toi de décider, dit-il.

— Quoi ?

— Je crains de ne pouvoir t'aider. Je suis désolé.

— Je ne veux pas qu'on m'aide. Je veux seulement qu'on me laisse tranquille.

— Mary Anne...

Les mains de la jeune fille étaient toujours posées sur la table ; leur blancheur se détachait sur les carreaux rouges de la nappe.

— Je t'aime.

Il tendit le bras pour la toucher...

... mais elle ramena ses mains vers elle. Celle de l'homme, comme si elle avait eu une vie propre, rampait dans sa direction, cherchait à tâtons. Elle la regardait, fascinée. La main trouva son bras et voulut le saisir, tandis que le vieil homme continuait à marmonner et à radoter.

Comme ses doigts se refermaient sur sa chair, Mary Anne lui assena sur la cheville un coup violent avec la pointe de son soulier, et en même temps se rejeta en arrière et se releva tant bien que mal. D'un bond elle s'écarta de la table ; sa tasse de café se renversa et éclaboussa sa jupe et sa jambe.

En face d'elle Joseph Schilling poussa un grognement de douleur ; il se pencha pour masser sa cheville meurtrie. Son visage trahissait une souffrance aiguë.

Elle resta là un instant, hors d'atteinte, haletante, puis elle tourna les talons et s'éloigna de la table. Elle ne pensait ni n'éprouvait rien ; elle avait vaguement conscience des lueurs des chandelles, de la silhouette du garçon, des dîneurs qui la regardaient. Elle avait l'impression de flotter dans un milieu cotonneux et silencieux. Les figures des clients et des autres curieux s'étaient transformées en grotesques têtes de poisson qui s'enflaient jusqu'à emplir toute la salle. Et elle avait froid, très froid. Une sorte d'engourdissement, de torpeur s'insinuait dans son esprit et s'y installait. Au prix d'un gros effort elle secoua la tête et regarda autour d'elle pour voir où elle se trouvait.

Elle se tenait près d'une chaise solitaire dans un coin du restaurant – une chaise à dossier droit, vernie et brillante, posée là à l'écart, isolée. Elle s'assit dessus et joignit ses mains sur ses genoux. Elle voyait le restaurant tout entier, en spectatrice. Et là-bas, au loin, une silhouette déformée, rapetissée et recroquevillée à une table, celle de Joseph Schilling. Il ne la suivit pas.

Joseph Schilling était resté à sa table. Il ne l'avait pas suivie. Et maintenant il essayait de ne pas regarder dans sa direction. Les choses avaient repris leur cours normal. Les clients mangeaient et le garçon circulait entre les tables. Les battants de la porte de la cuisine s'ouvraient et se fermaient. Les garçons chargés d'enlever les plats poussaient leurs petits chariots dans un fracas de couverts entrechoqués.

À l'entrée du restaurant, près de la caisse, un jeune couple s'apprêtait à partir. L'homme enfilait son pardessus, et sa femme ajustait son chapeau devant la glace. Leurs deux enfants, un garçon et une fille d'une dizaine d'années, descendaient déjà les marches qui menaient au parking.

Joseph Schilling se leva et s'approcha du jeune couple.

— Excusez-moi, dit-il d'une voix qui lui parut brusque et rauque. Est-ce que vous retournez en ville ?

Le mari le considéra d'un air incertain, puis répondit par l'affirmative.

— Je voudrais vous demander un service, continua Schilling. Vous voyez cette jeune fille assise là-bas dans le coin ?

Il ne la montra pas du doigt, il ne fit aucun geste, il ne regarda même pas de son côté. Le mari l'avait remarquée, et il tourna légèrement la tête.

— Accepteriez-vous de la ramener en ville avec vous ? Je vous en serais reconnaissant.

— Cette jeune fille ? dit la femme en se rapprochant d'eux. Vous voulez qu'on la remmène avec nous ? Est-ce qu'elle va bien ? Elle n'est pas malade, au moins ?

— Non, dit Schilling. Ça va aller. Ça ne vous dérangerait pas trop ?

— Je ne pense pas, dit le mari en échangeant un regard avec sa femme. Qu'en penses-tu ?

Sans répondre, elle se dirigea vers Mary Anne et se pencha un peu pour lui parler. Schilling resta près du mari ; aucun d'eux n'ouvrit la bouche. Bientôt Mary Anne se leva et sortit du restaurant avec la femme.

— Merci, dit Schilling.

— Il n'y a pas de quoi.

L'homme partit rejoindre sa famille, intrigué mais accommodant.

Après avoir payé l'addition, Joseph Schilling traversa le parking désert et monta dans sa Dodge. Tout en mettant le moteur en marche, il chercha des yeux le jeune couple et leurs enfants et Mary Anne, mais il ne vit rien.

Alors il rentra seul en ville.

21

Le jeune couple la déposa dans le quartier commerçant du centre-ville, et de là elle marcha dans l'obscurité jusqu'à sa nouvelle adresse. Les bouteilles de vin bues par les deux Noires étaient restées sur le seuil de la maison ; elles formaient à ses pieds, tandis qu'elle poussait la porte d'entrée, un petit bloc lisse et luisant.

Elle longea le couloir étroit et sombre en cherchant sa clef dans son sac à main et s'arrêta devant sa porte.

Une radio jouait très fort un air de jazz dans une chambre voisine. Dehors une balayeuse suivait son itinéraire compliqué parmi les boutiques et les maisons. Elle enfonça sa clef dans la serrure, la tourna et entra.

Des formes se dessinèrent dans la faible clarté qui venait du couloir : les cartons où s'entassaient toutes ses affaires. Celles-ci n'avaient jamais été déballées. Elle referma la porte, et la chambre privée de lumière se réduisit à une surface solide.

Elle resta ainsi, appuyée à la porte, un long, long moment. Puis elle ôta son caban, s'approcha du lit et s'assit dessus. Les ressorts gémirent ; elle ne pouvait rien voir, elle ne pouvait qu'entendre. Elle repoussa les couvertures, se débarrassa de ses souliers et se glissa dans le lit. Elle tira sur elle les couvertures et, allongée sur le dos, les bras le long du corps, ferma les yeux.

La chambre était tranquille. En bas, dans la rue, la balayeuse s'était éloignée. Le plancher vibrait de tous les sons produits par d'autres gens, dans d'autres chambres, mais cela même était un mouvement plutôt qu'un bruit. Non seulement elle ne voyait plus rien, mais elle n'entendait plus rien. Elle restait couchée sur le dos et pensait à différentes choses – des choses douces, des choses agréables, des choses pures et amicales et paisibles.

Rien ne bougeait dans ses ténèbres. Le temps passa, et l'obscurité se dissipa. La lumière du soleil se répandit dans la chambre à travers les rideaux usés. Mary Anne, toujours couchée sur le dos, les bras le long du corps, entendit le brouhaha des voitures et des gens qui passaient dans la rue. Des bruits de chasse d'eau se répercutaient dans toutes les chambres.

Immobile, elle fixait du regard les motifs lumineux du plafond. Elle pensait à beaucoup de choses différentes.

À neuf heures Joseph Schilling ouvrit le magasin, trouva le balai dans le placard, et se mit à balayer le trottoir. Une demi-heure plus tard, alors qu'il classait et rangeait des disques, Max Figuera apparut dans ses vêtements pas très nets.

— Elle n'est pas venue ? dit-il en se curant les dents avec une allumette. Je m'en doutais.

Schilling continua à travailler et dit :

— Elle ne viendra plus. Je voudrais que tu viennes ici tous les jours désormais. Jusqu'à Noël au moins. Ensuite je m'occuperai peut-être à nouveau seul du magasin.

Max s'arrêta près du comptoir et s'y accouda, une expression finaude sur le visage – un air entendu et sarcastique qu'il semblait répandre autour de lui comme des fragments de peau ou de tissu tandis qu'il reprenait :

— Je vous l'avais bien dit.

— Vraiment.

— Quand vous avez regardé cette fille le premier jour, celle avec les gros nibards. Celle qui buvait un milk-shake. Vous vous rappelez ?

— C'est juste, dit Schilling sans s'arrêter.

— Combien elle vous a coûté ?

Schilling grogna.

— Vous devriez le savoir, continua Max. On croit toujours qu'on peut les avoir, ces petites poupées, mais elles finissent toujours par vous avoir. Pas de doute, elles sont futées. Ces jeunes provinciales, ce sont les pires de toutes. Elles savent tirer profit de ce qu'elles ont et elles le vendent cher. Vous en avez eu pour votre argent, au moins ?

— Au fond du magasin, dit Schilling, il y a un arrivage Columbia que je n'ai pas eu le temps d'ouvrir. Ouvre-le et vérifie qu'il est complet.

— D'accord.

Max traversa le magasin sans se presser. Il émit une sorte de ricanement.

— Vous avez bien obtenu *quelque chose*, non ? Ou est-ce qu'elle n'a rien lâché *du tout* ?

Schilling s'approcha de la vitrine et regarda les gens et les boutiques de l'autre côté de la rue. Puis, lorsqu'il entendit Max fourrager dans les cartons, il retourna à son travail.

À une heure et demie, alors que Max était sorti déjeuner, un garçon aux cheveux bruns, en combinaison jaune, entra dans le magasin. Schilling servait un client tatillon au comptoir ; il l'envoya dans une cabine et se tourna vers le garçon.

— Est-ce que Mlle Reynolds est ici ? demanda celui-ci.

— Vous êtes David Gordon ?

Le garçon sourit timidement.

— Oui, je suis son fiancé.

— Elle n'est pas là, dit Schilling. Elle ne travaille plus pour moi.

— Elle a quitté son travail ?

Le garçon devint nerveux.

— Elle a déjà fait ça deux ou trois fois. Vous savez où elle habite ? Je ne sais même plus cela moi-même.

— Je l'ignore, dit Schilling.

Le garçon s'attardait, l'air incertain.

— Où croyez-vous que je puisse l'apprendre ?

— Je n'en ai pas la moindre idée, répondit Schilling. Puis-je suggérer quelque chose ?

— Bien sûr.

— Laissez-la tranquille.

David Gordon sortit, déconcerté, et Schilling se remit au travail.

Il ne pensait pas que David Gordon la trouverait ; le garçon la chercherait un moment et puis il retournerait à sa station-service. Mais d'autres pourraient la trouver. Certains l'avaient déjà fait.

Ce soir-là, il resta seul dans le magasin après la fermeture pour préparer un bon de commande Decca. La rue sombre était silencieuse ; peu de voitures y passaient, et presque pas de piétons. Il travaillait au comptoir avec une seule lampe allumée, tout en écoutant un des électrophones jouer quelques nouveaux disques de musique classique.

À sept heures et demie des coups secs frappés à la porte le firent sursauter. Il leva les yeux et vit David Gordon derrière la vitre. Le garçon fit signe qu'il voulait entrer ; il ne portait plus sa combinaison, mais un raide costume croisé.

Schilling posa son crayon et alla ouvrir la porte.

— Qu'est-ce que vous voulez ?

— Ses parents ne savent pas non plus où elle est.

— Je ne peux pas vous aider. Elle n'a travaillé ici qu'une semaine environ.

Il voulut refermer la porte, mais David Gordon reprit :

— On est allés à ce cabaret. Mais il n'est pas encore ouvert. On ressayera plus tard. Ils sont peut-être au courant.

— Qui ça, « on » ? s'enquit Schilling en s'immobilisant.

— Son père est avec moi. Il n'a pas de voiture. Moi, j'ai le camion...

Schilling regarda dehors et vit un camion de dépannage jaune garé un peu plus loin le long du trottoir. Un petit homme attendait tranquillement dans la cabine.

— Voyons un peu à quoi il ressemble, dit Schilling. Dites-lui de venir un instant.

David Gordon s'éloigna vers le camion, échangea quelques mots avec Edward Reynolds, puis ils revinrent ensemble.

— Excusez le dérangement, murmura Ed Reynolds.

C'était un homme mince, légèrement bâti, et Schilling reconnut sur son visage quelques-uns des traits de sa fille. Ses bras et ses mains étaient agités de petites secousses nerveuses, une sorte de tic qui résultait peut-être d'un trop-plein d'énergie refoulé. Il était, constata Schilling, plutôt bel homme. Mais sa voix était fluette, aiguë et désagréable.

— Vous cherchez votre fille ? demanda Schilling.

— Oui. David m'a dit qu'elle travaillait pour vous.

Ses yeux clignèrent rapidement.

— Je pense qu'il lui est arrivé quelque chose.

— Quoi, par exemple ?

— Eh bien...

L'homme fit un geste et cligna encore des yeux. Il se tortillait sur un pied, ses mains s'ouvraient et se fermaient, des ondes d'agitation se propageaient jusqu'à sa figure et y mettaient une série de muscles en mouvement.

— Vous comprenez, elle traînait avec des Noirs dans ce cabaret. Je crois qu'il y en a un qui a tué un Blanc. C'était dans le journal.

Sa voix faiblit encore.

— Vous l'avez peut-être lu...

Schilling avait donc devant lui le persécuteur de la jeune fille. Il voyait un petit homme d'environ cinquante-cinq ans, un ouvrier voûté de fatigue après sa journée à l'usine, qui sentait, comme la plupart des êtres humains, l'effort et la sueur. Son blouson de cuir était taché, fripé, déchiré. Il avait une barbe de deux ou trois jours. Ses lunettes étaient trop petites pour lui, et les verres avaient probablement besoin d'être changés. Il portait à un doigt une bande de sparadrap effilochée, là où il s'était coupé ou écorché. Il n'y avait dans son aspect rien de pervers ou de sadique. Il était comme Schilling s'était imaginé qu'il devait être.

— Rentrez chez vous, dit Schilling, et occupez-vous de vos affaires. Tout ce que vous pouvez lui apporter, ce sont des ennuis supplémentaires, et elle en a assez comme ça.

Il referma la porte et la verrouilla.

Après un conciliabule avec M. Reynolds, David Gordon frappa encore à la vitre. Schilling était retourné au comptoir. Il revint vers la porte et l'ouvrit. David Gordon avait l'air embarrassé, et le père de la jeune fille avait les joues rouges et la mine humble.

— Allez-vous-en, dit Schilling. Allez-vous-en !

Il claqua la porte et baissa le store. Les coups reprirent presque aussitôt. Il cria à travers la vitre :

— Allez-vous-en ou je vous fais arrêter tous les deux !

L'un d'eux marmonna quelque chose qu'il ne comprit pas.

— Allez-vous-en ! cria-t-il encore.

Il rouvrit la porte et ajouta :

— Elle n'est même plus en ville. Elle est partie. Je lui ai donné de l'argent et elle est partie.

— Vous voyez, dit David Gordon au père de la jeune fille. Elle est allée à San Francisco. C'est ce qu'elle a toujours voulu faire. Je vous l'ai dit.

— On ne veut pas vous embêter, dit Ed Reynolds d'un air têtu. On veut seulement la retrouver. Est-ce que vous savez où elle est allée à San Francisco ?

— Elle n'est pas allée à San Francisco, dit Schilling en refermant à demi la porte.

Puis il se dirigea encore une fois vers le comptoir et se remit au travail. Il ne leva pas les yeux et concentra son attention sur le bon de commande Decca. David Gordon et Ed Reynolds entrèrent sans bruit dans le magasin et s'approchèrent de lui dans la pénombre. Ils s'arrêtèrent près du comptoir et attendirent ; aucun d'eux ne parla. Il continua ce qu'il avait commencé.

Il sentait leur présence toute proche ; ils attendaient qu'il leur dise où elle était. Ils resteraient encore un peu, et puis ils iraient au *Roitelet*, et là ils apprendraient où elle logeait. Et alors ils iraient jusqu'à sa chambre, cette chambre qui donnait sur des enseignes au néon... Et c'en serait fait d'elle.

— Laissez-la tranquille, dit-il.

Il n'y eut pas de réponse.

Schilling posa son crayon, ouvrit un tiroir et en sortit un bout de papier plié, qu'il poussa dans leur direction.

— Merci, dit Ed Reynolds.

Ils s'éloignèrent d'un pas traînant.

— Nous apprécions votre geste, monsieur.

Lorsqu'ils furent partis, Schilling alla reverrouiller la porte et revint vers le comptoir. Ils avaient emporté l'adresse griffonnée d'un marchand de disques de San Francisco – un immeuble de la Sixième Rue, dans le quartier de la Mission. C'était là ce qu'il pouvait faire de mieux pour elle. À dix heures ils seraient de retour, et alors ils se rendraient au *Roitelet Paresseux*.

Il ne pouvait rien faire d'autre pour elle. Il ne pouvait pas aller à elle, ni empêcher les autres de l'approcher. Elle était sans doute assise dans sa chambre à vingt dollars par mois, à moins de deux kilomètres de là et peut-être beaucoup plus près, dans la même attitude que la veille au restaurant : mains jointes sur ses genoux serrés, tête légèrement penchée en avant. Il ne pouvait l'aider qu'en s'abstenant d'aggraver le préjudice qu'elle avait déjà subi ; lorsqu'il aurait fait cela, il aurait tout fait.

Elle s'en sortirait si on la laissait tranquille. Elle n'aurait pas eu besoin de s'en sortir si on l'avait toujours laissée tranquille. Sa peur lui avait été inculquée : elle ne l'avait pas inventée elle-même, elle ne l'avait pas engendrée ni encouragée. Elle ne savait sans doute pas d'où elle venait. Et elle ne savait certainement pas comment s'en débarrasser. Elle avait besoin d'aide, mais ce n'était pas si simple que cela. Le désir de l'aider n'était plus suffisant. Peut-être l'aurait-il été quelques années plus tôt. Mais trop de temps avait passé, trop de mal avait été fait. Elle ne pouvait même plus croire ceux qui étaient de son côté. Pour elle, personne n'était de son côté. Les circonstances l'avaient peu à peu coupée des autres et isolée ; elles l'avaient acculée dans un coin et maintenant elle était assise là, les mains sur les genoux. Elle n'avait pas le choix. Elle n'avait pas d'autre endroit où aller.

Il se demandait ce qui se serait passé si son grand-père n'était pas mort, ou si elle avait eu un autre père, vécu dans une plus grande ville, connu quelqu'un en qui elle aurait pu avoir confiance. Quelle sorte de personne serait-elle devenue ? Il ne pouvait croire qu'elle eût été très différente. Peut-être la peur eût-elle été plus profondément enfouie et cachée sous des épaisseurs d'autosatisfaction, de sorte que personne ne se fût rendu compte qu'elle était là. Il n'avait pas envie de trop accuser son père. Il ne voyait pas comment Carleton Tweany aurait pu être responsable de la déception qu'il lui avait causée, ou David Gordon coupable d'être trop jeune et pas très brillant ni très fin. La culpabilité – si culpabilité il y avait – était diffuse et s'étendait à tout et à chacun. Un homme avait arrêté sa voiture, tous feux allumés, de l'autre côté de la rue, pour examiner son pneu arrière gauche. Peut-être était-ce là l'individu que l'on pouvait tenir pour responsable : il faisait aussi bien l'affaire qu'un autre. Lui aussi prenait part à la marche du monde ; s'il avait, des années auparavant, fait un certain geste qu'il n'avait pas fait, ou s'il s'était abstenu d'en faire un – alors peut-être Mary Anne eût-elle été pleine de joie de vivre et d'assurance, et n'y aurait-il eu aucun problème.

Peut-être existait-il, en quelque point du temps ou de l'espace, un noyau de responsabilité, mais il en doutait. Personne n'avait plongé Mary Anne dans les ténèbres, parce qu'elle n'était pas dans les ténèbres. Elle était aussi lucide que n'importe qui, et beaucoup plus que certains. Mais cela ne servait à rien. Il savait qu'elle avait raison, et elle le sentait aussi à sa manière impulsive – mais cela ne l'aidait en rien dans la vie quotidienne. Ce n'était pas un problème moral. C'était un problème pratique. Un jour, dans un siècle ou deux, son monde existerait peut-être ; il n'existait pas encore. Il croyait en entrevoir certains aspects. Elle n'était pas complètement seule, elle n'avait pas créé par un effort solitaire ce monde encore latent : mais les rares personnes qui auraient pu s'en réclamer, faute de contacts suffisants, ne pouvaient guère communiquer entre elles, du moins pas encore. Ces contacts étaient brefs et fragmentaires – un enfant ici, un Noir là, une pensée isolée qui semblait éveiller quelque chose et puis s'évanouissait. Le fait qu'elle ressentait cela, même confusément, prouvait qu'elle ne souffrait pas simplement d'une anomalie psychologique.

Et il était beaucoup plus âgé qu'elle. Il n'aurait pu se rapprocher d'elle plus qu'il ne l'avait fait. Il l'aimait, et d'autres l'aimaient aussi, mais ça ne servait à rien. Ce dont elle avait besoin, c'était de réussir quelque chose.

De l'autre côté de la rue, l'inconnu donnait un coup de pied dans son pneu et se penchait pour mieux voir. Schilling le regarda faire le tour de son auto, se pencher encore une fois, puis se remettre au volant et démarrer en faisant rugir le moteur.

Un pneu s'était-il dégonflé ? Était-il passé sur une bouteille, une boîte de bière ? Un objet d'une valeur inestimable était-il tombé et s'était-il perdu ? L'homme était parti, et il ne le saurait jamais. Tout ce que cet homme avait fait, tout ce qu'il avait secrètement désiré et accompli, lui demeurerait à jamais inconnu.

Schilling ouvrit l'annuaire téléphonique et chercha le numéro du *Roitelet Paresseux*. Il le composa et écouta.

— Allô ! fit une voix d'homme, une voix de Noir. Cabaret du *Roitelet Paresseux*.

Il demanda à parler à Paul Nitz et l'eut finalement au bout du fil.

— Qui est-ce qui m'a répondu ? demanda Schilling.

— Taft Eaton, le patron. Qui est à l'appareil ? fit Nitz d'un ton morose. Je dois aller jouer quelques morceaux.

— Demandez-lui où habite Mary Anne Reynolds, dit Schilling. Il lui a trouvé une chambre.

— Une chambre ? Quelle chambre ?

— Demandez-lui.

Il raccrocha. Quand il se sentit mieux, il se remit au travail.

Des gens passaient derrière la porte fermée. Il entendait le bruit de leurs pas sur le trottoir, mais ne levait pas les yeux. Il mit un autre disque dans la cabine d'audition ; il tailla son crayon ; il glissa le bon de commande Decca dans une enveloppe, la ferma et s'attaqua au bon de commande Capitol.

L'obscurité l'entourait, à peine dissipée par la pauvre clarté qui venait du couloir. Quand elle tourna la tête, elle vit que la porte était ouverte. Elle ne l'avait pas verrouillée ; elle n'en avait pas vu la nécessité. Une silhouette se découpait dans le pâle rectangle de lumière, une silhouette d'homme.

— Vous n'avez pas mis longtemps, dit-elle.

L'homme entra dans la chambre. Mais ce n'était pas Joseph Schilling.

— Oh ! fit-elle, surprise, lorsque la forme fut tout près du lit. C'est toi... Est-ce que... c'est Tweany qui t'a dit ?

— Non, répondit Paul Nitz.

Il s'assit sur le lit à côté d'elle. Au bout d'un moment il tendit le bras et caressa ses cheveux à partir de son front.

— Je l'ai appris au *Roitelet*, par Eaton. Cette piaule est vraiment infecte.

— Quand l'as-tu appris ?

— À l'instant. Je venais d'arriver pour commencer le boulot de la soirée.

— Je ne suis pas en très grande forme, dit-elle.

— Tu fuyais à toutes jambes, dit Nitz. Et tu t'es rentrée dedans. Tu ne regardais même pas où tu allais... tu courais pour essayer de t'échapper. C'est tout.

— Tu veux dire que j'étais folle, fit-elle d'une toute petite voix.

— Mais j'ai raison.

— D'accord, tu as raison.

Nitz sourit.

— Je suis content de t'avoir trouvée.

— Moi aussi. Il était temps.

— Je voulais que tu t'en ailles de cet appartement, l'autre jour. Toute cette peinture me rendait malade.

— Moi aussi.

Au bout d'un moment elle demanda :

— Tu veux me rendre un petit service ?

— Tout ce que tu veux.
— Tu pourrais aller me chercher mes cigarettes.
— Où sont-elles ? dit-il en se levant.
— Dans mon sac à main, sur la commode. Si ça ne te dérange pas trop.
— Elle est où, cette commode ?
— Tu peux la voir d'ici. Il n'y a qu'une seule pièce... Est-ce que ça ira ?
Elle entendit, toujours couchée, Paul Nitz chercher à tâtons dans l'obscurité. Puis il revint.
— Merci, dit-elle.
Il alluma une cigarette pour elle et la lui mit entre les lèvres.
— Eh bien, on peut dire que ç'a été une semaine mouvementée.
— Comment te sens-tu ?
— Pas très bien. Mais je pense que ça va aller. Ça va prendre un petit moment.
— Reste couchée là et repose-toi.
— Oui, dit-elle avec gratitude.
— Je vais mettre un peu de chauffage.
Il trouva le petit appareil à gaz et l'alluma. Des flammes bleues apparurent, sifflant et grésillant dans l'obscurité de la chambre.
— Je ne peux pas le revoir, dit Mary Anne.
— D'accord, dit Nitz. Tu n'as pas à t'en faire. Je vais prendre soin de toi jusqu'à ce que tu sois bien rétablie, et alors tu pourras t'envoler où tu voudras.
— Merci. Tu es gentil.
Il haussa les épaules.
— Tu as pris soin de moi une fois.
— Quand donc ?
Elle ne s'en souvenait pas.
— La nuit où je suis tombé dans les pommes et où ma tête a heurté la cuvette des W-C... Tu

t'es assise avec moi sur le divan et tu m'as tenu contre toi.

Il eut un petit sourire gêné.

— Oui, se rappela-t-elle. Dans un sens on s'est bien amusés cette nuit-là. Lemming... je me demande ce qu'il est devenu. C'était une nuit si étrange...

— J'ai pris un congé, dit Nitz. Presque deux semaines sans avoir à retourner au *Roitelet*. Des sortes de vacances de Noël anticipées.

— Payées ?

— Oui. Enfin... partiellement.

— Ce n'était pas la peine de faire ça.

— Maintenant, on peut aller se balader.

Mary Anne réfléchit.

— Tu m'emmènerais vraiment en balade ?

— Bien sûr. Où tu veux.

— Parce que, ajouta-t-elle avec sérieux, il y a un tas d'endroits que j'aimerais voir. On pourrait faire un tas de choses... Est-ce qu'on pourra aller à San Francisco ?

— Quand tu en auras envie.

— On pourra prendre le ferry... n'est-ce pas ?

— Absolument. Il y en a un qui va à Oakland.

— J'aimerais visiter quelques-uns de ces petits restaurants de North Beach, dit-elle avec ferveur. Est-ce que tu es déjà allé là-bas ?

— Bien souvent. Je t'emmènerai écouter Kid Ory à *la Gueule de Bois*.

— Ce serait formidable. Et on pourra aller au parc d'attractions... et glisser sur les toboggans. Ça te plairait ?

— Bien sûr...

— Seigneur !

Elle leva un bras et l'attira contre elle.

— Tu es un gosse.

— Toi aussi, répondit Nitz.

— Oui, dit-elle.

Et puis elle pensa à Joseph Schilling. Un moment plus tard, gémissant de douleur et de désespoir, elle étreignait le jeune homme à demi couché près d'elle et s'écriait :

— Bon sang, qu'est-ce que je vais faire ? Réponds-moi, Paul ! Comment est-ce que je peux vivre comme ça ?

— Tu ne peux pas, dit-il.

— Ça allait déjà assez mal avant. Je savais que quelque chose n'allait pas – mais maintenant c'est pire. Je voudrais n'être jamais entrée dans ce magasin. Bon Dieu, si seulement je n'y étais pas entrée ce jour-là...

Mais ce n'était pas vrai, parce qu'elle n'était pas mécontente au fond d'avoir trouvé le magasin.

— Il est encore là, ajouta-t-elle d'une voix entrecoupée. Le magasin. Joseph Schilling. Ils sont là tous les deux. Dans un sens.

Dans un sens, mais c'était une coquille vide. Il n'y avait rien à l'intérieur. Elle sanglotait, allongée dans l'obscurité, un bras passé autour du cou de Paul, cigarette aux doigts. C'était quelque chose qui était venu et s'en était allé, et qui l'avait rendue à sa solitude. Mais elle ne voulait plus être seule.

— Je ne peux pas le supporter ! cria-t-elle.

Elle jeta sa cigarette à travers la pièce ; la cigarette heurta le mur opposé et une petite lueur rouge tomba sur la carpette.

— Je ne veux pas mourir ici dans ce trou à rats !

Paul alla éteindre le mégot.

— Non, dit-il en revenant vers elle.

Il la prit dans ses bras, avec les couvertures, et se dirigea vers la porte avec son fardeau.

— On s'en va, ajouta-t-il en la serrant contre lui.

Il la porta ainsi le long du couloir et en bas de l'escalier, en passant devant des portes fermées mais nullement silencieuses, et devant Mme Lessley la logeuse, qui de son antre leur lança un regard méfiant et hostile. Il descendit les marches du porche et s'avança le long du trottoir, parmi les groupes et les couples qui flânaient ici et là dans les rues sombres bordées de boutiques, de stations-service, de restaurants, d'hôtels, de cafés, de drugstores. Il traversa le quartier pauvre, le quartier commerçant, passa devant des enseignes au néon et des snack-bars, devant les bureaux du *Leader* et les petits magasins modernes de Pacific Park. Il la porta, en la serrant fort contre lui, jusqu'à sa propre chambre.

22

Des vieillards étaient assis dans le parc, des rangées de vieillards dont les vêtements et les journaux dissimulaient aux regards les bancs où ils se trouvaient.

L'herbe était jonchée de feuilles jaunes qui craquaient sous les pieds des promeneurs. Deux enfants, des garçons en jean, se dirigeaient vers la lisière du parc avec des sacs en papier brun qui contenaient leur déjeuner. Les vieillards lisaient leur *L'Italia* en se chauffant au soleil d'automne. Au-delà du parc, le haut clocher de l'église catholique projetait son ombre sur les maisons voisines. Quelques pigeons allaient et venaient sur le gravier autour de la fontaine pour y chercher des restes de nourriture. Le ciel de San Francisco était d'un bleu léger et fragile. En tournant la tête sur son banc, Mary Anne pouvait voir le versant de Telegraph Hill et la tour – Coit Tower – qui dominait la colline à la façon d'une colonne antique.

Un grand autobus vert passa le long de Columbus Avenue et disparut derrière des bureaux. Le bébé assis sur les genoux de Mary Anne remua et tendit ses petits bras. Elle l'attira contre elle. Il n'avait pas besoin d'un autobus.

Il n'avait besoin de rien d'ailleurs : il était dodu, chaudement emmailloté, propre et entouré de tendres soins. Il somnolait. Il reposait dans les bras de sa mère et percevait vaguement la rumeur de la ville. Au-dessus et autour de lui, Mary Anne était sa protection.

C'était une fraîche jeune femme qui était assise là sur ce banc de parc avec son bébé. Elle portait une longue robe blanche et des sandales à talon plat. Ses cheveux châtains, toujours aussi courts, s'emmêlaient sur ses oreilles et tombaient en frange sur son front. Les boucles de cuivre qui pendaient à ses oreilles luisaient au soleil. Ses chevilles, pâles et nues, étaient très fines au-dessus de ses sandales. Elle prit une cigarette dans sa poche et l'alluma avec son briquet.

La journée était paisible. Une mouette tournoyait au-dessus de leur tête ; parfois elle poussait un cri qui évoquait un grincement de cordes et de bois secs. Une dame à l'air bienveillant, d'un certain âge, vêtue de noir, remonta l'allée et s'assit sur le banc opposé.

Mary Anne prit un livre de poche qu'elle avait apporté avec elle, un livre que Paul lui avait recommandé de lire. Elle en regarda la couverture, le retourna, puis le reposa. Elle n'avait pas envie de lire, ni de faire quoi que ce soit d'autre ; elle était très bien comme ça. Il était maintenant trois heures de l'après-midi, et dans une heure Paul arriverait. Ils se retrouvaient souvent ici ; elle aimait ces rendez-vous dans le parc.

En face d'elle la dame à l'air bienveillant se pencha en avant et dit avec un sourire :

— Quel beau bébé !

Mary Anne remonta l'enfant contre elle.

— C'est mon fils.

— Comment s'appelle-t-il ?

— Paul. Il a onze mois.

— Quel joli prénom ! dit la dame.

Elle adressa au bébé des petits signes de la main et des mimiques.

— C'est le prénom de son père, dit Mary Anne.

Elle baissa les yeux, examina le col du bébé, lissa du bout des doigts le rabat de coton.

— J'ai sept autres enfants. Celui-ci est le plus jeune. L'aîné a treize ans.

— Dieu du ciel ! s'exclama, stupéfaite, la dame d'un certain âge.

— Je plaisante, dit Mary Anne.

Mais un jour ce serait vrai ; elle aurait une maison pleine de fils, de grands fils, de fils robustes et bruyants.

— Il ne parle pas encore. Il aime écouter de la musique. Son père est musicien.

La dame à l'air aimable hocha sagement la tête.

— Son père, continua Mary Anne, est étudiant l'après-midi, et le soir il joue du piano au Club Presto d'Union Street. Il joue du bop. Ils sont cinq dans l'orchestre.

— La musique... dit la dame en noir. Je crois bien que je n'ai entendu aucune musique depuis quelques années, depuis la guerre, qui puisse se comparer avec celle de Richard Tauber.

— C'est démodé, dit Mary Anne en jouant avec la main du bébé. Hein, Paul, que c'est démodé ?

— Et Jeanette MacDonald, ajouta la dame avec nostalgie. Je ne les oublierai jamais, elle et Nelson Eddy, dans *Maytime*. C'était un si beau film... J'ai pleuré à la fin. Je pleure encore quand j'y repense...

— Allez pleurer ailleurs, dit Mary Anne en faisant sauter son fils sur ses genoux.

La dame à l'air aimable et d'un certain âge reprit son sac et s'en fut. Mary Anne sourit à Paul, qui gazouilla et bava.

Au-delà des arbres, les maisons étagées reflétaient le soleil de l'après-midi. Des voitures, petites taches sombres, gravissaient lentement les rues étroites de la colline, entre les rangées de maisons. Aux pieds de Mary Anne, un pigeon tournaillait en picorant au hasard.

— Tu vois le gros oiseau ? dit-elle doucement à son fils. Un beau pigeon. Dîner pour une personne. Que dirais-tu d'un bon pâté de pigeon ? Viens ici, pigeon. Nourris les pauvres gens.

Elle poussa légèrement du pied le pigeon, qui s'éloigna en battant des ailes. Il revint presque aussitôt et se remit à tournicoter sur le gravier. Mary Anne se demanda ce qu'il pouvait bien trouver à manger, et ce qu'il pouvait bien penser. Elle se demanda où il nichait et qui, le cas échéant, prenait soin de lui.

— Es-tu une dame ? demanda-t-elle au pigeon. Ou un monsieur ?

Elle resta assise sur le banc du parc en tenant son fils contre elle et en observant les pigeons et les vieillards et les enfants. Elle était très heureuse. Elle regardait les gens s'approcher et puis s'éloigner. Elle contemplait les feuilles mortes de l'automne et l'herbe luisante d'humidité. Elle voyait se dérouler tout le cycle de la vie : elle voyait les enfants vieillir et devenir de petits hommes voûtés qui lisaient *L'Italia* et elle les voyait renaître dans les bras des femmes. Seuls son fils et elle ne changeaient pas, échappaient à ce cycle de naissance et de décrépitude qui se perpétuait autour d'elle. Ils ne pouvaient en être affectés. Ils étaient à l'abri. Elle voyait le soleil disparaître et revenir, et elle n'avait pas peur.

Elle se demandait d'où lui était venue cette sérénité. De son enfant, sans doute ; mais d'où était-il venu, lui ? Elle ne le comprenait pas bien. Il était un mystère, une partie séparée d'elle-même, et il était aussi son mari tenu serré dans ses bras. Peut-être était-il venu à elle sur les ailes du vent. La chaude brise printanière l'avait caressée et lui avait apporté ceci, l'avait emplie de vie permanente – avait chassé le vide...

Mary Anne et son fils regardèrent le monde changer autour d'eux ; ils virent tout ce qui s'y était jamais passé et s'y passerait jamais. Et puis elle se leva et se dirigea vers l'entrée du parc. Là ils attendirent, parce que l'heure était venue d'attendre.

Les passants se hâtaient le long de Columbus Avenue, et Mary Anne s'abrita les yeux avec sa main pour voir s'il arrivait. Elle tenait le bébé contre son épaule, et les gens passaient de chaque côté d'elle. Bientôt elle aperçut une silhouette d'homme maigre qui avançait sans se presser dans sa direction, mains dans les poches, paletot ouvert, cheveux longs et mal peignés.

— Le voilà, dit-elle à son fils. Tu ne regardes pas du bon côté.

Elle le tourna dans l'autre sens.

— Tu vois ?

— Tu es superbe, dit Paul Nitz en s'approchant d'elle d'un air timide.

— Pas toi. Tu as l'air d'un clochard.

Elle l'embrassa.

— Allons manger. Tu as acheté quelque chose ?

— On peut le faire sur le chemin du retour.

— Tu n'as pas d'argent ?

Tout en marchant il fouilla dans les poches de son paletot et en tira divers tickets, des trombones, des crayons, des bouts de papier pliés.

— Je suppose que je te l'ai donné.

Il grimaça un peu à cause du soleil.

— À l'un de vous, en tout cas.

Tandis que Paul fouillait dans ses autres poches, Mary Anne le suivit nonchalamment en serrant son fils contre elle et en regardant les vitrines des magasins. À un moment donné elle bâilla. Un peu plus tard elle s'arrêta devant un assortiment d'authentiques pipes écossaises, et un autre d'harmonicas. Puis elle rattrapa son mari et s'appuya contre lui pendant qu'ils attendaient tous les trois que le feu passe au vert.

— Fatiguée ? demanda-t-il.

— J'ai sommeil. Tu crois que ça t'irait de fumer la pipe ?

— Ça m'irait comme un gibus à un évêque, répondit-il.

Le feu passa au vert, et ils traversèrent la rue avec les autres piétons.

10298

Composition
NORD COMPO

Achevé d'imprimer en Slovaquie
par NOVOPRINT SLK
le 10 mars 2013.

Dépôt légal mars 2013.
EAN 9782290033821
OTP L21EPLN001001N001

ÉDITIONS J'AI LU
87, quai Panhard-et-Levassor, 75013 Paris

Diffusion France et étranger : Flammarion